Staread
星文文化

春花厌
CHUN HUA YAN
黑颜 著

长江出版社
CHANGJIANGPRESS

第六章　同命　059

第七章　石林　069

第八章　役鬼　080

第九章　战神　092

第十章　异域　104

第十一章　逢生　116

第十八章　别嫁　200

第十九章　离涂滩　212

第二十章　巫　224

第二十一章　化冰　236

第二十二章　春花　249

尾声　264

目录

楔子 001

第一章 眉林 003

第二章 牧野落梅 014

第三章 冷落 025

第四章 狩猎 036

第五章 逃命 048

第十二章 山居 128

第十三章 占有欲 140

第十四章 君子蛊 152

第十五章 冤家 164

第十六章 养玉 176

第十七章 归人 188

楔子

桃红杏粉李白，迎春满枝临风摆，海棠开自在。

正是二月时分，春花漫山遍野，是酝酿了一个季节的热烈。在荒地中，一座孤坟湮没在蔓延的迎春花下，无碑，却不冷清。

男人手握马鞭立于墓前，墨色上衣，银白长袍，一个杏红色的香囊静静地垂在腰间，若有似无地散发着一股干蔷薇花的香味。一匹高大的白马在不远处吃草，而在更远的杏花林外，俊秀的少年牵着马静静地等待着，偶尔往里面投去不安的一瞥。

男人抬起手，似想触摸什么，却又僵硬地放下，眼中浮起复杂难言的神色，随即又被浓浓的戾气所代替。

"女人，死是这么容易的吗？"他微笑，蓦然抬手，一掌击向孤坟。一时间花摇枝断，落花如蝶般翻飞。

少年远远地看见，惊得慌忙跑过来。只是这片刻间，男人已经连连发掌，击得泥土四溅，削平了大半个坟头。

"爷……"少年想要阻止，却又不敢。

男人没有理他，又发了几掌，直到看见了坟里面已开始腐烂的女人尸体：没有棺材，甚至连一苇破席也没有，只是一身破衫，就那样静静地躺在泥土中。无数虫蚁从尸身上飞快地爬开。

男人手一紧，已蓄足力量的一掌却再也发不出来。

"怎么回事？"他看着女人面目全非的脸问，声音低哑难闻。

从少年的角度可以看到男人不知是因愤怒还是其他原因而变得赤红的眼，他不由得打了个哆嗦，压住心中的寒意，急急地解释："回爷，是眉……眉林姑娘临去前的意思。她说……"少年小心翼翼地瞥了眼主子，看其没有不耐烦，才又继续接下去说，"她说与其囿于棺材草席那一方之地，倒不如与泥土相融，滋养这一地春花，她也好沾些光。"

没人再说话，只有微寒的风带着满山的花香轻轻拂过尸体的表面，竟然让人闻不到一丝腐臭。

"她还说了什么？"良久，男人方才低声问，垂在腿侧的手竟有些颤抖。

少年仔细地想了想，然后摇头："回爷，没了。"

男人的喉结上下滑动了一下，突然咧开一个比哭还难看的笑："没有……没有了吗？你竟是到最后也不……"也不念他一下，哪怕是恨。他将后面的话都咽了回去，让它们烂在肚子里面。手中马鞭蓦然挥出，将尸体卷出了土坑。

"爷！"少年惊呼，"扑通"一下跪在男人面前，哀求，"爷，爷……眉林姑娘就算再有不是，可人死如灯灭，您就让她入土……"

如狂兽般嗜血的目光令少年不由自主地敛了声，男人长鞭挥出，狠狠地抽在尸体上。

"你想付于春花，我偏不许！"

再一鞭，沉闷的响声中，破布飞扬。

"你想就此安生，我也不许！"

恶毒的言语带着难以察觉的哽咽，一件银白的长袍飘落，将沾染着泥土的腐坏尸身掩住。男人突然弯腰抱起尸体，几个起落跃上马背，策马穿过杏花林，向云天相接的地方狂奔而去。

二月来，桃花红了杏花白，油菜花儿遍地开，柳叶似刀裁……

恍惚间，他似乎听到女人在耳边低唱，如同去岁在荒僻的山村中那般。他静静地躺在床上，她在院中晾洗衣物，阳光穿透破旧的窗纸，如蝴蝶般在他眼前跳跃。

第一章

眉林

她是四十三,与这里的其他人一样,她没有名字。她不记得来这里之前的事,除了那横伸在路上挡住马车的满枝梨白以及野地里成片成片的荠菜花,那是她整个儿时的记忆。

然后就是训练,成为死士的训练。死士的训练最完美的成果,就是泯灭人的本性和对死亡的畏惧,只剩下狗一般的忠诚。

很多年之后她都在怀疑,自己是不是那时候吃药吃坏了脑子,不然怎么会死心塌地地喜欢上那个家伙?

事实上,相较于其他死士,她显然是不合格的。她怕死,怕得不得了。为了活着,她不介意学着做一条狗。

四十三进去的时候,大厅里已经站了十多个同她一样蒙着黑色面纱的妙龄女子。她目不斜视地从她们中间穿过,在隔断外的珠帘前跪下,眼睛落在膝前一尺的地方:"主人。"

"坤十七病了,由你补上。"里面传出的声音似男似女,让人难以分辨,显然是故意为之。

"是。"四十三没有丝毫犹豫,虽然她并不知道自己接受的是什么任务。

"很好,你进来。"那人道。

四十三不敢起身,于是弯下腰双手着地,就着跪的姿势爬了进去。一穿过晃动的珠帘，她立刻停了下来。

一双青缎绣暗花的靴面无声无息地出现在她的视线中，淡雅的熏香飘入鼻中，她心中突然冒起一股寒意。未等她想明白是什么原因，对方已经出掌按在她的头顶。她脸色微变，却只是一瞬间便又恢复了正常。她认命地闭上眼，任由一股强横的内力由百会穴钻入，片刻间破去她苦练了十多年的武功。

一口鲜血由口中溢出，她面色苍白地委顿在地。

"你不问我为什么要废去你的武功？"面对她的沉默，那人反倒有些好奇。

喉咙中仍然有甜腥的血味，四十三呛咳了一声，才柔顺地回答道："是。"声音中竟听不出丝毫怨怼。

自从被带入暗厂以来，他们最先学会的就是说"是"。那人仿佛想起了这一点，不由得一笑，挥了挥手："都下去吧。"

"是。"

四十三退出珠帘的时候，人已经走了个干净。她吃力地站起身，却不敢转身，仍是面朝着珠帘的方向倒退着往外走。就在她跨过门槛的时候，帘内突然传来一声咳嗽，惊得她差点跌倒，幸好里面的人并没注意到她。

总管在外面等着她，交给她一个紫色锦囊，没有说多余的话，便安排她上了候在外面的马车。

四十三知道，锦囊里面就是她此次的任务。

眉林……眉林吗？

她额角抵着窗框，耳中听着同车女子嬉笑的声音，一丝说不清是兴奋还是怅惘的滋味浮上心间。从此她就要叫"眉林"这个名字了，四十三，那个随了她十五年的数字就要永远被湮没在暗厂那个让人连回想也不愿再回想的地方。

从此，她有了名字，有了身份，甚至还有一堆从来不曾见过的家人。她代替了另外一个女子。

随同西燕子顾公主一起来大炎和亲的三百美人当中，当然不止一人被李代桃僵。那些坤字开头的女子便是专为此培养的，她不过是捡了一个便宜。也许，在她蒙混了近五年之后，总管终于开始不耐烦了，才会以这种方式将她打发掉。

也好，终于可以离开那个充满腐臭和死亡的地方，去看看那深刻在脑海中的似锦繁花了。就算没了武功，就算体内有着每隔一月便会发作的剧毒，那也远胜过必须时时面临与人争夺生存机会的生活。

此时已入了秋，官道两旁的山林一片苍翠，深红浅黄夹杂其中，绚若春花。可终究不是春花，车走近了，枝条扫过车窗的时候，便能看清一片片枯黄招摇的叶子，黄叶被风一吹，簌簌落下，让人感到凄凉。

眉林不喜此景，便收回了目光，微笑着倾听同车女子谈话。

两日前，她被送至离昭京两百里远的安阳。是时，西燕和亲的人马正歇宿于该地的驿馆之中。次日启程时，供美人乘坐的马车因为禁不住长途跋涉而磨坏了两辆，于是原本乘坐那两辆马车的美人便被分至其他车中。

眉林便是在这种情况下坐进了现在这辆马车的。相处了两日后，她终于知道为什么没有人怀疑她的身份。

原来赶路辛苦，加上规矩所限，这些美人下车之后极少有交谈的机会，就算有，也是与同车之人，对于其他车中的人都不熟悉，更不用说那些连美人容貌也很难见到的护卫了。当然，如果没有西燕上位者的配合，又哪能如此容易？

这里面的事不该她去想，也最好别去想，知道得太多并没有好处。她还有更迫切需要解决的事——西燕语。

她们几个说话柔美软腻、温润婉约，如同唱曲儿一般，当真是说不出地好听，只可惜不知在说些什么。作为一个从西燕来的人，竟然连西燕语都听不懂，这会是多么可笑的一件事！

整个行动的每一个细节都安排得极为严谨，为何却独独在这上面留下了漏洞？她想不明白，却不得不小心翼翼地应付。

正沉思间，耳窝微暖，有人凑在她耳边说了句话。眉林强压下反射性的想要躲开的动作，回眸看去，发现此车上五女中长得最美也最温柔的那个少女正关切地看着她。

她脸上立即浮起笑容，心念急转，思索着应对之法。就在这时，原本行驶得不快的马车突然停了下来，身旁的少女被引开了注意力。

眉林悄悄地松了口气，跟着其他人往车窗外看去。

她们的马车位于队伍中间，又不能探出身去，所以什么也看不到，只能听到急促的马蹄声由远而近，然后在队伍的前方停下。不用想，必然是被侍卫长拦住了。

就在众女疑惑而又好奇地猜测发生了什么事的时候，马蹄声再次响起，其间还夹杂着呼喝之声。这一次却是己方的侍卫在逐车驱人下车。

原来和亲人马因在路上屡有耽搁，比预定抵达昭京的时间晚了数月，正赶上大炎皇朝一年一度的秋季围猎。围猎地点在昭京西南三百里地的鹿山，需要经过这条路。好巧不巧，两队人马竟然撞了个正着。

几人下得车来时，前面的马车已经被赶到了路边，公主的车驾则在侍卫长的护送下离开了车队，往远处旌旗招展、甲胄森森的队伍快速驰去。

大约过了一炷香的工夫，有内侍过来传旨，着和亲人马随驾前往鹿山。

众人跪伏路边，一直等到骑在马上、一身戎装的大炎皇帝率着皇子王孙、文武百官浩浩荡荡地过去之后，才起身回车，跟在后面。

大约是被那严整凛冽的气氛震慑住了，上车之后，少女们都不敢再出声交谈。眉林不由得暗叫侥幸，但也知这样的运气不是时时都有，如果不及早想出应对之策，只怕很快就会露出马脚。

车队日行百里，两日后，至鹿山山麓。其时武备院已经在平旷之处设好行营，建起帐殿，以黄鬃木城围绕，立旌门，覆以黄幕；外设网城，有人轮流值宿守卫，以防有人闯入。

和亲的人马除了公主及其贴身侍女，余者皆被安排住进了外营，没有允许不得外出。美人们都隐约有了预感，她们的命运或许即将在此地被决定。虽然她们早在被选定成为子顾公主陪嫁的时候就已有觉悟，但真到了这个时候，还是会觉得惶恐和不安。

与眉林同帐的五个少女也是一样，再不似前几日活泼嬉笑，秀眉也不自觉地轻蹙，笼上了一层薄郁，显得心事重重。

对此不是很在意的眉林，则一心掰着手指数着下月取解药的日子，并为要用什么情报去换取效果比较好的解药而发愁。到目前为止，唯一让她感到庆幸的是，自随帝驾以后，少女们都开始改说大炎话，其流利程度竟是比她土生土长的大炎人有过之而无不及。

翌晨，曙色初露，嘹亮的角号声响彻平野。马蹄如雷，夹杂着人的呼喝，将因连日赶路而疲惫的少女们惊醒。她们惊疑不定地互相对望着，如同山林中那些即将被捕猎的小动物。

时间在让人煎熬的对命运的等待中缓慢流过，山野的夜幕终于随着猎手们的回归而降临了。篝火在宽敞的营地间燃起，新捕获的野味被架在火焰上烤着，人们的欢声笑语穿过营帐的间隙远远地传来，可以想象出那里的热闹。

诸女坐立不安却又不敢睡下的时候，终于等到了召唤的旨意。然而出乎意料的是，皇帝并没有让她们表演精心准备了很久的歌舞技艺，因为这被火光照亮的宽敞空地上，鲜花的残瓣以及利器划过的痕迹，表明之前这里已有了精彩的助兴节目。

三百个美丽的少女分成十列，每列三十人，整齐有序地立于空地中央，等待着王公大臣们的挑选。

眉林站在最后面，稍稍往右侧了侧身，便能看到位于上位的大炎皇帝。

也许他曾经年轻力壮、意气风发过，也许他仍然英明威严、杀伐果断，但她看到的却只是一个消瘦的隐现病态的中年男人。他的眼狭长中隐现妩媚，却被眼下的青色破坏了那原本应有的睿智之感，让人心生不舒服的感觉。

他的左首下坐着一些二三十岁的戎装青壮年男子，显然不是皇子王孙便是青年将领，为本次围猎活动的中坚力量。他的右首边，美丽的子顾公主蒙着面纱，低垂着头，对她们的出现从头至尾连一眼也没有看过。与子顾公主同侧的人，则多做文士装扮。

眉林一眼将所处环境看了个清楚，便垂下了眼，不再左顾右盼，耳中传来炎帝有些虚弱却不乏威严的声音："今日围猎，玄烈你拔得头筹，朕准你先选。"

此话一出，坐于左侧最上位的男子忙起身谢恩，却并没立即回头挑人，而是笑道："公主初来大炎，必然会有所不习惯，父皇何不先为公主留下几名合心之人，以慰左右。"

他此话说得圆滑，表面上是体谅远客，实际上却是让炎帝先留下看中之人。毕竟公主最终是要入宫的，她身边的人皇帝自然什么时候想要都行。

对于儿子的体贴，皇帝当然是感到欣慰，道："你倒是有心。"说着，他转头看向子顾公主，语气温和地问："玄烈说得不错，子顾你便挑几人留在身边伺候吧。"

闻言，一直低垂着眼的子顾公主终于抬起了头，飞快地扫了眼慕容玄烈，然后弯腰对着炎帝行了一礼，淡淡道："但凭皇上做主。"她生在帝王家，又哪里不明白这些男人在想什么。

老皇帝龙眸一扫，便要下了几女。那一瞬间，眉林看到他原本有些混浊的老眼分明闪烁着熠熠精光，背上不由得冒了一层凉汗，暗自庆幸自己站在末位。毕竟一旦踏入皇宫，想要再出来可不是一件易事。

接下来，自慕容玄烈起，在场的男人皆分到了两到三女，倒也没人不识趣地当真在皇帝面前挑挑拣拣，何况此次陪嫁而来的燕女都是百里挑一的美人。

场内还剩下近百少女，慕容帝便着近身内侍清点了，准备带回京分赏给未能来参加围猎的重臣要员。眉林正是其中之一。她看着那些或真心欢喜或强颜欢笑、命运却都已定下的少女，心中有瞬间的迷茫，不知自己会遇到什么样的人。但这种情绪并没持续太久，很快便被一个突然闯进来的人打散了。

眉林正恍惚间，突觉腰间蓦然一紧，已被带入一个人的怀中。同时，与她位置相邻的燕女也落进那个人怀中，两女措手不及，额头差点碰到一起。

眉林仰头，一张年轻英俊的男人脸庞映入眼中，还没等她看清对方的长相，"啧"的一声，脸已被重重地亲了下。

眉林吓了一跳，看他又转过头去亲怀中另一个女子，一时也不知要怎么反应才好，只能由着他搂着往前走去，心中却猜到此人身份必然不低。

果然，那人还没走到皇帝近前，已听到慕容玄烈的笑声："璟和，你来迟了，莫不是梅将军已允你入帐？"他这话看似调侃，眉林却敏感地察觉出了一丝讥讽，目光悄悄瞟了眼上位的帝王，看见他脸上那毫不掩饰的不耐和冷漠，不免有些纳罕。

抱着她们的男人却恍若不觉，耸了耸肩，露出一个无奈的表情，道："皇兄取笑了，落梅可不是这些女人……"他一边说，还一边在怀中两女身上乱摸。

浑蛋！眉林强忍着心中的厌恶，脑海中刚浮出这两个字，已有人替她骂了出来。

"孽障！"是坐在最上面的那个人的怒斥。

眉林感觉到男人的身体僵了下，很快又恢复了正常。他带着两人向炎帝行了个礼，笑嘻嘻道："儿臣来迟，父皇恕罪。"他虽是这样说，语气中却听不出丝毫的愧意。

"成什么样子，还不给朕滚到一边去。"老皇帝显然极不喜这个儿子，甚至不愿花更多的时间去教训他。

即便如此，男人仍然是皇子，很快便有人让出了慕容玄烈下首的位置，并摆上新的酒菜碗筷。

慕容璟和吊儿郎当地应了一声"是"，便坐入席中，与怀中美人嬉闹去了，对那些自他出现便神色各异的人视若无睹。

被灌了两杯酒后，眉林才看清他的长相。

男人长得与老皇帝并不是特别相似，但那双眼却承继了个十成十。狭长、上挑，只是半开半闭的没什么神气，像是总也睡不够似的。五官轮廓分明，鼻直唇丰，确实很英俊。不过面色白中隐泛青色，神色轻浮颓废，给人纵欲过度的印象。

要监视这样一个人应当不难吧？眉林想，心中不由得打了个结，她知道不难的同时也代表着要想从其身上获取重要的情报，只怕没什么希望。

此次她们被安插进和亲的陪嫁美人当中，目的就是接近大炎的重臣要将，说白了就是充当奸细。锦囊中并没明确指出让她特别注意哪方面，却摆明越有价值的情报所换取的解药效果越好。

价值！价值！价值个……

她在心中骂了句粗话，唇却仍然温柔地弯着，低眉顺目地为正在戏玩另一个少女的男人斟着酒。不料男人突然伸手在她胸脯上抓了一把，惊得她把酒洒在了外面。下一刻，人已被推向邻席，耳边同时响起男人满不在乎的笑："皇兄，我拿这个换你右边那个可好？"

少女的娇呼声响起，狼狈地避让，眉林跌在了一人身上。一股清淡雅致的熏香在浓烈的酒气与烤肉的混合味道中蹿入她的鼻腔，让她心中一凛，尚未来得及做出任何反应，下巴已经被人捏着抬了起来。

相较之下，慕容玄烈长得更像老皇帝，不知这是不是他分外得圣宠的原因。那双眼睛长在他偏秀雅的脸上似乎更合适一些，使得那张脸俊美得近乎邪气。

他长眸微眯，只看了眉林一眼，便放开了手。

"用另外一个。"他虽然没说什么，但眼神和语气都明显流露出看不上的味道。

慕容璟和二话不说，示意怀中的少女过去。

眉林暗暗松了口气，又自动回到他身边。慕容玄烈的眼神锋芒毕露，自不是易与之辈，与其时时刻刻提心吊胆，她宁可跟在各方面条件都不及他的慕容璟和身边，至少丢掉小命的概率要小许多。

两个皇子交换女人显然是微不足道的事，并没引起其他人的注意。老皇帝龙体欠佳，只坐了一会儿便在内侍的扶持下先行离开，与他同时离开的还有子顾公主。

最让人敬畏的存在消失，又有美人相伴，现场的气氛顿时热烈起来。

从慕容玄烈身边换过来的少女冷着脸，不似其他女子那样温柔顺意。不知是本性如此，还是不满这样的交换。眉林不着痕迹地打量她，并不觉得其容貌有什么特别之处，虽然美丽，但也没美到超过之前那位的地步。平心而论，她甚至觉得少女的鼻子过于尖了点，让人感觉很不舒服。

奇怪的是，慕容璟和对少女的无礼不仅不介意，反而很热衷于逗她说话，即便被瞪还是笑嘻嘻的毫不生气，直看得眉林的下巴差点没掉下来。

她心中嘀咕，唇角却挂着温婉的浅笑，一杯又一杯地劝酒。一直紧绷的情绪终于有所放松，看男人对她爱理不理的样子，今夜自己大约是用不着陪睡了。

从少女偶尔一句的回应中，眉林得知她名叫阿玳。而自始至终，慕容璟和都没问过眉林的名字。

宴散，两女随慕容璟和回到他的营帐。

"你等在这里。"在帐外，慕容璟和第一次跟眉林说话，眼睛却仍然色眯眯地盯着阿玳，其中意味不言而喻。

眉林应了声，止步，心中大大地舒了口气。

然而，眉林这口气还没完全舒出来，情况就急转直下。就在慕容璟和伸手去揽路上始终与他保持着一定距离的阿玳的时候，少女却突然用一把不知从何而来的匕首抵在了自己的胸口："你若碰我，我便死在你的面前。"她声色俱厉，美眸中流露出悲苦绝望的神色。

眉林傻了，目光从少女满是坚决的眼睛移向匕首，这才发现那竟是宴席上用来切割烤肉的匕首，没想到竟被少女悄无声息地藏了起来，看来就是为了应付此刻。她暗暗叫苦，预感事情会往自己不希望的方向发展。

果然，慕容璟和只是略感意外，而后便"哧"的一声笑了出来。他也不勉强，摆了摆手，道："那你留在外面。"接着他转向眉林，笑吟吟地问："要不要我也借你一把匕首？"

他虽然笑着，眉林却看出那双半眯的眸子毫无笑意，心底莫名地打了个寒战，忙主动上前偎进他的怀中，赔笑道："奴婢已是殿下的人，自然任凭殿下处置。"她的话说得含混而又暧昧，虽然没有直接否决他不善的提议，却也不会让人误读其中的意思。

眉林不认为自己像阿玳一样有所凭恃，虽然并不清楚那凭恃是什么，但也不会傻到去试探效仿。又或者说，她完全无法理解以自己的性命去要挟别人的做法。对这些视她们为玩物的男人来说，她们的命又有什么价值？

慕容璟和淡淡一笑，对于她的识时务显然很受用，蓦地弯腰将她打横抱起，进了营帐。

那笑不带任何含义，淡漠得不像这个人能拥有。眉林恍了下神，思及之前男人不带笑的眼神以及自己因之所产生的寒意，心中暗暗警惕起来。

这个人只怕不像他表现出来的那样肤浅庸俗。刚转过这个念头，她已被抛了出去，重重地落在厚厚的毡毯上。下一刻，慕容璟和便压上了她的身。

呛鼻的酒味混杂着陌生的男人气息将她包围，眉林终于对即将发生的事开始感到惶恐不安起来。她不是没见识过男女之事，当初在暗厂的时候，那些教官头子借着职务之便，不知玩弄过多少少年男女。她之所以能逃过，据说是因为她有一个患有暗疾的窑妓母亲，在那些人眼中，她体内流的血都是脏的。对此，她其实是没什么印象了，但同室少女痛苦的表情却深深刻在她的脑海中，此时不由自主地想起，心里便有些发怵。

害怕自己会临阵退缩做出丢掉小命的事，她汗湿的手攥着身下的毡毯，头偏向一边，唇角的媚笑早已僵硬。

事实证明，慕容璟和也不是个怜香惜玉的主儿，甚至连敷衍的前戏也没有，便直接占有了她。眉林痛得闷哼出声，身子紧绷，额角的发被冷汗浸湿。

眉林是被刺眼的灯光给弄醒的，还没等她弄清自己的处境，身体上火灼般的疼痛已先一步侵袭上来，瞬间将她脑海中残留的混沌驱散干净。她武功初废，身体比一般人来得要虚弱，加上连日奔波辛苦，体内又暗藏毒素，竟中途晕厥了过去。

"不识抬举。"慕容璟和懒洋洋的声音突然在耳边响起，她心中一惊，暗忖自己怎么又招惹到他了。她有些费力地睁开眼，才发现他并不是在对自己说话。

帐内烛焰高照，显然还是半夜。慕容璟和一手支头侧卧在她身边，衣袍半敞，可以看到光滑紧绷的皮肤下微微隆起的肌肉，并不似想象中的那样布满松软赘肉，只是皮肤的颜色如同面色一样白中泛青，不那么正常。

越过空荡荡的帐心空地，眉林看到阿玳跪在那里，长发披散着，面色灰败，却仍然倔强地挺着背脊。在她身后，是两个身着禁卫军服的男人。

身体微僵，眉林不着痕迹地侧了侧身，同时伸手在旁边摸索着，想找一样东西盖住自己赤裸的身体。

察觉到她已醒来，慕容璟和微垂了下眼睑，随后目光又回到与他昂然对视、眼中满是轻蔑的阿玳身上，不怒反笑，说出的话却冷酷至极："掌嘴，让她明白自己的身份。"

说话间，他再次翻转身，压在了眉林身上。

眉林闷哼一声，感觉尚未愈合的伤口再次撕裂开，手臂却不得不紧紧抱住身上的男人，以免自己的身体完全暴露在其他人的视线中。

随着一声答应，清脆的耳光声在帐内响起，一下接着一下。

"还是你听话。"慕容璟和贴在眉林耳边道，灼热的气息扑进耳内，让她不由得冒了一身鸡皮疙瘩。

她想顺势说两句奉承话，却觉得喉咙干涩，无法出声，于是只能勉强牵扯唇角，尽力露出自认为最妩媚的笑。闭上眼，脑海中浮起一枝梨花，紧绷的心口方渐渐缓和下来。

也不知过了多久，昏昏沉沉间耳光声也停了下来，自始至终竟没听到阿玳一声求饶。

慕容璟和看着嘴角破裂噙血，却仍然抬着肿胀的脸与他对视的阿玳，黑眸中浮起一抹异色，嘴里却冷笑道："怎么，还不服气？"

阿玳没有说话，美眸中的不屑之色更浓。

慕容璟和揉了揉眉角，懒得再说，一挥手，意兴阑珊道："拖出去吧，当慰劳你们。"那意思再明显不过，要将她送给整营的禁卫军。

"不——"看到抓住自己的两个男人眼中露出欣喜的神色，就要跪下谢恩，阿玳一直强撑的心理防线终于崩溃，尖叫出声。

那叫声凄厉悲凉，直直刺进眉林的耳中，让她不自禁地哆嗦了下。睁开眼，恰好捕捉到慕容璟和眸中得逞的笑意。

阿玳终究还是屈服了，她想。奇怪的是，对于这一点，她并不感到意外，似乎从一开始便知道结果会是这样。

后来她才知道，原来那一夜，阿玳曾经试图逃走。

第二章 牧野落梅

次日天还没亮,眉林便被踢醒了。慕容璟和一边任近侍给他整理衣服,一边用脚不轻不重地踢着她,看她睁开眼才作罢。

"起来,今天准你跟我去打猎。"说这话时,他一副给了人莫大恩赐的样子。

眉林眼睛还很酸涩,闻言有些迷茫,藏在毯子下面的赤裸的身体动了动,立即疼得她倒抽一口冷气,五官都挤在了一块儿。但是在慕容璟和下一个眼神递过来的时候,她还是撑着酸软得像是已经化掉的腰坐了起来,躲在毯子后面摸摸索索地穿好衣服。

大抵是已经习惯了带伤训练,就算是在这样的情况下,她仍然没想过自己或许可以试着找借口不去。

出去的时候,最终留在慕容璟和身边的阿玳早已穿戴整齐地站在帐门处,微垂着头恭谨地送两人。然而,当眉林经过她身边的时候,她抬起了头,毫不掩饰眼中的轻鄙和嫌恶。显然她很看不起眉林的自甘堕落。

眉林笑笑,没理会她。

慕容璟和并没让人多准备一匹马,而是让眉林和他共骑。眉林想不明白他的意图,她当然不会自以为是地认为一夜之后他就对自己宠爱有加,甚至不惜为此激怒老皇帝。

忆及出发前,老皇帝在看到她竟坐在慕容璟和怀中的时候,气得脸发黑、胡须抖动却又顾及场合不好发作的样子，好笑之余，眉林更加猜不透慕容璟和葫芦里卖的什么药。直到遇上那个一身戎装的女子，一切疑惑才豁然而解，包括阿玳的特殊待遇。

相遇之处在山林的边缘，在眉林被马颠得浑身都开始颤抖着抗议的时候，那女子骑着一匹通体乌黑的高大骏马出现在他们的视线中。或者说，慕容璟和一直在山林边缘徘徊不入，就是为了等这个人，因此才会一见到她便迎了上去。

"落梅！"不必回头，眉林也能感觉出慕容璟和的情绪一下子变得高昂起来。

牧野落梅身为大炎第一位女将军，可以说是家喻户晓的人物。眉林没有理由不知道，却想不到会是这样年轻的一个女子。

随着距离的靠近，那张掩在卷边羽帽下的容颜逐渐变得清晰，明眸樱唇，肤白如脂，竟是一个倾城倾国的美人。只是她眼神太过犀利，配着一身利落的软甲战袍，在妩媚中多出几分英姿飒爽来。

美人淡淡地扫了眼偎靠在慕容璟和胸前的眉林，冷哼一声，策马径直往林中而去。眉林注意到她高挺的鼻子带着些俏皮地往上翘着，与阿玳的极相似，却没有阿玳那种违和感。那一刻她突然就明白了，阿玳被慕容璟和一眼相中，大约便是因为与这女将军极相像的鼻子。

慕容璟和显然早已习惯了这种冷漠，也不以为意，一拉马头跟在了她后面，同时挥手阻止侍卫相随。

经过了昨日的那一场狩猎，林中被踏出了无数小路，马儿走在其间并不吃力，但自然也见不到什么猎物。今日想要有所收获，定要进入山林深处。不过一炷香工夫，他们便遇到了几拨人马，其中包括慕容玄烈和他的亲卫。

见到慕容璟和怀中抱着一个女人，又跟在一个女人后面，慕容玄烈又好气又好笑，忍不住调侃了几句，然后在牧野落梅发作前带着手下快速离开，转瞬消失在繁茂的林木间。

牧野落梅一肚子火气没处发，于是转头瞪向慕容璟和，冷冷地道："殿下休要再跟着卑职，以免惹人闲话。"说罢，一夹马腹快速往前跑去。

这一次慕容璟和并没有立即追上去，而是带着眉林坐在马上慢慢地往她走的方向踱去。

"你可会打猎？"突然，他问眉林。

眉林正坐得难受，闻言先是摇了摇头，而后方觉得不妥，忙道："回爷，奴不会。"说话时，她没敢看男人，说不上为什么，心底对他总有些畏惧，也不知是不是昨夜落下的阴影。

眉林本以为这个临时兴起的话题大约会这样草草结束，没想到慕容璟和不知道哪根筋不对，竟兴致勃勃地道："我教你。"说着，他当真取下马背上的弩弓，手把手认真地教导她怎么使用，对于牧野落梅的离去似乎一点也不在意。

眉林在暗厂的时候自然学过怎么使用强弓劲弩，但现在武功被废，一般的弓也拉不开了。好在慕容璟和用的是精悍轻巧的小连弩，她用起来倒是不吃力。只是被他那突然变得温柔亲昵的态度弄得有些不自在，手脚都不知要怎么摆放，更不用说使用弩弓了。慕容璟和被她笨拙的动作逗得连连失笑，更加不懈地想要教会她怎么射杀猎物。

不知不觉间，两人已进入密林深处，四周再看不到其他人的踪影。就在此时，草丛一阵晃动，慕容璟和拉住马，然后附在眉林耳边悄声道："注意那边。"一边说，一边抬起她握着弩弓的双臂，扶着她瞄准。

感觉到灼热的气息扑在耳上，加上他近于环抱的姿势，眉林不由得一阵恍惚，还没回过神，弩上箭已射出，"咻"的一声钻入草中。

"射中了。"慕容璟和放开手，声音恢复如常。

背部仍能感觉到他说话时胸腔的细微震动，有那么一瞬间，眉林突然觉得那略带沉哑的声音很好听。她甩了甩头，咬唇，轻而尖锐的疼痛让她神志一清，顿时知道自己方才差点魔怔了，背上不由得惊出一层薄汗。

自有记忆以来，她所面对的都是各种恶劣的环境和冷漠残酷的人情，对于那些，她早已能应对自如。但是没人告诉她，如果别人对她好，她该怎么办。

"下去看看。"就在她彷徨无计的时候，慕容璟和的声音再次响起。然后她的身体被抱离马背，轻轻落在地上。

大约是在马上坐得久了，加上昨夜的折腾，眉林脚刚触地，立觉一阵虚乏，差点跪倒。所幸被慕容璟和及时扶住，直到她站稳，才放开手。

定了定神，眉林姿势别扭地走向草丛，拨开，一只灰色的野兔侧倒在里面，肚腹上插着一支箭，已没了气息。她撑着酸软的腰缓缓地蹲下，探身抓住野兔的耳朵将它拎了起来，回头向慕容璟和看去。

男人高踞马上，背对着初升的朝阳，看不清脸上惯有的轻浮神色，那映在晨光中的身形竟让人产生威凌迫人的错觉。

自以为遇到一个无用也无害的人，现在看来，她将要面对的只怕是一个比任何人都狠戾的角色。眉林微皱眉，为自己的判断而烦恼。

"在想什么？"慕容璟和见她蹲在那里半天不起身，于是一扯缰绳，让马儿慢慢地踱了过去。

看他走近，眉林心中莫名地一慌，忙站起身笑道："在想爷的箭法可真准。"

"既然要射，自然要一矢中的。否则等猎物有了警觉，想要再捕获，便要耗费一番周折了。"慕容璟和慢悠悠地道，声音中隐约流露出一丝让人心发寒的冰冷。

眉林突然觉得有些不安，总觉得他这话中大有深意。

没容她多想，慕容璟和弯腰探下身又将她抱上了马背，不紧不慢地往没有人到访过的密林更深处走去。不时有雉鸡或者麂鹿从面前跳过，他却再也没出手，眉林疑惑起来。

"爷，不猎点什么吗？"从昨晚赏赐美人就可以看出，猎物的多少代表着能力的强弱，是与自身荣耀切身相关的事。

哪知慕容璟和一拍挂在马屁股上晃晃悠悠的野兔，笑着反问："这不是？"

眉林一时无语。

他顿了顿，又道："射杀这些没什么反抗能力又没什么用处的小东西，有什么趣？"

就在两人说话的当儿，一道火红的影子突然从不远处的乱石荒草间一闪而过。慕容璟和话声戛然而止，举弩便射。不料斜刺里蓦地飞来一支疾箭，硬生生地将他的箭给撞开了。这一阻挠，那道红影立即消失在了密林中。

牧野落梅骑着她那头异常高大的黑马出现在左后方的树下，挑眉看着慕容璟和，淡淡道："慕容璟和，来场比赛吧。"比赛内容不言而喻，自然是那个突然出现又飞快逃掉的火红小东西。

也不知她是怎么走到两人身后去的，注意到她是她连名带姓地叫慕容璟和的时候，眉林立即知道她或许并不像表面表现出来的那样不待见他。更有可能的是，两人间有着不足为外人道的更深一层的关系。当然这些都只是猜测，不需要猜测的是，看到她出现时慕容璟和一下子变得愉悦的神情。

"落梅既然有兴致，璟和自当奉陪。"他笑吟吟地道，一手执弩，一手环着眉林的腰，腿夹马腹就要往红影消失的地方驰去，却被牧野落梅横马拦住。

"你带着她……"只见她小巧圆润的下巴一点眉林，傲然道："本将就算赢了，也胜之不武。"

眉林心中打了个突，来不及有所反应，就听到慕容璟和笑了声，然后身体一晃，她已被放在了地上。

"你在此等我。"他俯身对上她惊愕的眼，温和地道，注意力却不在她身上。话音未落，他已直起身，一拽缰绳与牧野落梅一前一后消失在了林子里。

眉林站在荒草间，一阵风穿过林隙吹到身上，让她不由自主地打了个寒战。

眉林也没多想，就在原地找了一个草叶柔软的所在压平了坐下，然后靠在旁边的野石上打盹。虽然就这样被丢下，但一直疲惫疼痛的身体终于可以得到休息，这也不能说不好。

其实她心中明白，慕容璟和带她出来的目的已经达到。牧野落梅所表现出来的反应就算不能证明她对他有多喜欢，但起码她是在意的，在意她所得到的关注被另一个女人分散。否则她不会回转，并借公平比赛的名义让他将碍眼的存在丢下。当然，那个碍眼的存在就是眉林。

刚开始，眉林以为他们很快就会回来，所以不敢睡沉了。然而眼看着太阳越升越高，她的肚子已经开始唱起了"空城计"，却始终看不到人影，她心中便想自己大约是被遗忘了。

明白了这一点，她索性倒卧在草丛中，趁着阳光正暖，安安心心地大睡起来，也不管是否会有危险。

这一觉一直睡到落日西沉，秋寒渐上。

揉着一天不曾进食的肚子，眉林坐起来，看着头顶枝叶间露出的青蓝天空以及更远处被夕阳染红的薄云，长长地吐出一口气。

是不是应该趁这个机会逃走，逃离这一切，然后像普通人一样活着？她心口一阵躁动，眸中浮起浓烈的憧憬，但很快便被敛了去。她当然不会忘记自己体内的毒，那是每个月都需要拿解药才行的，否则只是毒发的煎熬就足以令她生死不能。更何况她身上什么也没有，目前连自保都难，又能逃到哪里去，莫不是去做乞丐？别说慕容璟和没说不要她的话，就算他真开口让她走，只怕她还得哭着求着让他留下自己。

从怀中掏出木梳，她散开沾满草屑的头发梳顺，松松地绾了个髻，便起身寻着来时的路往回走。此时若不走，再晚一些时候，便走不出去了。夜晚的山林危机四伏，就算是经验丰富的猎人也要倍加小心，何况是手无缚鸡之力的她。

到目前为止，唯一值得庆幸的就是，休息过后，身体的不适感大减，让她行走起来不像早上那么吃力。她倒是不担心会迷失在山林中，毕竟在暗厂的训练不是白练的，只是肚子饿得难受。

一只山蚂蚱突然从眼前草叶上跳过，落在树皮上。她一把抓住，掐掉头，就这样放进嘴里嚼了两口咽下。

她没有时间再慢慢地寻觅食物，只能边走边顺手找些能吃的东西，有涩苦的野果，也有一些让普通人汗毛直立的虫豸。当一个人饿到一定程度，只要没毒，什么都能入口的。她现在当然没到那个地步，但以前有过。既然能吃，就没理由饿着，毕竟走出山林也是需要体力的。

入秋之后，太阳一旦下山，天黑得便快了起来。没走多久，林子里就暗了下来，好在月亮已经升起，虽然光线淡薄，却总胜于无。眉林便借着这暗淡的光线，在暗林中一边寻找着来时留下的痕迹，一边小心避开夜间出来觅食的野兽，走得颇为艰难。这个时候，她不禁怀念起自己那被废掉的武功了，然后再由武功想到那个神秘莫测的主人。

若那个时候她不能明白主人为什么会废她的武功，在知道自己的任务之后，她也自当明白。有没有武功很容易就能被人试探出来，作为一个和亲的陪嫁女子，会武功绝对不能算是一件让人感到放心的事。

她无可奈何地叹了口气，想到以前的暗厂，想到昨夜，再想到以后将要面对的生活，一种说不出的疲惫瞬间席卷全身，让她几乎无力再走。

顿了顿，她将额头抵在粗糙的树干上，好一会儿才缓过气来，然后甩掉那些只要在黑暗中便会不请自来的念头，咬紧牙继续往前走。

"无论如何，我总是要摆脱这一切的。"蚊虫在耳边嗡嗡地飞绕，她一边挥袖赶开，一边对自己说。说这话时，脑子里浮现出那一年透过车窗看到的满野春花，她不由得微微笑了。

眉林走出山林时已是月上中天。她看着远处营帐间的灯火，重如沉铅的腿几乎迈不动。

实在是不想过去啊！她笑自己的踟蹰。

不过这次并没容她犹豫太久，一声严厉的喝问已传了过来："谁在那里？"

马蹄声响起，一队人马拿着火把由另一边的山林中冲了出来，当先一人身着玄色武士服，肩立海冬青，俊美得让人心生压力，竟是大皇子慕容玄烈。他身后的侍卫马背上清一色挂满了猎物，其中竟然有一头金钱豹，显然收获极丰。

眉林没想到会遇到他们，呆了呆，才屈身行礼："奴婢见过大皇子。"看他们的样子，显然也是才归营，就不知慕容璟和与牧野落梅有没有回来了。

慕容玄烈眯眼打量了半晌，似乎才想起她是谁，不由得有些疑惑："你不是早上跟老三一起入林的那个？怎么一人在此，三皇子呢？"

一连串的问话让眉林不知该如何回答，却又不能不回答，斟酌了一下用词，她道："奴婢跟三殿下在林中失散了，正想回营问问殿下有没有回来……"直到这会儿，她才知道慕容璟和排行第三，那么在他之上还有一个皇子，她昨日好像并没看到。

说话间，慕容玄烈身后的一个侍卫突然凑前，在他耳边低声说了几句话。他再看向她，狭长的凤眸里便带上了不加掩饰的同情，不知是知道了她被丢下的事，还是因为其他什么。

"那你跟我们一起走吧。"说着，他示意手下让出一匹马来，然后扶她坐上。

因为难以启齿的原因，眉林宁可走路，也不愿骑马，然而却又无法拒绝。她只能不着痕迹地偏侧着身子，尽量让自己的神色看起来正常一点。

她大约已算是慕容璟和的内眷，因此接下来的路程中，慕容玄烈并没再同她说话。

眉林骑着马走在后面，偶尔抬头看到他颀长英挺的背影，不由得想到昨晚跌在他身上时闻到的熏香，心中便是一阵不安。

慕容玄烈的人一直将眉林送到慕容璟和的营帐，又探知慕容璟和已安然归来，方才返转回报。

眉林进去的时候，慕容璟和正懒洋洋地靠在软枕上，一边喝酒，一边眯眼看跪坐在他身边的阿玳逗弄一只火红色的小东西。

眉林就站在帐门边敛衽行礼，没有再往里走。好一会儿，慕容璟和像是才意识到她的存在，抬眼，向她招手。

眉林走过去，因为他是半躺着的，她不敢再站着，便如阿玳那样屈膝跪坐下。不过她还没坐稳，便被慕容璟和一把扯进了怀里。他将鼻子贴在她颈间一阵嗅闻，然后语气亲昵地问："你在哪里沾得这一身的花香？"神情语气间竟是像从未将她独自一人丢在深山野林中般，别说愧疚，便是连敷衍的借口也没有。

眉林在别人对她好时会不知所措，但是应对眼前这种情况却是没什么困难的。

"爷就会逗人家，这大秋天的，哪来的花香？不过是些山草树叶的味道罢了。"她佯嗔，一边说一边作势扯起衣袖放到鼻子下轻嗅。对于早间的事，竟是一字也不提，一字也未抱怨。

"是吗？待本王仔细闻闻……"慕容璟和笑了，当真又凑过头来。

眉林心口一跳，想到昨夜的经历，便觉得浑身似乎又都疼起来了。情急生智，她仓促抬手轻轻在胸前挡了一挡，动作却又不会生硬到让人产生被拒绝的感觉，倒更像是羞涩，嘴里同时吞吞吐吐地道："爷，奴……奴婢……饿了……"

她倒没说谎话，虽然回来的路上找了些乱七八糟的东西填肚子，却哪里管饱？

慕容璟和一怔，似乎这时才想起她一天未曾进食。大约是被扫了兴致，他抬起头来时一脸的悻悻，却仍然道："去旁边的营帐找清宴，让他给你弄点吃的，顺便安排歇宿的地方。"话中意思再明显不过，让她吃过饭就休息，不必再过来了。

眉林暗松了口气，忙从他怀中起身跪谢，然后便急急地退了出去，连做做样子的心思都没有，倒真像是饿极了。只有她自己知道，她是怕倔脾气的阿玳再出什么幺蛾子，他又迁怒到她身上。

她当然看得出来，因为与牧野落梅有几分相像的原因，慕容璟和对阿玳也特别纵容。她自不敢也不想跟阿玳争什么宠，只希望别总遭无妄之灾就好。再就是能够无风无险地完成任务，安然脱身。

出得帐来，她长长地舒了口气，抬头看着天上淡淡的月以及稀疏的星辰，算了算时间，再过十天就要换解药了，只是不知围猎能不能在这之前结束。

清宴是一个内侍，二十来岁的样子，白面无须。看上去比慕容璟和小，实际上是大了几岁的，大抵是去了势的人总是会显得脸嫩些。

慕容璟和还没睡，清宴自然也不敢睡，听到眉林的要求，他仍丧了脸，吊起眼角。他出去好一会儿才回来，端的却是盘冷了的烤肉。

"吃吧。"他抬着下巴，几乎是以鼻孔看着眉林，拿腔捏调地道。

眉林也不嫌弃，道了谢。

"不要以为上了主子的床，就也是半个主子……"她这边正用薄刀努力地切着冷硬的烤肉，清宴那边又阴阳怪气地教训了起来。

"公公教训得是。"眉林毫不动怒，她停下手上的动作，低眉顺目地说。她的脾气早在暗厂的时候便被磨平了，清宴这样的态度激不起她心底丝毫的波澜。

见她这样，清宴又念叨了几句，觉得无趣，便自动停了下来。

眉林放轻手上的动作，咀嚼的时候也尽量不发出声音，然而速度却不慢，或者还能称得上快。不过一盏茶工夫，她便消灭了一盘烤肉。

当清宴看到干干净净的盘子时，惊得半天合不拢嘴。

"你这是几天没吃饭啊？"他脸色微变，最终还是没忍住问了出来。虽然是冷掉的烤肉，他端的却是足够他两餐的分量，怎么想她也是吃不完的。

"一天。"眉林笑了笑，没有过多地解释，然后问，"还劳公公指点，这盘子奴婢该送到何处去？"这食罢善后的事，她自然不敢再劳动他。

对她的谦恭，清宴显然很受用，也不再刁难，摆了摆手道："搁那儿吧，明日自会有人来收。"说着，像突然想起什么，他上下打量了她一下，皱眉道，"你这个样子要怎么侍候王爷？"说着，就走了出去。

眉林有些呆，低头检视自己，这才发现在山林中折腾了一天，身上穿的白色衣衫不仅被刮得皱巴巴的，还染上了些草叶野花的汁液，看上去黄黄绿绿的好不精彩。想到之前慕容璟和竟然毫不嫌弃地将这样的自己抱进怀里，她心里不由得浮起一抹古怪的感觉，同时也明白了他话中沾染一身花香所指的真正意思。

她这边正胡思乱想，那边清宴已经转回来，身后跟着两个禁军装束的大汉，一个扛着大木桶，一个提着两桶热水。

清宴指挥着两人将桶放下，又把水倒了进去，看他们离开，他才将手中拿的干净衣服和巾帕胰子放到一旁，对眉林道："把自己打理干净，别让人说咱们荆北王府的人不知礼仪，跟肮脏的乞丐似的。"

不等眉林说话，他又道："洗完水放那儿，今晚就在此将就一夜。明儿我让人给你们搭个营帐。"语罢出帐，之后便再也没回来。

桶内水冒着薄薄的白雾，清澈的水面上撒着金黄色米粒大小的碎花瓣，被热气一蒸，芬芳满帐，让人一看就很想泡进去。

眉林在原地站了半晌，确定无人再进来后，才慢吞吞地脱去衣裳，踏入水中。

坐下时，桶中的水荡漾着上升，刚刚漫过胸部，微烫的水温抚慰着全身酸疼的肌肉，她不由自主地发出一声舒服的喟叹，靠着桶沿彻底放松下来。

这个清宴虽然说话刻薄了点，为人倒是细心体贴。眉林想，不管他是因为慕容璟和的面子，还是尽自己的职责，这些并不妨碍她对他心生感激。

泡了一会儿，疲乏稍去之后，眉林才探手抽出发簪，将长发散下。深吸一口气,她身体下滑,让水没过头顶,脑子越发清晰起来。

之前听慕容璟和偶尔自称"本王",她只当是失口,如今方才知道他竟然已被封王。皇子封王,若不是因巨大的功绩,便是被另类放逐。不管是因为什么原因,皇帝那个位置都是注定没他的份了。

荆北。那个地方……

一口气将尽,她"哗啦"一声破水而出,抹开贴在脸上的湿发以及水珠,看着烛火的双眼发亮。

那里……那里是她来的地方啊!

那一年,她跟其他孩子挤在摇晃颠簸的马车厢里,看着一道一道的青山从眼前远去,洁白的花朵在雨雾中摇曳,心中为不知要被带到什么地方而彷徨无措。在那段旅程最开始的时候,她偶听路人交谈,被提及最多的就是荆北。

也许慕容璟和会带着她们回荆北。想到这个可能性,眉林就不由得一阵激动,心中隐隐升起了自己也不明白的期盼。

不过这种期盼并没持续太久。因为自次日起,直到围猎结束,她都没能再见到慕容璟和的面,仿佛已经被遗忘了般。

与她恰恰相反的是,终于向现实屈服的阿玳一直住在慕容璟和的主帐中,荣宠一时。这导致清宴每次见到她,眼中都不由得流露出怜悯之色。

而让她对那个念想完全绝望的是,围猎结束后,慕容璟和并没回荆北,而是随驾进京。那个时候她才知道,他一直都是住在昭京。至于荆北,或许只能算一个名义上的封地罢了。

第三章 冷落

昭京的荆北王府位于城北抚山下，出乎意料地大，占地数百亩，雕梁画栋，罗纬绣栊，碧瓦朱甍，穷奢极侈。据说是炎帝特意为三皇子封王花了两年时间所修建。荆北王府的下人总是为自家王爷受皇上如此荣宠而自豪不已，却只有少数人知道，那其实是一个华丽的牢笼。

眉林住霜林院，同院的还有另外两个女子，一个叫绛屠，一个叫怜秀，同样是慕容璟和的女人。反而是与她同来的阿玳，并不同她住在一起。

她住进去的那一天，绛屠正坐在自己的窗前做女红，抬眼看到眉林，先是一怔，而后又面无表情地低下头继续做自己的事。等一切都安顿下来，绛屠才拉着怜秀过来。她们的态度出奇地友善，怜秀甚至在得知眉林没什么换洗衣服的时候，把自己新裁的秋裳拿了出来。

"附近这几个院的人连王爷身边的中等侍女都不如，有什么好争的？"绛屠这样说。

慕容璟和有很多女人，每隔一段时间宫里就会赏赐几个美人下来，其他臣僚也会时不时送些绝色给他。加上他自己在秦楼楚馆猎艳所得，算起来，偌大的荆北王府中美人数只怕不输皇帝后宫，难怪他总是一副酒色过度的样子。

于是眉林知道自己现在离慕容璟和很远，远到有可能在这个地方待一辈子也见不上面。这个可能性让她在大舒一口气之余，又有些烦恼。如果不能接近他，她能收集到的情报只怕有限得很。好在对这事她不是太上心，很快就抛到了一边。

绛屠她们没有待多久就离开了，眉林便在屋里转了转，对这分为内外两进、一应俱全的敞亮房间极为满意。这是她第一次拥有专属于自己的房间，而且还是光线充足的。

卧室的窗外横伸着几丫挂着稀稀拉拉半枯叶子的老枝，她认不出那是什么树，也许来年春天的时候上面会长出娇艳的花苞。

想着这个可能性，眉林忍不住心中的欢喜，小心翼翼地走过去将门掩上，回转身扑到床上，在柔软的褥子上滚了两滚，便枕着手臂侧卧在上面，笑眯眯地欣赏着朱窗褐枝，想象着花发满枝的情景，只觉一切都美好到了极点。

被褥上有阳光的干爽味道，似有若无地将人包围其中，渐渐地困意便浮了上来。

蒙蒙眬眬间恍惚又回到了潮湿阴冷的囚所，黑暗如同梦魇般入侵，周遭充斥着恶臭与压抑的呻吟，还有其他的骂语和笑声……

"阿眉，你做噩梦了。"眉林被人略显粗暴地摇晃，还有关切的话语传来。

眉林睁开眼，看到一个绮年玉貌的女子皱着眉撇着嘴站在床前。眉林有些发愣，一时想不起身处何地，眼前是何人。

"快起来洗把脸吃饭。"女子没理她，转身往窗子走去，一边关窗一边自顾自道，"换了个新地方，难免不习惯。睡觉别开着窗，这是桃树，容易招魔……"

听她絮絮叨叨地念着，眉林怦怦乱跳的心慢慢地平静下来，这才想起这女子是绛屠。

"原来是桃树啊……"她撑着坐起身，低喃，背上一片冷湿。

那个地方，她想，既然出来了，她就不会再回去。

在荆北王府的日子很悠闲，吃穿用度一样不缺，据说宫里每年都会拨一笔数目不小的银两供荆北王挥霍。想起那日炎帝见到慕容璟和时的神情，再对比其所享受到的待遇，着实让眉林困惑不解。

不过这些都还轮不到她操心。来这里的第一天晚上，她就用锦囊里指示的方法将自己获取的各类消息筛选总结之后传递了出去，换回的解药在体内毒性发作整整一天之后才开始起作用。

最好的解药是在毒性发作之时便起效用，让人完全感觉不到痛苦；其次便是两个时辰起效的；再差的依次是四个时辰、八个时辰、一日。由此可以证明，她那些耗费了些脑力的东西毫无价值。那一天，她怕吓到旁人，只好找借口把自己关在屋内直到毒性平息。第二天吃饱肚子之后，她又变得生龙活虎了，对于自己敷衍的行为毫无忏悔之意。

倒不是说她对慕容璟和有好感或者害怕到不敢打他的主意，而是觉得那点痛苦忍忍还是能过去的，没必要过于冒险。大约是她忍痛能力比较强，所以才会成为不被允许拥有自己思想的死士中的异类。

眉林以为自己会这样一直混日子，直到任务结束，又或者组织那边无法容忍。但现实往往难尽如人意，无论她怎么循规蹈矩，敛声息气，终究还是被人惦记上了。

惦记她的不是别人，而是曾有过一面之缘的牧野落梅。

自那一日之后两人没再见过面，牧野落梅也就把她忘记了。谁料回京后的一次宴会上，慕容玄烈无意中提及那日之事，牧野落梅才知道那个手无缚鸡之力的女子竟然自己毫发无损地走出了山林，这一下子便挑起了她的兴趣。于是她就找了个机会，趁慕容璟和向她献殷勤的时候开口借人。一个无关紧要的人，慕容璟和当然没有不答应的道理，当即派清宴去找来。

说实话，慕容璟和根本想不起牧野落梅要的是谁，反倒是清宴记得清楚，否则只怕还要花费一番工夫。

清宴是慕容璟和身边的红人，王府里没几个人不认识他。当他走进霜林院的时候，附近几个院子明显轰动了，都在猜测他来的目的。

眉林正躲在自己的房里，拿着一本不知从哪里弄来的破旧医书翻看得认真。她不能出王府，也没多余的银钱去找人为自己解体内的毒，何况组织的毒也不是一般人能解的，所以只能依靠自己。她当然知道这对不通医术的人来说，基本上是不可能办到的事，但既然结果不会更坏，不妨试试。

清宴站在门边咳了两声，她才听到，抬眼看到白净文秀的青年，眉头微不可察地皱了一下，而后才露出微笑，站起身施礼。

"见过公公。"对于这个说话刻薄并且总是趾高气扬的内侍，她其实挺有好感的，只是有好感但不代表喜欢看到他的出现。毕竟他是跟在慕容璟和身边的人，不会无缘无故来看后院一个没什么身份地位的女子。

不得不说，眉林被当成死士训练了这么多年，在对周遭事物的感觉上确实有着异于常人的敏锐。

清宴扫了一眼她手中的书，又看了看朴素干净的室内，才慢吞吞地道："你收拾收拾，这就跟我走吧。"

眉林一怔，想问，却在看见他垂着眼不打算多说的表情时又止住。转回室内，她将两件换洗的衣服收拾好，书也放进去，留恋不舍地看了一眼窗外的桃枝后，毅然转开眼，走了出去。

"宴公公，你这是要带阿眉去哪里？"绛屠和怜秀等在外面，见眉林拿着包袱，忍不住问。

清宴高扬着下巴，连眼角也没扫两人一下，淡淡道："入府时没人教过你们，不该问的最好别问吗？"说话间，人已走到院门。

两女被噎了一下，只能眼巴巴地看向眉林。

眉林轻轻摇了摇头，表示自己也不知道。那边清宴已经催了起来，她不得不紧走两步跟上。

一路无话。就在快到地方的时候，清宴终于开口："无论遇上什么事，都别忘记做奴才的本分。"

奴才的本分……眉林微怔，而后立即反应过来他这是提点自己呢，忙恭敬应是，心中对他的感激不由得又增加了两分。

近墨者黑，清宴能成为慕容璟和身边最亲近的人，当然也不会是什么善人，能对一个地位低微的女子提上这么一句，已算破例。以他那由自身缺陷所造成的深沉自卑发展而来的敏感，自始至终都没能从眉林身上察觉到那种常人隐藏在敬畏下面的鄙夷。要换成旁人，只怕他连一句话也懒得说的。

清宴将人领到澹月阁北三楼，回禀后便去忙别的事了。眉林独自一人走进去。

澹月阁从外面看是一整栋朴拙厚重的三层木楼，进入里面才知道它是由四座彼此相连的木楼所组成，中间围出一个不大不小的天井。唯北楼三层，东、南、西面皆是两楼。南楼二楼整层地面铺就红氍毹，垂金色流苏，竟是一座戏台。如此，不必猜也知其他三面的用途。

此时南楼正上演着一出不知是什么的戏，一个青衣挥舞着水袖，咿咿呀呀地唱着，在午后的秋阳中，让人昏昏欲睡。

北楼三楼是一整层通间，铺着厚软绚丽的织锦毯，没有任何家具，只由一层层湖绿色薄纱绣纬隔出朦胧的空间。地面随意扔着一些柔软的靠垫，插瓶的秋菊在纱纬后若隐若现，炉香袅袅，蒸熏着秋凉。

慕容璟和背靠着软垫，一手支在雕花木栏上，另一只手拿着杯酒，目光越过南楼的屋顶，落在不远处的碧色湖面上。湖波漾，山掩翠，蓝天空阔，他颇有些沉醉地微眯了眼。阳光没有丝毫阻隔地照射在身上，让他的脸色看上去似乎好了一些。在他身边，阿玳屈腿坐在那里，怀里抱着一只火红色的小貂。与他们隔了一段距离，牧野落梅手拿折扇，头扎方巾，青衣襦服，一身男装，倚栏负手而立。

眉林犹豫了一下，然后脱了鞋踏上锦毯，裙摆垂下，将她素色的袜子掩住。

"奴婢叩见王爷。"她隔着老远行礼，没往里走。

这一声立即引来了三人的目光。牧野落梅手中合着的折扇在身前栏杆上无意识地一敲，美眸中流露出兴味盎然的光芒。那动作虽然轻微，却仍然被慕容璟和捕捉到了。他唇角微勾，形成一抹意味不明的笑，然后转向眉林。

"到这边来。"他命令。

眉林心中很不情愿，或许阿玳对她没有什么危害，但另外两个人就足以让她感到危险了。上次的事她可没忘，如果换成另外一个人，现在恐怕已投胎进入另一个轮回。然而这层明悟并不能让她拒绝荆北王的命令。

压下心中无奈的情绪，她低垂着头缓缓地走入，再抬起脸时，已带上温婉的笑。

慕容璟和仔细地打量了她两眼，觉得挺眼熟，但再多就想不起了。他看向牧野落梅，道："人来了，想让她做什么尽管吩咐。"

眉林微愕，茫然地看向身着男装却显得娇俏的牧野落梅，暗忖："她找自己做什么？就算吃醋，怎么也不该吃到自己身上啊！"

牧野落梅唇角微撇，突然以扇作刀砍向眉林颈项。她速度极快，又是突然出手，不给人任何思考的机会，若换作以前的眉林，必然会凭借习武人的本能闪避又或者直接出招相迎，但如今直到她收回扇，眉林仍然混混沌沌地站在原地。

事实上眉林也不是不知道，她武功没了，眼力其实还在，只是身手太慢，还没来得及有所动作对方已经停了下来。她索性装傻，然而心里却大大地不安起来，担忧自己的身份是不是被怀疑了。

就在她这边忐忑不已的时候，牧野落梅"唰"一下打开扇子，边摇边往外走去："我带她走了。"这话是对着慕容璟和说的，但说话的人却看也没看他一眼。

眉林有些迟疑，不知是该跟着走，还是不走。她甚至到现在都没明白究竟是怎么一回事。

"发什么愣？跟上！"察觉到人没跟上来，牧野落梅不悦地回头喝道。

眉林感觉到背上有冷汗开始往下淌，不由自主地看向慕容璟和，希望他能给自己一个明确的指示。

幸好这次慕容璟和没有像往常那样陷入沉思中半天不回神，他接收到眉林询问的眼神，不由得微微而笑，突然伸手握住她藏在裙下的一只脚踝，往自己怀中拉去。眉林站立不稳，晃了两晃就要跌倒，却被他一把接住。

"我不能让你带走她。"他终于开口，仍握着酒杯的那只手环过眉林的后颈，将里面剩下的半杯酒灌进了她嘴里。

等他做完这些抬起头，正对上牧野落梅燃烧着危险怒火的美眸。

"你最好给我一个合理的解释！"显然，她觉得自己被戏耍了。

慕容璟和对她了解甚深，并没被这样的怒气吓到，反而低头吻了吻怀中女人的眉角，然后突然发现那眉角上竟然有一粒朱红色的小痣，此时由于她仰靠在自己臂弯内，鬓角发丝下滑而完全显露了出来，在阳光的照射下显得极其可爱。他因为这个发现而有瞬间的分神，不由得伸舌在上面怜爱地舔了舔。

"慕容璟和！"牧野落梅咬牙切齿的声音在空旷的三楼响起，在对面传过来的柔婉妩媚的青衣唱腔映衬下，显得异常生硬愤然。

慕容璟和回过神，又打量了怀中女人片刻，方才抬起眼，笑道："父皇所赐之物，璟和可不敢相赠旁人，除非……"后面他的话没说，但意思再明白不过，自然是除非是他的家眷，那就不能算旁人了。

听出话中之意，牧野落梅给气坏了，却也知他所言是事实，不由得有些不甘地狠瞪着毫不掩饰自己企图的男人，恨恨地道："你做梦去！"

慕容璟和笑笑，也不恼，拇指无意识地摩挲着眉林眉角上的那粒小红痣，慢悠悠地道："这梦做得够久了，你还要让我梦多久？"

眉林的身体无法控制地僵硬，她很想推开他的手，她不知道自己眉角有什么，但是被人这样又亲又摸的，实在是很奇怪，有点过于亲昵了。此时再听到他仿佛是靠在耳边所说的话，即便明知不是对她说的，仍然让她不由得心中一颤，下意识地偏开了头。

感到手指滑离那粒小痣，慕容璟和眉头微皱，但很快便被牧野落梅转移开了注意力。

不知是被那句话触及了心事，还是被勾起了某些回忆，牧野落梅眼神有一瞬间的柔软，不过随即又被冷意所填满。避开这个问题，她转身往外走去，同时撂下话："不借也罢。后日去城西钟山打猎，带上她。"说话间，她的背影被层层纱帷越隔越淡。

慕容璟和看着风将青纱吹得荡来荡去，空气中徒留那人身上特有的幽香，神色间浮起一抹惆怅，低喃："那就继续做梦吧。"说着蓦然翻身，将仍搂在怀中的女人压了下来，伸手去拨她微乱的鬓发。

"让本王看看，你究竟哪里勾起了她的兴趣。"他不正经地调笑着，所有情绪尽收，又是那个醉生梦死的花心王爷。

眉林无意中对上那双色兮兮半眯着的眼，却不承想看到的竟是两束清冷幽光，无情无绪。

慕容璟和当然看不出眉林是哪里吸引了牧野落梅，不过却把她留在了自己的院中，连续两夜都让她陪侍在侧。即使睡着的时候手指仍然按在她的眉梢处，仿佛突然之间对她沉迷无比。

白日的时候，眉林找了个机会照了下镜子，这才知道原来自己眉梢与鬓角间有一粒米粒大的朱砂色平痣。她以前竟从未发现过。当然，这并不是重点。重点是，他竟会如此迷恋一粒小痣，未免……未免太孩子气了。

再然后，她察觉到他的睡眠并不好，每晚都要折腾到筋疲力尽才会睡下。刚开始她还以为他是热衷于男女情事，直到在某一次过程中不经意看到那双冷静无波的黑眸之后，留了心，才发现原来自始至终他都没投入过。似乎只为了入眠。而入眠之后，哪怕是一个极细微的呼吸频率改变，都容易把他惊醒。

眉林突然觉得这个男人很可怜。

她以前也常常这样，因为也许一次的大意，就有可能再也醒不过来。等她没了武功，突然就没有了这种顾虑，终于能够安眠至天亮。慕容璟和表面上看着光鲜放纵，没想到私底下竟也是如此时时提防，连一个平民百姓都不如。

当然这种同情不过是一瞬间的事，眉林不会忘记自己的小命还攥在人家手中。看得出，牧野落梅对她已有所怀疑，这是她当初在山林中选择回到慕容璟和身边必须要冒的险。但是她不得不回来，就算拿到的解药起效再慢，那至少还是解药。没有解药，她会死得很难看，曾经有无数前辈向她证明过这一点。

定定地看着灯火通明的房间一角，眉林想到次日可能会面临的试探，突然觉得自己运气实在是不太好。明明是同时被他带回来的，为什么阿玳就没她这么多麻烦？难道是不能太顺从？她心中疑惑，侧躺着的身体却一动也不敢动。

男人的胸口贴着她的背心，呼吸平稳悠长，应当是已经睡熟了。有些粗糙的指腹执着地按在她的眉角，因为这个姿势，她近半张脸都被他温热的掌心盖着。不是很舒服，但也没到特别难以忍受的程度。只是整晚亮着的烛光让她很不适应，无法沉睡。

不能熄灯，不能与他面对面地睡，不能躺在他背后，不能翻身……男人的怪癖很多，多到跟他睡在一起毋庸置疑是一件折磨人的事。同时也证明，男人的戒心很重。

在明白这一点之后，眉林不得不承认，自己打算在此地混解药的想法有多么幼稚。

翌晨，当慕容璟和带着眉林到达与牧野落梅约定的地点时，竟看到旌旗猎猎、铠甲森寒的肃杀场景。

慕容璟和挑眉，揽着怀中眉林腰部的手臂一紧，将下巴搁在她肩上，怪声怪调地自语："这是要搞哪样名堂？"

与他的疑虑中带着兴味不同，眉林心中涌起强烈的不祥感，真想就这样逃开，而不是由着马蹄徐徐，眼睁睁地看着离那些正在操练的兵士越来越近。

牧野落梅身着乌黑软甲，外披浅蓝色战袍，策马而来，身后跟着一个手捧银色战甲的随从。更远处，让人意想不到会出现在此的人物——慕容玄烈一边任侍从给他扎紧战袍的系带，一边笑吟吟地向这边挥了挥手，算是招呼。

"今日便让牧野看看，曾经威震群夷的战王是否还风采依旧。"来至近处，牧野落梅淡淡地道，示意仆从将战甲奉至慕容璟和的马前。虽然姿态冷傲淡漠，但是她眼中的期待却难以掩饰。

哪知慕容璟和连看也不看那战甲一眼，一拽缰绳，绕开两人，继续往前。

"往事已矣。如今本王佳人在怀，美酒金樽，可不比那枕戈待旦的日子逍遥快活，梅将军休要让我再去重温旧梦。"这是第一次，眉林听到他用这样疏离的语气跟牧野落梅说话。意外之余也有些吃惊，怎么也没想到看上去被酒色掏空了身子的他竟然也曾驰骋沙场、号令三军。

显然牧野落梅从来没被这样下过面子，站在原地脸忽红忽白，好一会儿才掉转马头追上去，怒道："璟和，难道你要一直这样消沉堕落下去？"

慕容璟和身体微僵，回头，看到她一脸恨铁不成钢的痛心表情，不由得露出一个吊儿郎当的笑，一把勾过眉林的脖子，在那白嫩的脸蛋上不轻不重地啃了一口，满眼怀念地感叹："你很久不叫这个名字了。既然你想要，那我就穿吧。要是父皇怪罪下来，我只好承认惧内了。"

要不是脸被啃得又疼又麻，加上自己身份不对，眉林只怕就要笑出声来。

"要穿就快穿，哪来那么多废话。"牧野落梅没好气地道，但并没因为在口头上被占便宜而生气，显然因为他的妥协而心情大好。

"璟和不必担心父皇，梅将军已经请示过了。"慕容玄烈已穿好战袍，一边调整腰上长剑，一边走过来。

慕容璟和无奈，只好抱着眉林跳下马，先让眉林见过礼，自己才开口问："大皇兄怎的也来了？"

慕容玄烈一笑，亲自上前取过侍者手中的战甲抖开，助他穿上，同时笑道："梅将军要玩一个极有趣的游戏，为兄怎能错过？"

游戏……一直安静地待在旁边、尽量弱化自己存在感的眉林听到这两个字，不由得打了个寒战，直觉得这个游戏少不了自己的戏份。

慕容璟和看向她，不悦地道："傻愣着做什么？还不过来给本王更衣！"

慕容玄烈淡笑依旧，微微退开，让出了位置。

"如果没有大殿下进言，陛下又怎会答允将战俘全权交予微臣处理。"牧野落梅道。

听到她的话，眉林才注意到现场除了着装整齐的士兵，还有另外一群衣衫褴褛、神色惶惶的人。他们手脚都被束缚住了，一个个地串联在一起，圈在空地上。密密麻麻的，看上去共有三四百人。

慕容璟和扫了那边一眼，皱眉问："到底是什么游戏，值得你们恭维来恭维去的？"话中满满的酸意，让人知道他心情很不好。只有接替慕容玄烈在给他系腰带的眉林留意到，那半垂的眼中，其实没有任何情绪。

牧野落梅看他差不多已经穿戴妥当，不由得端详起来，企图从戎装打扮的他身上寻找到一丝半毫当年的影子。然而慕容璟和精神萎靡，气色不佳，被银光熠熠的战甲一衬，反而把那一点英俊的感觉也给掩盖了，更显得平庸猥琐。

牧野落梅美眸里浮起浓浓的失望，她别开头，淡淡道："与其留着战俘浪费粮食，不如用之来练兵。"说到这儿，她终究没忍住满心的怨气，责备道："酒色已磨光了你的志气！"

说完这句，她泄愤似的在马臀上抽了一鞭，如风般卷往排列整齐的士兵队伍。

慕容玄烈摇头："梅将军如此烈性，想要抱得美人归，璟和你可得加把劲儿了。"丢下这一句,他也悠然地往那边走去。

慕容璟和抬起头,眯眼看向正在向士兵训话的女子,朝阳越过绿色的山林照在她的身上,让她耀眼得像是整个人都在发光。

他自嘲地一笑,蓦地抱住仍站在面前的眉林,在她唇上狠狠地吻了下,一脸的委屈:"本王被嫌弃了呀,怎么办,怎么办……"一边说一边埋头在她颈间又蹭又拱,占足了便宜。

眉林必须努力才能让自己站稳,知他并不需要自己的回应,于是沉默地越过他的肩膀看着不远处的树林发呆。

第四章 狩猎

天高地阔,层林尽染,南雁逐风。

对炎国受训的士卒来说,这是一个让人心情振奋的天气;对狩猎者来说,这是一个预示着丰收的季节;对秋江之战的战俘来说,这是一个给了人生存机会和希望,同时也面临着死亡的不可抗拒的处置方式。

但是对眉林来说,这绝对是悲惨的一天。如果说那些南越人是因为被俘所以不得不供炎军驱役,成为他们训练的辅助品,那么她不过是一个王府的小小侍寝女,为什么也会招致这样的待遇?

有些郁闷地靠坐在一棵枝叶繁茂的松树枝丫上,眉林摘了个松果,一层一层地剥着里面的松子,心里则把牧野落梅、慕容璟和、暗厂以及暗厂主人给骂了一个遍。

原来牧野落梅所谓的游戏就是将那些俘虏放入山林,只准他们往山林中逃,两个时辰之后,她手下的兵才入林追猎,以人头计数行赏。至于眉林,按牧野落梅的说法,她想知道一个不会武功的人要怎样在危机四伏的状况下生存,这有利于她对士兵进行针对性的训练。

不就是因为那次从山林中没受一点损伤出来而被怀疑了吗?!眉林撇了撇唇,有些无奈。想到临入山林前,牧野落梅将她叫到一边,叽里咕噜地说了句话,见她没反应,立即露出一个古怪的笑,说:"你最好从现在开始祈祷不会被本将捉到。"

就算那个时候没反应过来，在过了这么久之后，眉林也该想到自己不会西燕语的事已被揭穿。牧野落梅当时说的那句话就是西燕语，就算不懂，如今仔细回想起来也能猜到。看来这次想不逃命都不行了。

至于慕容璟和……

她摇头将这个人抛出脑海，目光落向已爬过中天往西边坠落的太阳，知道那些士兵应该已经追近了。在临入山林前她仔细打量过那些将士，从其显露出来的精气神就知道不是普通的士兵，要跟他们比脚力，就算是先走两个时辰也是比不过的。所以她并没有像其他俘虏一样拼命地赶路，而是边走边清除自己留下的痕迹。但是……她突然想到慕容玄烈带着的那头海冬青，不由得往天空中看去。

天空青蓝，除了几缕飘着的云絮，并没看到鸟雀的踪迹，这让她微微地松了口气。

她嗑开一个松子，尝到里面满含油脂的核肉，香味在舌尖上弥漫。

活着真好！眉林感慨。穿过挡住自己的枝叶，她看到两个衣不蔽体的男人相互搀扶着一瘸一拐地从岩石那边走过来。她记得他们是跑在她前头的，看样子是迷路了，否则怎么又绕了回来？

就在她考虑是否要指点他们一下的时候，尖啸之声响起，一道白光破空而至，"噗"一下由其中一人脖颈射入，然后穿透另外一人，将两人串在了一起。

眉林手中的松子掉落，下意识地屏住呼吸，动也不敢动一下。片刻后，一个身穿甲胄的男人出现在她的视野中，"唰"一下抽出刀，将两人的头砍了下来，系在腰间。

眉林悄无声息地闭上眼，以免因自己的注视惹起他的警觉。过了许久，再睁开时，那人已经不知去向。她知道，如果不是有之前那两个人引开他的注意，自己的头只怕此时已经挂在了那人的腰上了。

见识到牧野落梅手下兵将的实力，她心中的危机意识立刻"唰唰唰"地往上直涨，现在唯一盼望的就是太阳早点落山。就算那些人再厉害，多少也会被黑暗以及隐藏在暗林的危机影响到。以她如今的实力，想要逃出山林是不可能的，只能在这里面跟他们兜圈子，直到明天。

牧野落梅规定士兵的返营时间是次日巳时，只要她熬过那个时间，就能获得暂时的安全。

兜了一包松果扎在腰上，眉林观察了下没有其他人接近之后，便迅速地从树上滑下，想换一个地方藏身，哪知脚刚沾地，背后陡然响起一声轻笑。她僵住，缓缓地转过身。

牧野落梅不知什么时候站在了不远处的岩石上，手执弩弓指着她说："果然不简单，竟能避开本将的手下。"轻慢的语调，透出不容忽视的杀气。

眉林苦笑，知道如今的自己在这个女人面前要想反抗是不可能的，索性靠着树坐在地上，心里不由得再一次哀叹自己被毁掉的武功。

"梅将军，你要杀便杀吧，我也不想跑了。"说到这儿，她笑了一下，笑声中充满讥讽，"你是大将军大英雄，纡尊降贵地来耍弄我们这些毫无反抗能力、地位卑微的人，可真是太能耐了。"

一句话说得牧野落梅的脸阵红阵白，眼中杀机闪动，然而手上的弩弓却垂了下来，冷笑道："对于一个奸细，本将军难道还要讲究什么仁义礼让？哼，若不是你们这些女人，璟和又怎会落得现在这个样子！"后面一句她说得咬牙切齿，显然，这才是她想杀眉林的真正原因。

眉林莞尔，觉得这个理由真是让人感到无辜，她颇有些无奈地摊手："欲加之罪，何患无辞？荆北王府最受宠的绝不是奴婢。将军若真心替王爷着想，何不直接嫁了他，那样便能直接约束他了。何况以王爷对将军的感情，到了那个时候又怎会把心思再放到别的女人身上？"她不着痕迹地将问题从奸细上面转移开，毕竟不管对方有没有证据，对她来说都不是一件好事。

牧野落梅不知是不是被勾起了心事，原本凌厉得让人如芒在背的眼神微柔，似乎在考虑她的话。她陡然回神看到眉林直往自己背后探视的目光，秀眉一扬，手中弩弓再次举了起来："别妄想了，璟和不在这里。就算他在，也阻止不了本将杀你。"

眉林再一次感到全身上下被杀气所笼罩，脊背不由自主地僵硬起来，表面上却依然是一副心灰意懒的样子。她抬手按住眼睛,眼前浮起面对自己苦苦哀求时男人无动于衷的样子,心脏微微一缩,自嘲地笑道:"奴婢可不敢奢望。王爷一心要讨将军欢心,又怎会阻止?"明明前一刻还温柔怜爱,下一刻却翻脸无情,那个男人算是让她开了眼界。暗厂那些教官头儿与他相比,简直是拍马也不及啊!

显是因她的话想起了早上的一幕,牧野落梅心情突然大好,手腕一翻,将弩弓竖执垂在腿侧,笑吟吟地道:"若你跪地相求,本将说不定可考虑放你一次。"

面对明摆着的欺负与轻蔑,眉林却并不恼怒,无声地笑了下,放下遮着眼睛的手:"梅将军统领千军,自然是一言九鼎,说出的话当然不会反悔才是。"说罢,眉林不给牧野落梅反悔辩驳的机会,她翻身站起,然后又郑重其事地"扑通"一声跪下,还"咚咚咚"地连叩了几个头,口中说道:"梅将军你是女中英豪、巾帼英雄,求你饶奴婢一条小命吧!"

牧野落梅不是没见过贪生怕死之徒,但却从来没遇到过如同眉林这般厚颜无耻的人,竟是连硬撑一下面子也懒得做。只是说出口的话已是收不回,目瞪口呆之余,仿佛有一口气堵在了胸口,让她不仅感觉不到丝毫将人踩在脚下的痛快感,还觉得憋得慌,很想大大地发泄一通。

不过她的反应也算快,手腕一动,"唰唰"两箭脱弩而出,分射在正欲站起身的眉林左肩以及右腿上,让她再次跪跌在地。

"我只说放你一次,但并没说让你全身而退。"牧野落梅淡淡地道,神色间却难掩扳回一局的得意之色。

眉林跪在地上,低着头静等肩、腿上的剧痛缓解,也不知听没听进对方所说的话。直到因剧痛以及疲累而导致的昏眩过去,她才扶着身旁的大松树,再次从地上爬起来。

"奴婢谢过将军不杀之恩。"她抬起头平静地看了牧野落梅一眼,然后一瘸一拐地往山林深处走去。

牧野落梅愣在原地,看着她越来越远的背影,脑子里反复浮现那双深黑无光的眸子,突然间有些想不起自己为什么要这样针对一个不会武功的女子。

夜色深沉，无星无月，可以预见次日的坏天气。

眉林背部紧贴着凹凸不平的山壁，希望能借山石的冰凉降低身体的灼热感。箭头已经被她拔出，敷了草药，经过简单处理的伤口一跳一跳地抽疼，连带昏沉沉的脑袋也跟着疼痛滚烫起来。她知道自己在发烧，不敢放任自己睡下去，怕睡沉了就再也醒不过来，于是用手紧抓着一块尖锐的石头，在快要熬不住的时候就狠狠地扎自己一下，以此保持清醒。

这是一处斜坡上的岩洞。在逃离牧野落梅后，她撑着一口气尽往林木繁茂、灌木丛生的地方钻，不敢再停下来。牧野落梅放过她，不代表其手下也会放过她。她已经没有力气再去清除自己留下的痕迹，只能尽量往弓箭和轻功都施展不开的地方走。

即便如此，失血和疼痛仍令她失去了平素的警觉，奔逃间一脚踩空，从斜坡上滚落。虽然摔得七荤八素，但也因此发现了这处被长草以及树根遮挡住的半山岩洞。别说已没体力再继续前逃，就算能逃，只怕也逃不出那些精擅野战的士兵追击，她索性冒险就此藏了起来，静待牧野落梅收兵。

幸运的是，直到夜幕降临，也没被人发现。不幸的是，她没有功力护体，抵抗力大不如前，这在以前并不算什么的伤竟然让她发起烧来。

焦渴的喉咙，灼热的呼吸，全身难以言喻的疼痛和疲惫都在折磨着她，消磨着她的意志。

迷迷糊糊间，眉林仿佛又看到了满山遍野的春花，密密的雨丝交织着，将一朵朵洁白滋润得格外美丽。清新的空气带着二月特有的浓郁花香，环绕身周，让人很想就这样睡过去，再也不醒来。

握着石头的手指动了动，终于抬起，仿佛使出了全身的劲，实际上却是软绵绵地扎在大腿的伤口上。疼痛让眉林头脑稍稍清醒，身体的沉重再次袭上来，似有什么东西急欲摆脱这困囚一样的皮囊破体而出。

娘亲是长什么样呢？她紧攥着一丝清明努力对抗着放弃的欲望，突然想到这个以前不曾容许自己去想的问题，然后便觉得整个人由里到外都煎熬起来，从来没有这般渴望着知道答案。

她从哪里来？为什么不要她了？是不是也曾有过像其他人一样的家，家里是否还有兄弟姐妹……这些不知道都没关系。她只是想知道娘长什么样子。只想知道这个，再多也不要了……

再多也不要了……

黑暗中，眉林干裂的嘴唇翕张着，细细地碎语，却没发出声音，或许连她自己也不知道在呢喃些什么。

也许这次熬不过去了。就在她那已不能算清醒的脑子里突兀地冒出这个念头的时候，蓦然听到"砰"的一声闷响，仿佛有什么东西撞在树干上，连头顶上的岩石都似乎被震动了。危机感让她一下子清醒过来，不自觉地收敛了浊重的呼吸。

她努力凝神屏息，却半晌都没再听到响动。就在意识又要飘散的时候，一声呜咽突然刺破脑中越来越浓的混沌，让她心口剧震。

抽抽搭搭的啜泣声始终不停，惹得本来就很难受的眉林暴躁起来。她本来不想管，又怕连累自己。不得已她只好拖着已经快到极限的身体爬出去，在上面找到那个发出哭声的黑影，也不管是头是脚，一把抓住就往下拽。

她力气不大，却吓得那人尖叫起来，从声音能听出是一个正处于变声期的少年。

"闭嘴！"眉林觉得头痛欲裂，喝出声时才发现自己声音嘶哑，如同被沙子磨过。

那少年被吓得立即噤声，也不哭了，想要问对方是谁，却怎么也张不开口，浑身控制不住地打着摆子。

"不想死就跟我来。"眉林试了试，发现她压根没力气拖动这半大小子，只能压低声音威胁。

少年也不知是被吓破了胆还是意识到对方没有恶意，当真乖乖地跟在她身后爬回了下面的岩洞。一直到靠着石壁坐好，半天没再听到其他动静，他才反应过来对方救了自己。少年心中感激，忍不住哆哆嗦嗦地开口询问："大……大哥，你是哪……哪里人？"他想，都是在逃命的，两人说不定是认识的呢，完全没意识到自己理所当然地把对方当成了跟他一样的战俘。

眉林没有回答，大约是多了一个人，她的精神好了点，伸手到腰间摸了几个松果扔到少年身上。

少年被连砸几下，虽然不重，但立即闭上嘴，以为惹她生气了。过了一会儿，他才悄悄地拿起一个掉在身上的东西，摸了摸，又疑惑地放到鼻尖嗅了嗅。

"剥开……松子……"眉林没见过这么傻的小孩，忍了忍，终究没忍住，颇有些吃力地开口提醒。

少年逃了一天，什么都没吃，早饿得头昏眼花，听到是吃的，也不管鳞片硌手，就闷头掰起来。他又摸索到掉在身边地上的松果，将里面的松子也一粒不漏地抠了出来。

"大哥，你吃。"就在眉林又昏昏沉沉地快要睡过去的时候，一只手小心翼翼地碰了碰她。

原来少年一直强忍着没吃，直到全部都剥出来后，先递给了她。

眉林的眼皮已经沉重得快要撑不起来了，感觉到对方的碰触，只是闷闷地哼了声，没力气回应。那少年等了半晌，见她没反应，这才收回手，自己珍而重之地细细嗑起来。

安静的洞穴里就听到嘎嘣嘎嘣的声音一下一下地响着，虽然略有些吵，但至少不会让人迷失在黑暗之中。

嗑完手中所有松子，少年意犹未尽地咂了咂嘴，又凝神听了听四周的动静，除了对面人沉重的呼吸声，再没其他响动。他一直惊惶的心终于安定下来，缩了缩身子，蜷成一团睡了。

不知什么时候下起雨来，秋雨打在树枝草叶上，发出沙沙的声音。大约是洞口开得低，空间也不大，挤了两个人的岩洞内并不算冷。频率不同的呼吸声此起彼落，仿佛终于有了生气。一切都归于平静的时候，"砰"的一声，像是又有什么东西狠撞在上面的大树上，震得石缝间的泥土簌簌地从头顶掉落。

本来就入眠不深的两人吓了一跳，同时睁开了眼睛，就算是在黑暗中也能感觉到彼此心中的震惊。

雨越下越大，洞顶上再没传来声音，少年坐不住了："大哥，我去看看。"

他担心掉下来的是其他同伴，如果受了伤，再这样被雨淋下去，只怕凶多吉少。

"嗯。"眉林也有些不安，暗忖：难道又有人从上面失足落下来？要真是的话，这里只怕不能久藏。

少年出去没多久，又拖回了一个人。夜色暗沉，什么都看不到，眉林只是觉得有寒凉的雨雾被挟带进来，让她不由自主地打了个寒战。

"他还没死。"少年说，一边努力地给那个人揉搓冰冷的手脚，"他的衣服都湿透了，也不知道伤在哪里。"

眉林沉默，感到被人这样聒噪着，身上的不适似乎没开始那样难以忍受了。身体仍然发着烫，伤口也仍然抽痛着，但是现在不只是她一个人，黑暗再不能将她无声无息地湮没。

"太冷了，这样下去他会死的……"少年喃喃地念叨着，然后是一阵窸窸窣窣的声响，"我给他把湿衣服脱了。大哥，咱们仨挤挤吧，这样暖和点。"说罢，他拖着没有声息的男人往眉林那边挤去。

眉林没有避开，粗略判断出被带进来的那个人没有危险性后，便挪动着身子靠了过去，与少年一左一右夹住了那人。这种时候，她并不介意将自己滚烫的体温传给其他人。

肩膀的伤处被抓住，剧烈的疼痛一波波袭来，眉林却咬紧牙哼也没哼一声，疼痛可以让她保持清醒。一只细瘦如鸡爪的手从那边伸过来，揽住了她的肩膀，让三人更紧地依靠在一起。这样与别人分享生命的感觉，让她不由得贪恋。

这种感觉在天光射进岩洞的时候被打破了。

大约是被身旁的人汲取了多余的体温，黎明的时候，眉林身上的烧已经消退，抓着她肩膀的手早已因为主人睡沉而滑脱，软软地搭在中间那人的身上。

她一夜未睡。清幽的曙光让岩洞内隐约可以视物，她转动有些僵硬的眼珠，看清了与自己依偎一夜的人，脸色在一瞬间变得极度难看。

闭了闭眼，再睁开，证明不是她在做梦。手无意识地掐紧，她深喘了两口气，然后悄无声息地往旁边挪开，将自己隐藏进岩洞深处的阴影里。

慕容璟和——那个一脸青白、不省人事的人，竟然是慕容璟和。

这真是天大的笑话!

眉林失了方寸,一时竟不知要如何处理眼下的情况。也许她该马上离开这里,又或者趁这个机会杀了他……

洞外仍在淅淅沥沥地下着雨,滴滴答答的响声敲在眉林已变得脆弱不堪的神经上,让她再次觉得头痛欲裂。作为一个死士,杀人再正常不过,所以她完全可以杀了这个害她落到这步田地的男人,就如昨天早上,面对她的哀求,他也曾没有丝毫心软。

心里乱七八糟地想着,慌乱的情绪终于渐渐地平稳下来,她往洞口爬去。

顺着草叶滴落的雨水落进焦渴的嘴里,让她觉得稍微好过了一些,又呼吸了几口洞边的新鲜空气,她就地坐下,回头冷冷地看向洞里的两人。

面黄肌瘦的少年趴在慕容璟和身边,显然是逃了一日后累极,睡得死沉。虽然脸孔脏污、衣衫褴褛,但仍然能从那带着稚气的眉眼看出不会超过十五岁。

既然他能逃过昨天,以后也能生存下去的吧……

沙沙的草叶晃动声传进耳中,打断了眉林的沉思。一个黑褐色扁圆形蛇头钻出洞边的草丛,瞪着两只乌溜溜的眼睛,吐了两下芯子,然后摇头摆尾地往洞内滑来,露出小孩手腕粗细的身体。

眉林坐在那里,目光平静地看着它,握了握拳,喉咙不由自主地动了下。就在黑蛇滑上她挡在路上的腿时,原本垂在身体两侧的手突然伸出,一手卡在蛇三寸的地方,一手扯住它的身体,在蛇尾受惊卷上她的手臂时,一口咬在蛇的七寸上面。

眉林无视蛇的挣扎以及蛇尾越来越大的绞劲,牙收紧,再收紧,直到刺破冰冷的蛇皮,温热的血液流进她嘴里。

蛇尾终于慢慢地松开,偶尔痉挛,终于软软地垂了下去。

"啪"!足有四五尺长的死蛇被丢在地上,眉林几乎虚脱地瘫靠在岩壁上,闭眼喘息着,左肩上还没愈合的伤口再次渗出了血。

喝了满肚子的蛇血,被失血、饥饿、高热等耗尽的体力终于得到补充,身体渐渐地暖了起来。稍稍地缓过劲来,她睁开眼,不意竟对上一双清澈中布满惊恐的黑眸。

少年醒了，显然他看到了眉林咬蛇的那一幕，或者，他很有可能就是被那一番响动惊醒的。

眉林想了想，伸手捞起地上的蛇扔到他面前，淡淡地道："吃吧。"松子虽然是好东西，但毕竟量太少，在填饱肚子方面实在起不了太大的作用。

少年被吓得一哆嗦，往仍昏迷的慕容璟和那边缩了缩，结结巴巴地道："你……你是……"他怎么也想不到什么时候冒出个女人来，而且还是一个凶悍无比的女人。

眉林垂下眼睑，不是不能解释，但实在没什么说话的欲望，也不想耗费力气，于是从鼓囊囊的腰间又摸出两个松果扔到少年身上，自己则爬过去把死蛇拖了回来。目光在洞内搜索了一遍，最终落到慕容璟和的腿上。

她爬过去，从他腿上取下一把匕首，从外形花哨的鞘中拔出一把匕首，薄刃泛着雪芒，看上去是个好东西。

坐回原地，她闷头处理起死蛇：扒蛇皮，斩蛇头，剖蛇腹，去内脏……

"你……你……大……大哥？"在她做这一切的时候，少年终于缓过神来，茫然地拿起身上的松果，一脸的不敢置信。

眉林瞟了他一眼，仍然没说话，在洞口摘了几片半黄不绿的阔叶平铺在自己面前，把蛇肉切成片放在上面，蛇皮蛇骨等物就地挖了个坑埋去，以免引来蚂蚁等物。

烹熟的蛇肉也许味道鲜美，但生的绝对不会让人食指大动。少年迟疑地看看自己面前那份白花花的蛇肉，又看看正沉默地咀嚼着的眉林，不由得咽了口唾沫，努力压下一阵阵泛上来的恶心感，逼着自己拿起一片放进嘴里。然而还没开始咀嚼，那带着浓烈腥味的冰冷滑腻感立即让他"哇"一口吐了出来。

看着他几乎将胆汁吐了出来，眉林不由得皱了眉，趋身过去将那份蛇肉收了回来，然后把自己身上所有的松果都丢给他。

"对……对不起，大……大……阿姐……"少年用袖子擦着嘴，好看的眼睛里溢满泪水，自责得快要哭出来。

"没关系。"眉林终于开口道,声音虽然比昨天好了点,但依然沙哑,让少年立即肯定了她就是昨晚收留自己的人。

她用草叶将剩下的蛇肉裹紧揣进怀中,探头出去看了看依然下个不停的雨,回头又看看不知什么原因始终昏迷不醒的慕容璟和,然后就往外爬去。

"阿姐,你要去哪里?"少年见状大吃一惊,顿时说话不结巴了。

"逃命。难道要在这里待一辈子?"眉林头也不回地道。她想了想,顺便提醒了他一句:"你也赶紧离开这里吧!再晚可能有麻烦。"这个时候那些士兵应该正在赶回去向牧野落梅复命,如果等他们发现慕容璟和不见后,只怕要把整座山林搜遍,甚至封锁,那个时候想逃都逃不了了。

"可是……阿姐,阿姐……"少年看了看倒在一旁的慕容璟和,也顾不得满地的松果,以比老鼠还灵敏的动作爬上去,抓住了眉林的脚踝。

"做什么?"眉林前进不得,皱眉回望道。

"阿姐,你别丢下我。"少年带着哭腔,红着眼睛,满脸的委屈。

眉林有些愣,没想到他还会想要跟自己在一起。以前曾跟其他同伴合作共同渡过难关,但一般达到目的后就会各自分开,从来不会互相牵绊。对她来说,昨晚便属于这种情况:她拉了他一把,他也助她熬过了最危险的一夜,就算天亮后她仍奄奄一息,但如果他独自离开,她也不会有所抱怨。同样,她要走时也并没想过喊上他一道。

"走吧。"想了想,眉林觉得他动作敏捷,两人一路并没什么坏处,便点头道。

少年闻言大喜,脸上漾起灿烂的笑容,耀得人眼花。

"你等等我。"他道,然后迅速地返回之前躺的位置,一阵忙碌。

眉林看他是去收拾地上的松果,便收回目光,先爬到外面,坐在大树下等,对于躺在里面人事不知的慕容璟和,她并没多看一眼。如果说前两天她的心思曾因为他莫名其妙展现的迷恋而有所浮动,那么在昨日已被彻底毁灭干净。他于她无恩,她也并没对他不起,那么他的死活便与她不相干了。

雨下得似乎更大了,穿透头顶仍然浓密的叶片,时不时地打几滴在她身上,但并不影响她饱食后的好心情。她伸出手接住雨水，慢慢地清洗上面的血迹，然后看着被雨雾笼罩的山林，寻思着逃生的路线。

"阿姐，咱们走吧。"下面传来少年的喊声，带着微微的喘息。

眉林垂眼看去，脸顿时绿了——少年站在下面，背上背着体形比他高大许多的慕容璟和，涨红着脸，却满眼让人不解的欢喜。

第五章 逃命

少年叫越秦，虚岁十五，秋江之战是他入伍之后参与的第一场战争，没想到稀里糊涂就被俘了。

南越是大炎西南一个偏僻的附属小国，崇尚巫蛊之术。但因土地贫瘠，林沼密布，毒虫横行，最强盛时期，百姓也不过只够温饱，要谈强国却是远远不能。这样的地方，大炎就算将之纳入版图也没太大好处，所以南越着实安居乐业了许多年。然而他们这一代却出了一个容姿绝艳、百花羞闭的圣子，不仅能驱役虫蛇猛兽，还能呼风唤雨。炎帝欲招其入京不得，于是天子震怒，伏尸百万，流血千里。自那时起，南越就再没有过安宁之日。

"他是炎国的三皇子。"眉林指着越秦背上的慕容璟和道，看到在他们俩的身后落下长长一条痕迹，她就忍不住地暴躁。

"啊，是吗？"越秦并没有露出意外或者仇恨的神情，仍气喘吁吁地驮着背上的人，咬紧牙一步一跌地前进着，汗水淌入了眼睛。

眉林看不下去了，恨不得将两人丢下独自离开。她就不明白了，这孩子怎么就那么执拗，非要救一个害他家破人亡的仇人之子？偏偏她还看不得他委屈巴巴的眼神，否则早在发现他那比乌龟好不了多少的前进速度时就溜了。

"行了行了，把他放下。"她真的受不了了。

"阿姐……"就在少年又要露出小狗般乞怜的眼神前，眉林飞快地伸出手掌阻隔了两人之间的视线交流。

"别啰唆！快点，别连累我跟着你遭殃！"她的声音有些严厉，还有些不耐，大有你不照做我就走人的势头。

听到她的话，越秦不得不把升上喉咙的话咽了下去，磨磨蹭蹭地将慕容璟和放在了一片较干燥的松软落叶上。他们所在的位置是一片红松林，红松高大，挺拔入云，其中还间杂着紫椴、冷杉等树种。树下长蔓老藤，苍苔枯蕨，雉鸡潜踪。因为树冠枝叶相连，遮天蔽日，树下并没有被雨水浸透，只是略显潮气而已。

"你去找点东西填饱肚子。"眉林道，同时趋前，开始仔细检查起慕容璟和来。无论他受了什么伤，经过这一番折腾也该醒了，奇怪的是，他竟然一点醒转的迹象也没有。

越秦本来就饿得头昏眼花，见她并不是要丢下慕容璟和，立即放下心来，当真在附近寻找起吃的来。林间有野菇、木耳，藤上有野葡萄、狗枣，地上有掉落的松子，想要饱餐一顿并不难，味道比生蛇肉强。

除了些许擦伤，慕容璟和身上并不见任何严重的伤痕，脸色却难看得吓人。眉林心中生起怪异的感觉，将手指按上他的脉门。

"你救了他，也许有一天他会毁掉你的家园。"她对正在摘山葡萄的少年道。

越秦将摘下的一串串葡萄用衣服兜着，虽然饿极了，但没有边摘边吃。闻言，他不由得停下手上的动作，笑道："阿姐，如果丢下他，他肯定会死。"

眉林扭头，不再理他。然而她却不得不承认，少年的那句话触动了她心底的某根弦，让她不由自主地正视起他所表现出的对人命极度重视的态度。她可以不赞同，但绝对无法轻视。

慕容璟和的脉象乱而不弱，也不知是受了内伤还是有别的原因。眉林不通医理，只能确定他身体确实出了问题，其他实在无能为力。收回手，她想了想，伸出拇指在他的人中上掐了半晌，直到掐出血印也不见人醒转。

"真是大麻烦……"她咕哝着，将他敞开的里衣拢了拢，然后抽出匕首，起身去割长藤。

"阿姐，吃葡萄，吃葡萄。"越秦兜着一兜乌黑色山葡萄欢喜地跑了过来说，

"这山葡萄可好吃了，以前我在家里的时候经常跟着木头他们进山摘。"

眉林看了一眼他并没有因为战争而染上尘污的纯净黑眸，没有说话，提起一串葡萄就随意啃起来。见她吃了，少年显得很高兴，在原地坐下，也开始吃起来。

"把他放在这儿，那些大炎人自然会找到他。带着他，我们两个都会被连累。"吃了两串葡萄，压下一直弥散在口腔中的腥味，眉林便不再吃了，继续割长藤。

"但也许在他们找到他之前，他就死了。"越秦一边狼吞虎咽地吃着葡萄，一边认真地道。他说的是实话，撇开其他危险，下雨的深秋山林寒冷如冬，让一个昏迷不醒的人就这样躺在这里，只怕过不了多久就得冻死。

知道他说的是事实，眉林撇撇唇，不再多言。地上已经有她割下的一大堆柔韧的藤条，她向四周看了几眼，然后走到一根成人手臂粗细、丈余高的红松前，蹲下开始削起其根部来。她虽然力气不够，但好在匕首锋利，没用多久就将那树砍倒。

"阿姐，我来帮你。"越秦不知道她在做什么，两三下解决掉葡萄，还是跑了过去，帮着她剔起树上的枝叶来。

眉林有伤在身，这一番动作下来已有些吃不消，索性将匕首扔给他，让他按自己的吩咐来做。

大约是做惯了粗活，越秦手脚灵活，片刻便用树干和藤蔓做出一个简陋的架子来。眉林又让他将多余出来的树干砍成四截三寸许厚的圆木，扒了皮，在中间挖出圆洞来，分别绑在架子下的藤条上。

还没做完，越秦已经知道眉林的用意，当下干活的劲头更足。

当把慕容璟和用藤条牢牢地绑在架子上拉了一段后，不仅他满意，连眉林都满意起来。不同的是，他满意的是这样不仅省下了很多力气，还加快了速度，而眉林满意的是，被这样绑着的慕容璟和就算突然醒过来，也不会对他们造成太大的威胁。不管怎样，结果总是皆大欢喜的。

他们将做架子剩余的废料挖了个坑埋下，在上面撒上落叶松针，把多余的土盖在砍下的木桩上，清除了一切停留过的痕迹，两人便上了路。

"阿姐，你也上来，我能拉你们两个。"走了一会儿后，越秦对落在后面的眉林喊，满眼都是小孩子得到新奇玩具后的兴奋。

眉林摆了摆手，示意他继续往前，自己则在后面仔细地将两人经过的痕迹清除或者掩盖。还时不时地往别的方向走出一段路后，再踩着之前的脚印倒回去。

因为走得慢，一路走，她一路摘些可食之物，然后用慕容璟和的湿衣兜着，等捡得差不多后便用衣带扎紧，放在藤架上让越秦拖着走。

如此走了一个多时辰，倒也没人追上，两人多多少少放下心来。

中午的时候雨停了，只是风仍带着湿气，吹到身上，寒气逼人。两人在一条溪流边停下暂歇并进食。

眉林走到一边，隔开越秦的视线，在水边清理自己的伤口，敷上沿途找到的草药，用清洗过的布带重新包扎住，又喝了两口水，不经意地抬头看了眼天空，脸色倏变。

"小子，藏起来。"说话间，她已急急地退进旁边的密林中。

越秦不明白发生了什么事，但一路已经习惯了听从眉林的话，连多想一下也没有，便拖着慕容璟和学她一样藏进了林子里。

眉林小心翼翼地，在不触动周围灌木的情况下挪到他们身边，透过枝叶的间隙往天上看去。

"阿姐，怎么了？"越秦也跟着往上看。

一个黑点在铅灰色的云下盘旋着，突然之间一个俯冲，闪电般射向他们藏身的位置，就在越秦惊呼出声之际，倏然凝定在林梢上丈许高的地方。那青灰色的矫健美丽的身姿，金黄色的眼睛闪烁着锐利冰冷的寒光，紧盯着他们，是慕容玄烈的那只海冬青。不待两人有所反应，海冬青又"唰"一下飞上高空，绕着他们所在的那片密林画着圈盘旋。

眉林低咒一声，脸色难看地道："被发现了，快离开这里。"

越秦抓着藤架上横棍的手一紧，弓起身，如一头受惊的小牛犊般往林子里钻。眉林紧跟其后，再顾不上去掩盖痕迹。然而无论他们怎么加快速度，那头凶悍的大鸟都在他们头顶的上空盘旋着，向远处的主人指示着他们的行踪。

眉林腿上有伤，这一番疾奔已有些吃不消，忙叫停了前面拖着人也累得气喘吁吁的少年。

"这样不行，很快就会被人追上。"她说着，走上前把那根斜挎在少年胸前的藤索解了下来。

越秦有些发白的唇动了一下，却被她抬手制止："时间不多，听我说。你从这里往前，顺着溪流的方向先走一段路，小心点。"她一边说一边用匕首削下身旁较柔软的灌木枝，飞快地编出一个布满绿叶的圆帽，扣在少年的头上，"然后出林，潜进溪下，尽量靠着遮蔽物多的一面……"说到这，她顿了下，问："会浮水吗？"

越秦点了下头，张唇欲言，但眉林并没给他机会继续说道："那你就顺着溪流走，只要没人追上，就别换方向。"她说着，给少年理了理几乎蔽不了体的衣服，将他被寒风吹得起鸡皮疙瘩的裸露肌肤挡住，又用藤索扎紧，"上岸后别急着赶路，按我之前的方法，把自己走过的路处理一遍，别留下痕迹，知道吗？"

越秦摇头，嘴依然紧紧地闭着，眼圈却已经红了。

"快走，你留在这里会拖累我。"眉林皱眉，把他往溪水下游的方向推了一把，似乎很生气。

哪知少年竟然"哇"一声哭了出来，没有走，却也没敢靠近她。

眉林见不得人哭，叹了口气，走过去，揽住越秦的脖子，让他的额头抵在自己没受伤的那边肩上。他个子瘦小，这个姿势并不显得怪异。

"好了，阿姐不是嫌弃你。"这是她第一次承认这个称呼，越秦听到耳中，不由得哭得更大声，连肩膀都开始抽搐起来。

眉林哭笑不得，却又莫名地有些心酸，还混杂着另外一种不知名的情绪，让她不由得放柔了语气，"难道你是女孩儿吗？这么爱哭。"

这句话倒有了效果，越秦一下子收住声，只是不时抽上一两下，反而显得更加可怜。

眉林叹了口气，知道没有充足的理由是无法说服他先行离开的。

"越秦，咱们必须分开，不然被上头那只扁毛畜生盯住，一个也走不了。你先走，我随后就来。"

"那阿姐你先走，我还要拉这个大炎人。"不等她说完，越秦已经抬起头，拿下头上枝叶编成的帽子就往她头上戴。

眉林后退一步闪开，不悦地道："你这么笨，等他们杀了你再来追我吗？"

少年脸上再次浮起委屈的表情。

眉林笑了起来："阿姐一个人的话，有的是办法不让人发现，而且我并不是南越人，他们不会把我怎么样。"

大约是想起少年对慕容璟和的挂念，于是她又道："放心，这个大炎人阿姐不会不管，我会看着那些人把他带回去再离开，然后来找你。"

不等越秦细想这前后矛盾的话，她继续说下去："你出去后在离昭京最近的一座大城等我，咱们比比看谁会先到。"说着，她一把拽起藤架上的绳索，拖着慕容璟和往林外溪边走去。

越秦傻呆呆地看着她的背影，很想上前帮忙，却知道那样肯定会惹她生气。就在他踌躇不决的时候，眉林头也没回地又喝了声："快走！男子汉扭扭捏捏的，像什么样子！"

越秦身体剧震，呜咽一声，戴上草帽转身便跑，过了好一会儿才微微地缓过神来，尽量往林木茂盛处走，让枝叶隐藏住自己的身影。他边跑边哭，眼前一片蒙眬，被绊摔了好几次，极是狼狈。

因为两人分开，那只海冬青一下子不知要跟哪边，在天上着实忙乱了会儿，最终因为越秦的身影消失在视线中而放弃追踪，只盯紧了停在溪边的两人。

眉林坐在那里，掏出怀中蛇肉吃了几块，然后用水漱了口，又在附近摘下几片香草放入口中细嚼。她觉得自己几乎能听到衣袂破风的声音正往这边而来，但也知道那只是幻觉，以她现在的能力，听觉是不可能那么灵敏的。

不知道是因为寒冷还是因为其他原因，慕容璟和的脸色比早上的时候更坏，青多白少，让人很怀疑下一刻他就会喘不上气来。

眉林想了想，上前将把他紧缚在架子上的藤索解开，想着万一他醒过来了，也不至于因动弹不得而无辜丧命。她对他没好感，无意救他，但也不至于恨他恨到想让他死的地步。

不错,她并不打算像对越秦承诺的那样,真的等到有人找到他后再离开,她可不想找死。

想到牧野落梅眼中射出的怨怒,她就不由得打了个哆嗦,觉得越秦差不多已潜入溪中了,于是起身就要往相反的方向跑。

只是脚还没抬起,脚踝一紧,已被人抓住,害得她差点摔倒。

"带我一起走。"沙哑的声音,带着不容拒绝的语调。

眉林大吃一惊,低头,正对上慕容璟和清明的眼睛。

没有初醒的懵懂,也没有平时的酒色迷蒙,他的眼睛清明而幽深,像一泓藏于深山的清潭。很多年后,眉林回忆起来都在疑惑,当时究竟是因为他的眼睛让她产生至静至宁的错觉,还是那一刻鸟雀确实停止了鸣叫,甚至于连风都消失了。

不过那只是瞬间的事,很快她就回过神来,冷冷地问:"你什么时候醒的?"她绝不相信他会醒得这么巧,就在她决定抛下他的时候。

"昨晚。"慕容璟和回答得相当干脆。

眉林脸色一僵,想到昨晚三人挤在一块儿的事,再加上白日的一番折腾,眉间难得地浮上气恼之色,欲斥之,却又立即想到现在不是时候,只能硬忍下这口郁气,反笑道:"既然王爷已经醒转,大皇子等人必然也快要赶到了,又何必为难小女子?"她不再自称奴婢,只因此时已没自贱的必要。

听到"大皇子"三字,慕容璟和的眉梢不易察觉地一跳,并不试图多说,只是没放开手,淡淡地重复:"带我走。"

眉林脸上的笑挂不住了,狠狠地瞪着他平静却执拗的眼:"王爷莫不是忘记昨日还想着要我的命,今日又凭什么做此要求?"当牧野落梅提出让她如同那些战俘一样入林,成为他们追杀的目标时,他毫不犹豫地答应,甚至在她苦苦哀求的时候,也只顾着去讨好牧野落梅,连多余的一眼也不曾施舍给她。如今倒好,他竟还敢使唤她,倒真是以为王爷可以通吃天下吗?

"我没想要你的命。"慕容璟和垂下眼道。就在眉林心中一动的时候,他又补上一句让她几乎吐血的话："你是死是活与我何干？"他的意思再明显不过，她对他来说什么都不是，所以他也不会去在意她的死活。

他这样一解释，眉林立即明白了。他收她入帐、他弃她于山林、他用她讨好心爱的女人，都不是因为他对她有什么成见，只是她恰好是那个顺手的人。至于她这个人，其实从来没被他看入眼中过。于他来说，她像一个物品更甚于活生生的人。而一个物品，哪里又谈得上死活？

眉林不认为自己对他抱过什么期望，但还是被这句话给刺痛了。只因从在暗厂起，她就被当成一个物品对待。她以为，当他满眼痴迷地摸着她眉角的那粒痣的时候，当他从背后拥着她入眠的时候，她在他眼中起码还是个人。

原来……原来……

低笑了声，她努力平复满腹的悲凉与愤怒，抬脚想要甩开他的手，却被他接下来的话给止住了："你若不带上我，也休想逃掉。"明摆着是威胁她。

眉林对他再没了丝毫的怜悯，闻言冷冷一笑，从腰间拔出匕首，蹲下身直指他脆弱的喉咙："逃不掉……你信不信我先杀了你，再砍去你的手？"

慕容璟和面不改色，连眼睛也没眨一下："信。"他顿了一下，见她手上的匕首微退，又笑道，"你信不信，杀了我，你和那个孩子将再看不见明天早上的太阳？"

天上传来一声尖厉的鹰啸，眉林抿紧唇，沉默地收回匕首，心知他说的是事实。不管怎么说他都是一个王爷，无论受不受皇帝宠爱，都不能抹杀这一点。一个王爷不明不白地死在这里，只怕会有很多人遭殃。

"你能不能走？"她果断地做出了决定，再拖延下去，那就真的不用走了。

慕容璟和微笑，没回答。事实再明显不过，如果他能走，又何必一直装昏迷？

眉林无奈，只得弯下腰，想要扶他起来，然而这一用劲，不仅左肩重新包扎过的伤口再次渗出血来，右腿更是一阵剧痛，"扑通"一下跪跌在地。刚被扶起半身的慕容璟和也再次摔了回去。

"就算你想报复我，也不必急在这一刻。"慕容璟和脸上闪过一抹痛楚，说出口的话却于满不在乎中含着讥诮。

眉林垂着头，静待疼痛缓解，才抬起眼看向他，冷淡地道："我现在身上所负的箭伤，全拜你的女人所赐。"

听她提到牧野落梅，慕容璟和脸色一沉，语气瞬间冷了许多："她性子刚直，眼里容不得半粒沙子，没取你性命已是你的造化，你还有什么不满足的？"

眉林"哈"的一声笑了出来，想到牧野落梅是怎么放过自己的，不由得反讥道："难不成我还要感激她？"语罢，看慕容璟和脸上浮起怒气，不等他说出更难听的话，她就岔开了话题，"现在的问题是，别说我弄不动你，就算弄得动，也会很快被追上。"

她道出事实，却又忍不住郁闷地补上一句："我看你的女人也会追来，她自然会把你安安全全地带回去，你又何必拽着我不放？"

"本王喜欢。"慕容璟和意识到目前的处境，也不纠结牧野落梅的事了，沉吟道，"时间上确实是来不及……"

慕容玄烈的亲卫在前面探路，快要抵达猎鹰指示的地方时，看到不远处一个人影立于藤萝林隙间，身着慕容璟和的衣服，想也没想，抬手就是两箭。

慕容玄烈和牧野落梅到时，那个侍卫脸色不太好地恭立于一旁，而他们辛苦寻找了一夜的人——慕容璟和则头枕美人怀，慵懒地侧卧在溪边的一处平滑大石上。

石上垫着一件薄衫，半躺半卧在上面的两人都只穿着白色的里衣，一个衣襟半敞，一个发丝散乱，不用想也知道他们来之前，这里在进行着什么。在青石的周围，溪流淙淙，野菊烂漫，衬得白色内衫上血迹斑斑的美人凄艳中隐露妖娆。

牧野落梅沉下脸。

"大哥，你们怎么来了？"见到他们，慕容璟和连起身也没有，不太热情地问道。

慕容玄烈瞥了眼旁边神色忐忑而怪异的侍卫，心中纳罕，不由得仔细打量神情中隐含不悦的慕容璟和，企图从他身上找出点什么。

"璟和，你真是胡闹，可知我们寻你寻得多苦！"他微微皱眉，脸上显露出不满，一副如同兄长教训幼弟的架势。

"你们寻我做什么？"慕容璟和闻言眼露惊讶之色，说着微侧脸看向眉林。

她立即会意地低下头亲了亲他的脸，然后在他颈旁缱绻缠绵。

他微仰头看着眉林，神色纵容而爱怜，话却是对慕容玄烈说的："我与爱姬在此玩赏秋色，赏够了自然会回去。莫不是皇兄以为璟和离军五年，无用到连自保也不能了？"语至此，他突然笑了一下，目光如电般扫向那个亲卫，冷冷道，"所以还要让侍卫射上两箭，试试兄弟的身手？"

慕容玄烈脸色骤变，狠狠地瞪向那个侍卫，怒道："你好大的胆子！"

那个侍卫"扑通"一声跪了下来："殿下恕罪，那时风动，卑职只当是猛兽掠过，实非有意冒犯荆北王爷。"他语气冷静，不见丝毫惶恐。

不等慕容玄烈有所反应，慕容璟和笑吟吟地道："如果连人和兽都分不清楚，这样的侍卫留在身边，兄长的安危可着实让人担忧啊。"

此话一出，原本还一脸有恃无恐的侍卫瞬间面色灰败，跪着的身体不可察觉地颤抖起来，连连叩头："属下知罪！属下知罪……"

慕容玄烈俊美的脸上掠过一丝阴冷，但随即被笑容代替："既然这不长眼的奴才冒犯了三弟，为兄自不会便宜了他。"他顿了顿，又道，"山中秋雨方歇，寒湿透体，实不宜久留，咱们还是速速回去吧。"

慕容璟和像是被怀中美人伺候得舒服了，半眯上眼，好一会儿才懒洋洋地在美人的搀扶下坐起身，却仍然像没骨头一样靠在她身上，轻佻地瞟向快要挂不住笑的慕容玄烈："兄长还是先回吧，璟和与爱姬尚未尽兴，实……"

"够了！慕容璟和，你还想要怎么折腾？"一直沉默不语的牧野落梅终于忍不住，怒喝道，美眸中充满了怒火与不耐。

似乎直到这一刻，慕容璟和才注意到牧野落梅的存在，熏染着情欲的眼睛慢悠悠地转向她，定定地看了片刻，神色越来越冷："你是什么身份，敢这样同本王说话？"

此言一出，不仅牧野落梅和慕容玄烈，便是眉林也不由得呆了呆。然后便听到他继续道："你伤了本王的爱姬，本王尚未找你算账，怎容你在此嚣狂？"

"慕容璟和，你……"牧野落梅素来是被慕容璟和宠着、捧着的，此时他的态度一下子转变若此，让她又气又怒又不敢置信，一时间竟不知要如何反应。

"本王的名讳是你叫得的吗？"慕容璟和打断她，眼中浮起厌恶的神色，"像你这种女人，既无趣又高傲，本王不过是兴致来了与你玩玩，你便真当自己是一回事儿，竟然敢伤本王的女人……"

牧野落梅气得脸色发青，连说了几声好，转头便走。

慕容玄烈在后面喊了几声，见人走得远了，不由得回头责备："璟和，你这次真是太过分了！"说罢，也转身离去。走了几步，他又停下来，对着身后跟着的另外一个侍卫，命令道："你留在这里保护荆北王爷，若有分毫闪失，便提头来见。"

眼看着他也消失在林间，眉林才感觉到一直紧抓着自己的慕容璟和缓缓地松开了手，阵阵刺痛由掌心传来，让她不解地皱了眉。如果痛苦至斯，他又为何要那么说？让牧野落梅知道实情不是更好？

没容她多想，慕容璟和侧转头，唇恰好贴在她的脖子上。外人看上去便像是两人又开始亲热起来，那留下的侍卫记得之前同伴的教训，慌忙背过身，走得远了些。

"尽快解决掉他。"慕容璟和用呢喃的语调道，眼中却是毫不掩饰的狠辣。

眉林点头，她自然知道这个侍卫是慕容玄烈留下来监视他们的，只要他们稍不留神，只怕就会真如慕容璟和那件衣服一样，被扎上几个窟窿。想到此，她不由得看向那挂在一株小树上的衣服，两支羽箭正稳稳地扎在上面，风吹过，连摇晃一下也没有，可见使箭之人力道有多大。

想到此，她将慕容璟和轻轻地放回石上，小心地替他换了一个舒适而悠闲的姿势，然后起身往那个侍卫所在的方向走去。

第六章 同命

在慕容玄烈他们抵达之前，眉林曾按慕容璟和的指点，在他们邻近的一片林子里做了一些手脚，以防万一。当然要用这点简陋的设置收拾慕容玄烈几人确实有点困难，但单单对付一个心有顾忌的侍卫却是绰绰有余。

当眉林看到那个侍卫果真踩到陷阱被藤蔓缠住，倒吊在空中的时候，心中对慕容璟和的防备又深了一层。若不是此刻两人命运相连，只怕她已趁机溜了。

她拔出匕首，走向侍卫。

藤萝交缠，那人被吊得并不高，头部堪堪到眉林肩膀的位置。但因为手脚都被藤蔓缠住，地上又布满了削尖的木桩，侍卫不敢擅自用内力震断身上的老藤。

不远处的几个火堆仍在熊熊燃烧着，那是眉林用从侍卫身上借来的火器点燃的，然后他还没明白过来是怎么一回事，便被一个古怪的阵势圈住，慌乱中，掉入了他们的陷阱。

当眉林将匕首抵在侍卫因为倒吊而更显突出的喉咙上时，他觉得这命丢得真冤枉，但是好像又不是那么冤枉。

谁知眉林顿了一下，然后转头走了，丢下他一个人满头雾水地被风吹来荡去。

眉林灭了火堆，从小树上取下被戳了两个洞的衣服走回慕容璟和身边，丢在他身上，然后转身去拉藏在草丛里的藤架。她把慕容璟和扶上去，然后穿自己的衣服。

"为什么不杀他？"慕容璟和问，他以为她心够狠。

"我喜欢。"眉林连眼角都没扫他，系好腰带，弯腰去拉藤索。

慕容璟和愣了一下，突然想起这话自己不久前才说过，她学得倒是快。

眉林试了试力道，又抬头看向天空，确定那只恶鸟不见后，方将藤索挎上自己没受伤的那半边肩，然后吃力地拉着，顺溪而下。她不认为自己是一个心软的人，但是在看到那个侍卫眼中流露出茫然无奈以及认命的神情时，她突然就不想下手了。怎么说那人对他们都没造成威胁，她又何必赶尽杀绝？

如果可能，眉林都不愿跟慕容璟和说话。对于这个人，她心底总有一种难以言喻的畏惧，想避得远远的。原因很多，她都懒得再去追溯。慕容璟和显然也没太多精力闲聊，因此一路上两人都默契地保持着沉默，直到夜幕降临。

眉林在一丛繁茂密集的藤萝灌木中间劈出一个足够容下两人的洞穴，在入口处用从那个侍卫那里弄来的火折子点燃了一个火堆。

那些藤萝间夹有山药藤，她就顺手挖了两段儿臂粗细的山药，埋到火下的灰堆里，又将身上还剩下的生蛇肉用匕首插着，拿到火上烤。

看到自己的爱器被这样糟蹋，慕容璟和不乐意了："笨女人，你不知道这样烤会把它烤钝的吗？"

眉林没理他，将烤得差不多的蛇肉放到一张叶片上，又串上两三片继续烤。

除了炎帝和牧野落梅，慕容璟和还没被别人这样轻慢过，加上危机已过，他终于忍不住恼了，怒道："贱婢无礼！莫不是忘了自己的身份？"

闻言，眉林觉得太阳穴好像抽了一下，这才抬头看向靠坐在对面藤萝上的男人，见他一脸的盛怒，一时竟有些摸不准他究竟是装的还是真的。不过不管怎么样，她都已没有了对他低声下气的必要。

"男人，从现在开始，你最好学会闭紧嘴巴！"她警告，眼神不善。没有其他威胁的动作，却就是能让人知道她并不仅仅是说说而已。

如果慕容璟和能动，只怕早已一脚踹了过去，偏偏此时他却是动弹不得，只能狠狠地瞪着又转回头继续烤蛇肉的女人，恨恨地道："贱婢，总有一天本王必让你为今日所言付出代价！"

眉林打了个哈欠，就着匕首吃了块烤得差不多的蛇肉，边嚼边道："等到了那一天再说吧。大王爷你现在就是一个废人，吃喝拉撒都得靠本姑娘，还是想想怎么讨好我，让日子过得舒坦些更实在。"就算没有盐，烤熟的蛇肉也很美味，这对两天没进熟食的人来说，简直是一大享受。眉林连吃了两块，像是才想起另外一个人，不假思索地捡起一块放在草叶上的蛇肉就塞进男人的嘴里，恰恰把他正要出口的话给堵了回去。

慕容璟和被饿了一天一夜，虽然极为不满眉林的恶劣态度，但并没抗拒到嘴的食物，三两下嚼完吞下，一点也不客气地说："还要。"

眉林倒也没想怎么折腾他，一边烤一边喂他，一边自食。只是两三片两三片地烤，实在是熬人耐性，她索性削尖了一把新枝，剥了外面的皮，将肉都串上一起烤。

暂时没得吃了，慕容璟和刚刚被勾起的馋虫一下子泛滥成灾，眼巴巴地看着一声不吭地烤肉的眉林，忍不住催道："笨奴才，慢吞吞的，你是存心想饿死本王！"

眉林从来没觉得一个人如此聒噪过，不由得有些烦了，拿起一串没烤熟的肉就要往他嘴里塞。慕容璟和被吓了一跳，慌忙偏开头，恼道："没熟的东西你也敢给本王吃？"

眉林这下子给气坏了，收回那串肉继续烤："你再啰啰唆唆，就别吃了。"如果不是之前领教过他的手段，只怕她当真会以为他就是一个不学无术、养尊处优的纨绔子弟。

慕容璟和闻言不由得瞪圆了眼睛，但看她表情认真，只怕是说得到做得到，为了自己的肚子着想，他终于还是强忍了下来。

藤萝丛中瞬间变得安静无比，只闻火焰烤肉发出的声音以及不时响起的夜鸟梦啼。

眉林顿时觉得神清气爽，自离开暗厂以来，她首次感觉到抛开一切的自由与轻松，什么任务、什么解药，既然走到了这一步，再担忧也是多余。

当烤蛇肉的香味变得浓郁起来的时候，她突然想起慕容璟和不可能察觉不到她与之前在王府中所表现出来的不同，但他一句也没问过，她心中不由得浮起些微古怪的感觉。难不成他真是对她无视到连她发生如此大的改变都没发现，还是有其他原因？

"你怎么会变成这样？"她开口，问的却不是心中正思索着的问题。

大约还在生之前的闷气，慕容璟和闻言索性闭上了眼，不予理睬。

眉林笑了下，也不是很在意。她想了想，突然起身在他身上一阵摸索。

慕容璟和被吓了一跳，蓦然睁开眼，喝道："你干什么？"

眉林没立即回答，摸了半天，除了一块玉佩什么也没摸到。她悻悻地收回手，并没拿那块一看便知碰不得的东西，埋怨道："你身上怎么什么都不带？"她在王府才待几天，连月银都没拿到，这下出山后要怎么办？

慕容璟和的尊严被一个在他眼中地位低贱的女人三番五次地侵犯，直气得差点没晕厥过去，咬牙切齿地道："本王带什么、不带什么，还轮得到你这奴才过问？"

闻言，眉林只是扬了下眉，笑道："我想我该告诉你一声，在你自己能走动以前，无论你愿不愿意，你都得跟我在一起，我去哪儿，你就得去哪儿。"她一点也不相信，等他安全回到他自己的地方之后，会轻易放过她。慕容玄烈等人以后必然会继续寻找他们，有他在，她多少有些保障，否则纵使有百条命，也不够那些人追杀的。

蛇肉已经烤熟，泛着淡淡的焦黄色，她收回手，将之平均分成两份，然后把其中的一份全部放到草叶上。她边做这些事，边抬头看了眼慕容璟和不是太好看的脸色，继续道："或许我该说得更明白一点，以后咱们俩得相依为命了，我吃肉你吃肉，我咽糠你也得咽糠。如果没有吃的，先死的一定是你。所以，你身上带没带银子或者可以换银子的东西，与你自己有着莫大的关系。"

"当然，我不介意你一直叫我贱奴才，如果你喜欢的话。"说着，她将穿肉的木棍截成两段充当筷子，然后夹着草叶上的蛇肉开始喂那个已经气得额上青筋直跳的男人。

他虽然一脸想要拒绝的神情，却在犹豫了一下后仍然张开了嘴，乖乖地吃下去。她又补充了一句："但是你不用指望我这个贱奴才会花大把的钱请大夫给你治病。"她才不会去做这种自掘坟墓的事。

不知是不是气过了头，慕容璟和反倒平静了下来，静静地将属于他的那份肉吃完，然后便闭目养神，突然间给人一种高深莫测的感觉。直到眉林将埋在火下面的山药掏出来，剥去外面那层焦黑的皮，又喂他吃下，他便靠着背后密织的藤蔓睡了，再没挑起过任何不快。

眉林已将该说的话说完，正好乐得清净，往火堆里添了些柴，又检查了下，确定不会烧到周围的藤叶，也往后一靠，放松下来。

当她的呼吸渐渐变沉后，慕容璟和却睁开了眼，若有所思地看了她半响，然后才将目光转向一旁燃得并不算旺的火堆。跳动的火焰映进他幽暗的眸中，让他不由自主地开始回想这两日所发生的事，想起被自己气走的牧野落梅。

究竟她是否也参与进了这场阴谋？这个问题，他只是想想便觉得无法容忍，若是事实，他只怕会做出连他自己也难以预料的事来。

在见识到眉林的真实性格以前，慕容璟和原本是对前一日莫名其妙就攻击他、逼他对练的牧野落梅产生了怀疑并因此而感到深刻的悲伤的。当然，这种怀疑在与眉林相处以后，便不由自主地慢慢淡化了。他反倒更趋于相信牧野落梅是被眉林气得失去了理智，吃了哑巴亏，才会回头找自己发泄。

不管是什么原因，他都因为这件事而吃了大亏。

自五年前开始，他就极少与人动武，就算偶尔玩玩，也只是像狩猎一类的，不需调动内力的活动。世人都道他是因为被剥夺兵权而一蹶不振，却不知他其实是因为被刺杀，几乎步入黄泉，虽勉强瞒过众人撑了过来，却也落下顽疾，经脉微弱，全身无力。

牧野落梅的攻势步步紧逼，毫不留情，让他连拒绝的机会都没有，只能勉强接招。若在平时，他可以费尽心思巧妙地相让，但那种情况凶险万分，他自然希望越早结束越好，因此出手极其狠辣，只望能逼得牧野落梅自动放弃。

可惜人急无智，他竟忘记了牧野落梅性格要强，又好面子，让她在压力下主动喊停，无异于让她示弱低头，这是永远也不可能发生的事。因此，最后还是他咬牙硬受了她一掌，两人的较量才算停下。然而，他的相让却被她看出，令她大怒而去。

他当然不会再如以往那样追上去讨好赔罪，翻涌的气血以及欲裂的经脉让他连坐在马上都困难。那一刻，他知道自己不能回去，不能让一直旁观的慕容玄烈看出丝毫端倪。于是也借机表现出一副气怒难当的样子，跟慕容玄烈说要继续追猎，然后便策马进入了密林。在走出很远之后，他还能感觉到慕容玄烈那双如同鹰隼般的眼睛在注视着自己，如同一只择腐而噬的秃鹫。

他不得不挺直背脊，冀望能在行马间恢复少许元气，减轻经脉的受创程度。只是在早上得知慕容玄烈也积极促成此次追猎，那一刻他所产生的不好预感却成真了，在黑暗将山林彻底笼罩之后，他遭到了伏击。

父皇曾明令禁止他披甲胄以及参与任何军事行动，此次竟会破例，实难让他不生起防备之心。

好在伏击他的只有两人，试探更甚于刺杀。想必他身患顽疾的事早已被有心人听到风声，正欲找机会证实。而在证实之前，对于他，他们仍然有着忌惮，不敢逼得过紧。

在这种情况下，他不得不孤注一掷，明知会重蹈覆辙，经脉寸裂，仍然使用了极招，将那两人一举击毙。之后气血反噬，马因受惊在暗林中乱窜，他从马背上坠落，醒来时已和两个人挤在一起。

从两人的对话中，他判断出眉林虽然不是一个善茬，但心很软，而那个少年就更不用说了。因此索性假装昏迷，利用他们带自己出山。

对他来说，这正是一个离开昭京的大好时机。虽然付出的代价很大，甚至前途难测，但值得。

出山的路并不顺畅，有的地方藤架无法通过，眉林只能放弃藤架，半拖半驮才能把慕容璟和弄过去。不过不管怎样艰难，在天上再次出现慕容玄烈那只海冬青的时候，他们终于来到了山林的边缘，前后足足耗费了五日。

然而，当他们看到驻守在山林外的军营时，不得不又退了回去。

"是泸城军。"慕容璟和闭了闭眼，淡淡道。他虽然没有多说，眉林却也大约能猜到，必是炎帝下旨封锁钟山，不然还有谁敢擅自调动军队？由此可知，钟山的其他出路必然也已被封。

封山却不搜山，父皇你防我防得好紧！慕容璟和唇角的苦涩一闪即逝，转瞬便被坚定所替代。

眉林对朝廷之事不甚了解，但也知道就这样出去绝对讨不了好，于是又悄悄地拖着慕容璟和缩了回去。慕容璟和并没反对，想必是和她有着同样的顾虑。

"怎么办？"两人缩在岩石的夹缝里，眉林问道。

"我久不回去，他们定然很快就要大肆搜山，山中不可久留。"慕容璟和沉吟道。

眉林秀眉微蹙，想了想道："我可以把你送到林边，但我不会出去。"有牧野落梅在，她现在只怕已经成了头号通缉犯了，哪敢自投罗网？

慕容璟和一听，素来半睁半合像永远也睡不够的眼睛立即瞪得溜圆："你敢！"经过几日的磨合，他终于将一口的"贱婢""奴才"改掉。

"我想可以试试。"眉林忍不住笑了起来。

慕容璟和沉默着，手指动了一下，又抓住了她正好放在自己身边的脚踝，就像是在重复那天的情景一样，偏偏他还什么都没说。

眉林一下子没脾气了。

"我记得钟山有一个传说。"慕容璟和这才缓缓地开口，脸上浮起思索的神情，"据说曾经有人在钟山里迷了路，走进一个山缝，穿过山缝后，竟然到了安阳地界。"

"安阳？"眉林呆了一下，然后摇头，觉得传说真是无稽，安阳距此两百余里，坐马车也要行上几日，怎么可能穿过一个山缝就到？

"不是不能的……"慕容璟和看到她不以为然的表情，低声道。她哪里知道，为了能逃出昭京那个囚笼，几年来他不放过任何一个可能性，就连这在世人眼中完全不可能成为事实的传说，他也着亲信实地调查过。

看到他的神情，眉林不由得打了个激灵，意识到他们或许真有了生路。

随便弄了点山果吃，然后按着慕容璟和的指点，两人一边避着天上的扁毛畜生，一边往传说中的石林而去。

所谓的石林，就是在钟山西南人称火烧场的一片荒石滩。那里全是焦黑的石头,寸草不生,仿佛被大火烧过一样,由此得名。它背倚钟山最高的山峰峙山,面临一望无际的莽林,在苍翠的山林间显得异常突兀。然而无论是寻幽探险之客,还是走惯了山林的猎人,都会尽量避开它,不愿靠近。因为传言凡是进入火烧场的人,都再也没能出来。更有人说,火烧场其实就是一个迷阵,人进去后会很快迷失方向,直至饿死。

"那种地方……你确定我们的运气会比较好?"眉林问。与其因为一个传说让自己陷身于茫不可知的危险境地,她倒宁可面对那些封山的官兵。虽是这样想,她仍然吃力地半驮着慕容璟和往石林而去。

人有的时候就是这样奇怪,明明是与自己意愿相左的事情,做起来却毫不勉强,追究原因,只怕还是源于信任。眉林想到自己竟然会信任慕容璟和这个浑蛋,就觉得不可思议。但是也不得不承认,他所展现出来的能力,让人不敢小觑。

"至少到目前为止,我们的运气还不算太坏。"慕容璟和下巴靠在她的肩上,正好可以看到她眉角上那粒小痣,无奈动弹不得,否则只怕已经一下子亲了上去。不过即便是这样,也已足够让他从经脉寸裂的剧烈疼痛中分散出些许心神:"你头低点。"

"啊?"眉林扶住一株栎树休息,正在琢磨那句运气不算太坏的意思,闻言想也没想,当真将头放低了些。

慕容璟和微仰起头,发现还是够不着,于是道:"再低点。"

眉林此时已经回过神,直起脖子,疑惑道:"干吗?"这里就两个人,有什么事非得凑那么近说?何况两人的距离并不算远。

"自然是很重要的事,本王让你低就低,啰唆什么!"慕容璟和不悦道。明明连行动都得仰仗别人,偏偏还是那副高高在上的姿态。

数日相处下来,两人对彼此性子都有了些许了解。眉林倒也不生气,看他这样坚持,只道真是什么重要的事,大抵跑不出两人正在谈论的如何从石林谋求一线生机。于是不再多问,依言低下头来,主动将自己的耳朵凑到他的嘴边。

慕容璟和顿时笑眯了眼,嘴唇擦过她的耳郭,轻轻印上那粒让他垂涎许久的小红痣。

温热的呼吸喷在眼睫上，久久等不到对方说话后，眉林总算反应过来，知道他这是恋痣癖又犯了……

不得不说，当被这样珍惜怜爱地对待时，她也会忍不住心弦颤动，但是已有前车之鉴，她知道这样的举动对这个男人来说其实什么也不是。她稳住心神，淡定地抬起头，继续艰难的行程。

"堂堂大王爷竟然会迷恋一粒小痣，真是可笑至极。"眉林目视前方，唇角故意撇出一丝讥诮的弧度，借以掩饰心中的异样，同时想激怒他，让他泄露出之所以这样痴迷的蛛丝马迹。她很清楚，直接问是不可能得到答案的。

然而出乎她的意料，慕容璟和并没有勃然大怒，而是仍旧目不转睛地看着她的眉角，仿佛没听到似的。

眉林无奈，懒得再继续试探，将全部精神都放到了赶路上，同时边走边采摘一些野果草药等。没过多久，她额上就已渗出汗水，晶亮的水珠滑过嫣红的小痣，衬得其越发娇艳可人。

慕容璟和手指动了动，然后遗憾地叹了口气，慢悠悠地道："本王爱美人，爱醇酒，爱一切可爱之物，何时又轮得到你一个无知妇人来评断了？"

正在往嘴里塞某种解毒草药的眉林差点被噎住，好不容易咽下去，一边舔着有些发麻的牙齿，一边思忖究竟是贱奴顺耳点，还是无知妇人顺耳点。

似乎都不太好听。就在她得出结论的时候，慕容璟和终于注意到她边走边将各种认识的、不认识的草药往嘴里塞的情景，忍不住问："你吃那么多乱七八糟的生草药做什么？"很多草药的药性是相冲的，她这不明摆着是找死的行径吗？

嘴唇好像开始有些发麻。眉林抿了抿，淡淡道："有病治病，无病强身。"说着，她在怀中掏出一枝七叶蓝花递到他嘴边："你也来点？"

"有毒的吧。"慕容璟和怀疑地道，不屑地别开脸，终于不再盯着她的眉角看了。

眉林笑了下，突然觉得一阵心慌，眼前的景物开始出现重影，她忙扶住身边的一株树干，低着头喘气。

"怎么了？"慕容璟和察觉到异常，问道。

眉林摇头，胸口烦闷欲吐。她不得不将他小心地挨着树干放到地上，自己也无力地跪倒在地，咬牙强忍那一波波袭来的不适。

慕容璟和看着她越来越苍白的脸以及额上直冒的虚汗，一下子反应过来："你中毒了？蠢女人。"语气中幸灾乐祸大于担忧。像她那样胡吃乱塞的方式，怎么会不中毒？

眉林好不容易缓过一口气，听到他这句话，没好气地道："我中了毒，你也没好处。"虽是如此说，她心中其实也清楚他没说错，知道自己这样做实在过于鲁莽，但是她没多少时间了。虽说体内的毒素发作暂时不会要她性命，但会消耗身体的机能，多挨一日，都会对身体造成无可弥补的损毁。她丝毫没有把握，能在生机被耗尽前找到解药。

"你要想笨死，我只好认命。"慕容璟和注意到她的脸色稍稍好转，心中暗自嘘了口气，嘴里却毫不相让。

眉林发现眼前的一切又慢慢清晰起来，定了定心神，抹去额上的冷汗，重新拽起靠树半坐的男人继续赶路。等嘴舌的麻木感完全消失之后，竟又如之前那样，边走边试吃各种草叶花茎。

慕容璟和觉得这个女人简直是不可救药，忍不住讥嘲："你就这么想死？"

"当然不。"眉林回答得干脆，话是这样说，她试尝草药的行为却并没停止。只是这一次不单单是自己吃，她还不时将一些味道极苦又或极奇怪的往慕容璟和嘴里塞。

"与其我中毒而亡后，你一个人饿死在这里，又或者被野兽活生生撕碎，不如也跟我一起被毒死好了。"她说。

慕容璟和想拒绝，但耐不住她一次又一次锲而不舍地填塞，最后只能乖乖咽下，自然是吃得满肚子的怨气兼火气。值得庆幸的是，直到抵达目的地，他们都再没吃到过任何有毒的东西了。

"希望你的好运气能一直持续下去。"眉林看着林外数丈远处那片极其突兀的焦黑巨石群，喃喃道。

慕容璟和黑着脸，没有应。

第七章 石林

石林背倚着高耸入云、苍翠欲滴的峙山，其他三面皆是葱茏的竹林，其间有一道数丈宽的环形焦土。

眉林蹲下身，仔细观察地面。半晌后，拈起一撮炭灰似的沙土递到慕容璟和面前："你看，这是被烧过的……但为何会寸草不生？"她很疑惑，经过多年，在大火所遗灰烬上应当是草木茂盛才对。想到此，她突然像抓到什么可怕的东西一样，慌忙将那些沙土扔到地上，又在衣服上擦了擦手。她侧眼，果然看到慕容璟和眸里不加掩饰的嘲笑。

眉林撇唇，毫不客气地将慕容璟和扔在铺满竹叶笋壳的地上，转身时听到压抑的痛哼声，她的唇角不由得微微翘了起来。她从衣上撕下一条布带，用牙咬着扎紧抓过沙土的那条手臂臂根，往不远处的小溪疾步而去。

小溪是从峙峰流出，没有经过火烧场，溪水清澈，两旁植物繁茂，不时还能看到小动物留下的足迹。

单手入水濯洗，用草叶擦拭，再抬起时，发现整个手掌已经漆黑如墨，如同那些焦石一样。眉林叹了口气，拔出匕首在掌心划了个十字形的伤口，然后隔着袖子握着手臂由上往下推挤，看到黑血一滴滴落入溪水中，转眼便有几条小鱼翻着白肚漂浮了起来。

"真没良心。"她嘀咕，神色间却并无抱怨之意。她太清楚那个男人能够无情到什么程度，一旦让他有了翻身的机会，自己定然会死无葬身之地。何况，她会救他也是被逼得无奈而已，自然不会认为他该有所回报。

随着流出伤口的血由开始滴滴答答渐渐转成连续不断的一股，眉林麻木的掌心也慢慢地恢复了知觉，先是如同蚁噬，然后变成疼痛，血终于恢复了鲜红之色。

又等了片刻，眉林才将臂上的布带解开，看着掌心血如泉涌也不惊慌。她从腰间的草药间翻找出止血的，嚼碎了敷在伤口上面，用布带缠了几层，这才起身。

一阵晕眩袭来，她的身子晃了一晃，不得已又重新蹲下，俯下身就着已回归清澈的溪水喝了几口，这才感觉稍稍好了点。

她其实是不怕中毒的，因为在入暗厂的时候已被种下会定期发作的慢性异毒，对其他毒物或多或少都有一些抵抗力。只是血实在有限得很，多几次失血，便有些消受不起。

她将匕首在水中清洗了，然后砍了节竹筒盛了水，回到竹林边缘。慕容璟和趴在地上，脸偏着，侧贴在厚厚的枯叶之上，显然开始是由正面扑跌在地上，之后便再没动弹过。他睁着的眼中不见愤怒和怨恨，只是让人难以捉摸的深沉。见到她回来，他竟然扬唇一笑，语气异常柔和地道："如果你聪明的话，最好现在就杀了本王。否则今日之耻，他日必将百倍回报。"

虽然心中早已有数，可是听到他用这种语气说出来的时候，眉林仍不由得心中一寒。

"我要怎么做用不着王爷你来操心。"她神色不动，蹲下将他翻了个身，然后略略扶起，开始喂他喝水。

慕容璟和慢条斯理地啜着水，扬起眼睫，企图从眉林的平静下面看出点什么。

白净的脸，被水沾湿的发静静地贴在颊畔，让人很想伸手去把它撩到耳后。淡细的眉，安静的眼，这是一个怎么看都是那种习惯了低眉顺目、没有自我主见的女人，却不料心机竟是如此深沉，行事也出人意料地果断干练。

慕容璟和第一次仔细看眉林的容貌，在她垂眼的时候，终于明白自己为什么会看走眼。他对两人之间的记忆仅限于她眉梢那粒红色小痣以及这几日的相处，以前明明还在一张床上睡过，他竟是怎么也想不起。就算他真的不将这个人放在心上，也不至于如此，由此可知，定是她有意弱化了自身的存在感。

感觉到他若有所思的探究目光，眉林抬眼，毫不避让地与他对视，于是存在于眼里的冷漠便直直地撞进了他的心中，让他的瞳孔不由得一缩。

眉林唇角一紧，然后笑了，只是笑意并没驱散瞳眸中的冰冷。即便如此，慕容璟和仍不得不承认她长得其实很秀美。虽然这种美与牧野落梅无法相比。

"既然土中有毒，那些石头上恐怕也是如此，你确定我们真的要进去？"她再次确认。

"你怕了？"慕容璟和扬眉，欲再挑衅，突然神色骤变，原本白中透青的脸一下子涨得通红。

眉林发现凡是不需要合作的时候，两人就很难和平相处，正在想着是反唇相讥还是不予理会的时候，突然传来一串极响亮的腹鸣之声，她惊讶道："你饿了？"这一路走来几乎没停过嘴，她还撑得难受，他怎么会饿得这样快？

慕容璟和握紧拳头，动弹不得的身体竟近似痉挛地扭动了一下。他别开眼，几乎是从牙缝里挤出几个字："我要大解。"原来连路吃些奇怪的东西，他娇贵的肠胃竟受不起，开始翻江倒海起来。

这几日为了避免尴尬，他都尽量少进食少饮水，大解还不曾有过，小解都是眉林帮着他完成。此时欲要大解，他却不知该怎么办才好。

不只是他，眉林也有些手足无措。

"快点！"见她还在发愣，慕容璟和恼羞成怒地催道。

"哦哦！"眉林慌了，伸手就开始给他扒裤子。然而越急越乱，一不小心竟然将腰带扯成了死结。

"割断割断……"慕容璟和已经没了骂人的心思，急道。

"你再忍忍，就快好……"眉林已抠松了结扣，哪里舍得把腰带给弄断，谁想就是这一耽误，便听"噗"的一声，一股浓烈的臭味在空气中荡漾开来。

她呆住，而慕容璟和则羞惭地别开了脸。

溪边的竹林中被耙出一块空地来，一堆篝火在正中熊熊燃烧着，旁边横架着两根竹竿，晾着洗净的衣服。

慕容璟和趴在一块斜立入水中的大石上，除了头以外，身体其他部位全都没在冰凉的溪水中。眉林则半身浸于水中，在旁边给他清洗掉身上的污秽之物。两人谁也没说话，一个是因为难堪，一个则是微感愧疚。

眉林知道，如果不是自己给他乱塞药草，又拒绝剪断腰带，也许就不会发生这样让人尴尬的事。对一个大男人，尤其还是一个地位尊崇的王爷来说，这已不仅仅是有损颜面，而是对自尊的一次极严重的伤害。

只是这样的事，对全身瘫痪的他来说，迟早都会遇上的吧，以后有屎有尿不都还得她来。她这样想着，心中那罕有的良心发现一下子又消失无踪了。

眉林用大片柔软的草叶刷洗了他的背部以及四肢，她毫不避忌地帮男人清洗，感觉到手下的身体无法控制地一颤，然后又恢复了平静，但其中所传递出的僵硬却久久没有散去。眉林不由得加快了速度，洗完了后面，便将他翻了个身。

不远处的火光传递到溪边已变成幽暗的弱黄，却足够让人看清慕容璟和闭着的眼，以及紧咬着已泛出暗色血渍的下唇。由此可知，他是在如何强忍心中的羞耻感。

眉林心中暗暗叹了口气，知道自己如果想保命，只怕真要让他一直瘫痪下去才行。

一直没有睁开眼的男人自然不知道她心中所想，就算知道了，大概也不会放在心上。

这几日两人一直处于逃亡中，难得有机会清洗一番，眉林索性将慕容璟和的头发也洗了，把他拖到岸边干净柔软的枯草上，这才去拿烤着的衣服。

秋夜的风透过湿漉漉的中衣吹到身上，彻骨地寒冷。她没有内力御寒，上下齿不由自主地打起架来，因此几乎是以跑的速度冲到火边，拽下半干的衣返回溪边。随便用手给他抹了抹身上冰冷的水渍，便将衣服套了上去。

吃力地把人弄回火边，让他侧躺在厚软的竹叶上，借火的热力煨暖那已如冰块一般的身体，希望他不会因此受寒病倒，那样的话，对如今的他们来说无异于雪上加霜。眉林自己则再次回到水边，将湿透紧贴于身上的中衣脱下洗过，晾到他衣服空出来的位置，然后发着抖咬着牙进入溪中，仔细清洗身上的污垢。

慕容璟和睁开眼时，她已洗罢，正穿着露出大片雪背的藕色绣花肚兜，系着条薄薄的亵裤，坐在火边处理自己的伤口。

锋利的匕首在火上烤过后，果断地削去伤口上已腐的血肉，直到鲜血涌出，顺着她雪白的手臂滑下，乌黑的湿发垂在身上，有几绺落于胸前，滴着水。她利落地敷上嚼碎的草药，然后包扎，除了在剜去腐肉的时候秀眉曾不可察觉地蹙了一下，整个过程中她都显得过于沉静。只是这种沉静在她近乎妖娆的衣着映衬下，竟然隐隐流露出一种令人动容的妩媚。

眉林当然不知道什么妩媚不妩媚，她处理好手臂与腿上的伤，又到溪边洗去身上的血迹。她穿上了已烤干的衣服，同时换下肚兜和亵裤洗净晾起后，才用干燥的布带把手掌上的伤口重新包扎。

一切收拾妥当，她正要就地睡下，突然发现火堆对面的男人全身在微不可察地发着抖，身下的枯叶被发上的水弄湿了一片，却没听到他出声抱怨。没有多想，她起身走过去将男人挪到一个干燥的地方，让他背对着火靠着自己坐着，以便烘烤他的湿发以及背部被打湿的衣裳。整个过程中，慕容璟和只在最开始被挪动的时候看了她一眼，之后再没任何反应了。

突然之间，眉林知道一切都将不一样了。

次日两人并没有立即进入石林。连土都含有剧毒的地方，两个人一个负伤、一个行动困难，如果不好好准备，那真是与找死无异了。

竹林上方，海冬青百折不挠地盘旋着，提示着他们：它的主人随时可能抵达。眉林砍了几棵竹子，剔下上面的枝叶，从最粗的地方砍了四截做轮子，余下的全部成了装水的器具。用一臂半长的竹段、削下的枝叶以及长藤，眉林再次做出了一个简易的小板车。比上次越秦做的要小上一半有余。

眉林割了一板车厚厚的干草，准备了足够两人吃上几日的野果以及各种可生食充饥之物，又准备了草药、十多筒水，全都放在了板车之上。

眉林将拉车的长藤系在自己的腰上，然后半驮起慕容璟和，在两日后终于步出了竹林。

踏入空旷的黑色过渡区的时候，她不由得抬头看了眼仍在上面虎视眈眈紧盯着他们的恶鸟，舔了舔唇，心里蓦然升起一股想将它烤了的冲动。

没有雨，秋日的天空高远而湛蓝。慕容玄烈没有来。这是到目前为止最幸运的事。

他们走到近处才发现，那些巨石足有四五丈高，方方正正，粗细不一，如同人工削凿而成。但谁都不会真往人为方面去想，一是因为此地巨石数量绝对不下于万余，而四周山野并无开凿痕迹，则可以排除就地取材的可能性；再就是以此地理环境，周边无大的运河以及能承受压力的道路可运送石料，让人无法想象要如何完成如此巨大的工作量。因此，除了赞叹大自然的鬼斧神工，实难做其他猜想。

石与石之间有的互嵌在一起密不透风，有的却宽敞足够两辆马车并排而过，地面倒平整至极，如同外面一样全是黑色的沙土，跟焦黑的巨石浑然一体，一进石林便觉得整个天都暗了下来似的。

眉林驮着慕容璟和，拖着小板车，从那两块如同门户一样巨大的石块之间进入令人闻之色变的火烧场。因为路面平整，不生草木，让她省了不少力，只是再不敢随意用手撑着身边的物体休息。

如此大的石阵，即便没有任何危险，进去后也很难不迷路，因此眉林准备边走边留下记号，却被慕容璟和阻止了。他没说理由，但她转念便想了个明白：如果慕容玄烈他们有心追来，所留的记号实在是极好的指路明灯。

慕容璟和除了必要的时候已不太和眉林说话，她让做什么就做什么，只要不触及他的底线。眉林觉得清净之余，竟然有些不习惯起来，她觉得自己有些怀念起那个总是高高在上、会时不时抱怨一下、讽刺几句的慕容璟和了。

骨碌骨碌的竹筒滚动声时而紧、时而缓，伴着沉重而拖沓的脚步声，在幽暗的石林中显得异常阴森恐怖。如果这不是自己发出来的声音的话，眉林一定会以为遇到了什么不干净的东西。

慕容璟和没有指路，她只能依着自己的判断，往峙峰的方向对穿过去。黑石透出森森的寒意，有风穿过巨石间隙，发出呼呼如人哭泣的声音。除了有点冷，石林中的空气并不让人讨厌。然而走了大半个时辰，眼前的景物却没有丝毫变化，仿佛没有移动过似的。

眉林觉得有些不妥当，于是找了个背风的地方，准备先休息一下，顺便思索眼前的情况。她一边要搀着慕容璟和不让他摔倒，一边要将车上的枯草铺到地上隔绝那层有毒的黑土，这时她才知道自己为了节省时间没有编出一张竹席，是多么失策。

最终，她只能让慕容璟和坐在地上，自己跪在他侧面，一边用身体撑着他无力坐直的上半身，一边用枯草在地上铺出一块足够两人共躺的地方。

等将他挪到干草上躺下，她也累得倒了上去，脑子里则急速思索着更省力的办法。

可以将干草扎成束，那样不仅铺起来省力，收起来也方便。她想着，目光无意识地瞟向天空，而后她霍地坐了起来。

"怎么可能……"她低声喃语着，脸色有些怪异，心中寒气嗖嗖直冒。

原本澄澈蔚蓝的高远天空不知什么时候竟然被蒙上了一层灰，似雾非雾，似云非云，就在巨石的上空，灰蒙蒙的混沌一片。难怪她觉得光线这样暗呢。

那不是天空。眉林知道，但也说不清那究竟是什么，于是往躺在地上同样静静注视着上方的慕容璟和看去。

"喂……"见他似乎无意和自己说话，她只能主动开口，却在称呼上顿了一下，才继续说，"慕容王爷，这个地方好像不大妥当。"

慕容璟和慢慢转动眼珠，最后终于落在她身上。

"是啊。"他回答得有气无力，没有更多的话。

眉林等了半天，知道无法再从他嘴里套出有用的东西，不由得叹了口气，又坐下，开始将铺在地上的干草按之前想的那样，扎成手臂粗的草束。

她是从慕容璟和脚那头开始扎，因此在抬动他的腿的时候自然而然地注意到了他的鞋尖。因为一直被半拖着走，上面已磨出了洞，露出大脚趾，眼看着套在上面的袜子也快磨烂，再这样下去，他的脚趾就要毫无阻隔地跟地面接触了。

眉林不得不庆幸自己发现得早，否则什么时候拖着一个死人走都不知道。她想了想，然后用匕首在自己的裙摆上割下一块布，折叠了几层，垫进他的鞋尖，又用布带将他裤腿衣袖扎紧了。她不敢随意取他身上的衣服，怕破露太多，他又动弹不得，身上的皮肤一不小心就可能与四周的毒石沙土接触到。他和她不一样，她可没把握他中了毒不会死。

等检查过他身上，发现除了手、脸、脖颈以外再没有肌肤露在外面，她才放心地开始扎干草。

休息得差不多后，两人又继续赶路。

石林中仿佛没有时间的流逝，一直都保持着灰蒙蒙的状态，周围的一切看不太清，但也不会完全看不见。

眉林觉得自己走了很久，四周却还是一成不变的巨石、黑土以及混沌一样的天空，仿佛永无止境一般。似乎有什么东西压在心上，沉甸甸的，让人快要喘不过气。幸好仍能感觉到慕容璟和温热的呼吸一直平稳而悠缓地扑在颈项上，这让她感到心安。至少她不是一个人。

砰！骨碌碌——

脚上踢到了一样东西，远远地滚出去，不像石头。眉林顿了一下，继续往前，不料一脚踩到某样东西上，清脆的断裂声在安静的石林中响起，如同干燥的树枝。

眉林不得不停下来。她太清楚那是什么了。

往后退出一段距离，她铺好草，安顿好慕容璟和，这才回到刚才经过的地方。

眉林蹲低身，灰暗的光线中可以见到一堆白骨躺在那里，肋骨已碎，破烂的衣服挂在上面，被风吹得噗噗地摆动，没有头。不用想也知道是刚才她那两脚造成的后果。

眉林仔细看了一下那衣服，烂得已看不出样式，只能作罢。她起身对着白骨作了两个揖，便要往前走，打算帮它找回头颅。

"回来。"没想到慕容璟和竟然会在后面叫住她。

眉林怔了下，心中竟莫名地感到一阵喜悦，脚下已自动回转。

"什么事？"她隔了一段距离问，语气一如既往地冷淡。

"你如果走过前面那根石柱，有可能会找不回来。"慕容璟和没有卖关子，说出自己的猜测。说这话时，他不带丝毫感情，就像是在陈述一个事实，让人不由得猜想，如果他不是动不了的话，只怕不会叫住眉林。

"为什么？"眉林不由得又往回走了几步。事实上，她心中对他的话已相信了七八成。连她自己也不清楚，这种信任来自何处。

"或者，你可以证实一下。"慕容璟和没有解释理由，无所谓地道。

眉林的脸上绽出一个大大的笑容，直接走了过去，在他身边躺下："睡醒再说吧。"她打了个哈欠，背靠着他的背，闭上眼。虽然看不出天色，但按身体的疲累程度也可以判断出，应该已走了一个白天。既然在这里停下，那就索性养足精神再走。

因为怕生火后会导致沙土中的毒渗进烟火热气中，所以她身上虽然有火折子，却并没带木柴进来。在这样的地方，只能靠彼此的体温相偎干熬过去，再没有别的办法。

幸好他们是两个人。眉林脑子里再次冒出这个念头，唇角刚淡下去的笑又浓了起来。

"那里有一个死人。"她开口，"应该死了很久，肉都没有了，只剩一具白骨。"

慕容璟和没有应声。眉林也不在乎，太过疲惫，很快就睡沉了过去。

眉林梦到离开暗厂那天见主人的情景。其实也不是完全一样。

她跪在有雕花大窗的卧室里，眼前炉香氤氲，一个人穿着白色的袍子，披着黑色的长发站在房间的深处，目光深沉地看着她。可是无论她怎么努力，都看不清那人的长相，只隐约觉得应当是一个男人，觉得自己应当知道他是谁。

窗外有人叫她，告诉她该上路了。她就走了出去。

快到门边的时候，身后突然传来一阵剧烈的咳嗽，近在耳侧。她想那人病得真厉害，应该要治治，于是在腰上挑了几颗草药出来，想要送给他，不料看到的却是一具白森森、没有头颅的枯骨。

她心中一惊，脚绊上门槛，"扑通"一下就往前扑倒。

脚一蹬，眉林从梦中醒来，满背的冷汗。

耳边的咳嗽声仍在继续，颇有些声嘶力竭的样子，却是慕容璟和发出的。

眉林发现自己不知什么时候翻了个身，手脚几乎都缠在了他的身上。兴许是太冷了吧，她想。但她并没有放开慕容璟和，反而因为忆及梦里的情景，莫名地感到一阵恐惧，不自觉又紧了紧手臂。

咳嗽得剧烈，慕容璟和的身体颤抖到有些痉挛。

眉林觉得他有些可怜，便一手按在他的胸口，一手按在他的背后，轻轻地按揉起来。她的神思却仍流连在梦中，有些迷茫，有些懵懂，完全没有察觉到慕容璟和因为她突如其来的关切动作而僵硬的身体。

那个梦像是将现实混杂着切碎糅在了一起，毫无深究的价值，可是眉林却无法忽略那由梦境引起的来自心底深处的恐慌。

她从来不知道主人是谁。不只是她，暗厂的其他死士，包括其他部的人，只怕都罕有人知道。那天是她第一次见主人，虽然主人让她进入内室，她也守规矩地没敢抬头乱看。但是她有鼻子，她也不是聋子。所以她闻到了主人身上带着的淡雅熏香，也听到了那声咳嗽，那声意外得让人来不及掩饰声线的咳嗽。当她听到的时候，差点以为自己再也出不了那个门。

她曾在慕容玄烈身上闻到了那种味道，如今却在慕容璟和的身上听到了相似的咳嗽声，老天真爱跟她开玩笑。

"你摸够了吧。"慕容璟和因咳嗽而变得有些沙哑的声音在寂静的石林中响起，打断她的思绪。

眉林一呆，这才发现自己的动作因为走神而变得极缓慢，像暧昧地抚摸更甚于按揉。

"放开！"不知是不是因为处境关系，慕容璟和竟然会觉得这样的姿势让他感到些许不自在，声音不由得转厉。

眉林回过神，有些尴尬地收回手坐起来。抬头看了眼天空，她想要确定时间，却发现那不过是徒劳。

"你还睡吗？"她问。一梦醒来，非但没有起到丝毫解乏的作用，反而觉得更累了，加上寒气逼人，实在无法再躺下去。

"不了。"慕容璟和的声音恢复了平静，身体却不由自主地缩了一下，因她的离开，他感觉到寒气无孔不入地浸透本来就不暖的身体，必须努力控制自己才能让上下齿不打架。

"扶我起来。"不知从什么时候开始，他再没将"本王"两个字挂在口中。

对于这细微的改变，眉林并没注意到。她依言倾身扶起他，让他靠在自己身上，然后拉过小板车，取下挂在上面装水的竹筒，喂他喝了两口，自己才喝。又分吃了一根烤熟的山药，觉得身体有了些许暖意，这才起身上路。

第八章 役鬼

那具白骨仿佛是条分界线，越往前走，地面的尸骨越多。或匍匐于地，或背倚巨石，或一人独卧，或两人纠缠；有的身上铠甲腐锈，有的还撑枪而立，甚至还能看到不少马的尸骨。风一吹，就有"哐当哐当"的撞击声传来，让人分辨不清来处。

饶是眉林胆大，也被这修罗场一样的地方给震慑住了，心中寒气直冒。

"难道这里曾有过战争？"她像是自语，又像是在问慕容璟和。事实上，那侧倾于地、被风吹得噗噗摆动的破旗，以及满地的断刀残戟都已给出了答案。

慕容璟和头靠在她的肩上，目光冷静地看着这一切，没有应声。

前行的路因为地上的阻挡物增多而变得不太好走，眉林不得不边走边将一些已锈坏的兵器踢到旁边，以方便拖小板车过去。白骨绕不开时，她一开始还耐心地铺了草，把慕容璟和放下，然后恭恭敬敬地往旁边移。后来挡在路上的白骨越来越多，她就折腾不起了，只能用脚比较温和地将其推到一边。

然而越走她越觉得不安，总觉得那风声中仿佛夹杂了金戈交击、人马厮杀的声音。直到第三次经过插着一杆破旗的地方时，她终于知道出问题了，不得不停下来。

"走不出这块地。"她低声对慕容璟和道。

"往回走试试。"慕容璟和留意了一下周边的环境，淡淡道。

眉林嗯了声，正要转身，像是想到什么，又停了下来。她掏出匕首，在一旁的石壁上画了个箭头，然后才走。

毫无意外，半个时辰后，他们又回到了原地。眉林有些不甘，于是选了另一条没走过的岔道，走得筋疲力尽，结果却丝毫没改变。

慕容璟和叹了口气，道："就地休息吧。"

两人都不是胆小之辈，到了这个时候，心中倒没了什么顾忌。眉林依言，从白骨中清理出一块空地来，铺了草，放下慕容璟和之后，便去捡那些已锈败的兵器。

收集了一堆兵器，又取了那杆旗，她才在干草上坐下。眉林给慕容璟和调整了一下姿势，本来想让他靠着她的肩坐着，但他说头难受，只能让他枕在她没受伤的那条腿上。其实靠了一天，她的肩膀也有些吃不消了。

安顿好一切后，眉林这才拿起那杆旗，拼凑出一张不太完整的绣着黄色饕餮的黑旗。她不太明白朝廷军队的事，看不出这旗代表什么意思。还没询问，躺着的慕容璟和已经冷哼出声："贪婪的胡族人。"

"胡族人是什么人？"眉林忍不住问。

慕容璟和看了她一眼，目光中隐约流露出鄙视之意："胡族都不知道，你到底是不是大炎人？"

"我……"眉林不由得结巴了一下，然后理直气壮地道，"我是西燕人。"

慕容璟和的眼神一瞬间变得极其古怪，忍了忍，还是没忍住，脱口道："那说句西燕话来听听。"

眉林大窘，不去理他，拿过那些兵器来看。

"胡族是前朝的王族。"慕容璟和解释起来，"对这片土地来说，他们其实是外族。后来因为贪婪失德，导致民不聊生，被我慕容先祖赶了出去。"

"这上面有字。"眉林摸着一把只剩下半截的马刀刀柄，凑到近前，却发现是一个不认识的图案。她不得不递到慕容璟和眼前，疑惑地道："可能是字……"

慕容璟和瞥了一眼，神色微动，如果不是动不了，只怕已坐了起来："御，胡族王族侍卫才能佩戴的兵器。"他道，示意眉林继续看其他的。

眉林又拿了两把，都是同样的标记，直到挑到一杆枪的时候，才出现不一样的刻字。

"这个我认识。"她一扫之前的颓丧，几乎是带着些许惊喜地道，"兵道。"

慕容璟和"啊"的一声，垂在旁边的手指微动，竟是沉不住气了，催道："快给我看看。"

眉林递了过去。

灰蒙蒙的光线下，可以看见在枪尖的脊上明明白白地刻着两个大炎字，虽然有些锈迹，却仍能辨别出来，正是眉林所说的"兵道"二字。

慕容璟和脸上浮起尊敬仰慕的神色，定定地看了许久，才长长地嘘出口气，让眉林拿开。他没有说话，似乎陷入了沉思当中。

眉林没有打扰他，独自将剩下的兵器都看了个遍，没再发现其他标记。很显然，这两种标记代表的是两派势力，而且大有可能是敌对的。

"'兵道'这两个字是本朝开国八大将军王之首的藏中王所用。"慕容璟和的声音突然响起，没有了之前的无精打采，显得很郑重。可以看出，他对那个藏中王是发自内心地崇敬，"藏中王用兵如神，这大炎有半壁江山是靠他打下来的。兵道，兵道……兵者，诡道也……"说到这儿，他摇了摇头，笑自己竟然和一个女人谈论这行军打仗之事，于是停了下来。

眉林确实对那个藏中王以及什么用兵的事一点也不感兴趣，但看他说得兴致勃勃，也就没打扰。他不再说了，她正乐得谈论其他问题："你的意思是说，藏中王一系的兵将都是用这种兵器？"

慕容璟和微微摇头："只有藏中王帐下的才用。他的后嗣及其继承人为了尊重他独一无二的地位，均去兵改藏。"

藏道。想到这两个代表大炎朝最强武力的字，他不由得半眯了眼，其中闪烁着让人看不懂的光芒。

眉林的心思都放在了他的话上，没有注意到他的眼神。

"这么说来，这些尸骨是数百年前留下来的？"她喃喃道，脑子里浮起当年那些将士威风凛凛的样子，再看看这片地上的白骨，一股说不出的感觉油然而生。

"至少三百二十四年。"慕容璟和道，他情绪有些兴奋，显然没和她想到一块儿去，"当年藏中王突然失踪，众人皆道他是功成身退、悄然归隐，莫不是来了此地？"

听到他的猜测，眉林脸色一下子变了。如果那个藏中王真如他所说的那么厉害，竟也被此地所困，那么他们俩能出去的可能性，只怕更是微乎其微。

"我们……是不是出不去了？"她有些犹疑地问。

慕容璟和从对往事的追忆中回过神来，淡淡道："也许。"

听到他这样一说，眉林的心反而神奇地一下子稳住了。倒不是看开，只是两人素来不对盘，对于他的话，她总是会不由自主地从相反的方面来领会。如果他信誓旦旦地说绝对能出去，她或许反而要惶恐了。

"那也好，咱们不如就在这里做一对短命夫妻。"她笑吟吟地道，并将他的头挪到较高的那边草上，准备躺下休息。

慕容璟和闻言先是一呆，而后怒道："谁要跟你做夫妻！"

见他又有了些许以前的神气，眉林在心中暗暗松了一口气，脸上却做出惊讶的表情："难道不是你倾慕着本姑娘，才会死皮赖脸地扒着本姑娘不放？不然怎么不缠着越秦那小家伙去？"

慕容璟和"哼"了一声，看出她在故意挑起自己的怒气，索性闭上眼懒得再理会。

事实上他们心中都清楚，虽然越秦心地善良，没受伤，力气还不小，怎么看都像能助他逃离的最佳选择对象。但事实上，论应变和野外求生的能力，却是大大不及眉林。一个是战俘，一个是曾经相处过一段时间的、名义上属于他的女人，如果被人追上，自然是跟后者在一起更不容易让人找到破绽。如果跟前者在一起，闹不好不仅无法脱身，只怕还要被扣一个通敌叛国的罪名。

眉林觉得两人真像互换了角色，以前都是他挑衅，自己极少理会，如今则是完全反了过来。想到此，她觉得自己真是无聊，摇了摇头，一下子也没了开口的兴致。

四周再次安静下来，只偶尔随风传来一两声"哐当哐当"的响声。慕容璟和感到一双手从背后搂了上来，如同上一夜那样，为他抵去了不少寒意。他并不习惯这样的姿势，甚至是从来不曾允许别人这样做的，但此时只能睁开眼静静地看着那双扣在他胸口的素手。

那双手上早已布满了大大小小的伤口，其中一只还裹着布带，除了从外形上仍能看出些许最初的秀雅，几乎已可以用"惨不忍睹"来形容。但就是这样一双手，带着他翻山越岭，几乎是完好无损地来到此地。

虽然在选择她的时候，他曾因一夜加半天的暗中观察，相信她能做到。但当她真正做到之时，他却又不由得惊讶于她骨子里所蕴藏着的坚强和力量。

他不禁想起那日牧野落梅的疑问：一个不会武功的人，要怎么样在危机四伏的状况下生存？她想用此对士兵进行针对性的训练。也许她真该跟着身后这个女人一起逃亡，而不是追捕，那样她就会知道在死亡面前，一个人能爆发出多大的潜力了。

想到牧野落梅，想到那日她愤怒地离去，他心中难以避免地升起无法言喻的疲惫和失望。如果有一日他被父皇或者兄长推上断头台，她必会以死相谏。但是面对一个全身瘫痪的废人，他没有丝毫把握她能够忍受。以他对她的了解，只怕她宁可他死了，也不要他如此狼狈地活着。

狼狈……

那日的狼狈再次浮上脑海，让他的脸不由得一阵发烧，贴在后背的女人柔软的身体和沉沉的呼吸一下子明显起来，他的手不由得慢慢收紧。

就在此时，一阵如同老鼠乱窜般的窸窣声突然响起，在阵阵鬼嚎般的风声中显得异常明显。

慕容璟和心中一凛，纷乱的思绪被瞬间敛去。在那声音越来越近的时候，他迅速地闭上眼，只留下一线微缝。

有碎石滚落面前的地上，又等了片刻，一个佝偻的人影闪闪躲躲地出现在青蒙蒙的光线中。

眉林觉得很苦恼，她想不明白，不就是睡了一觉，醒来怎么什么东西都没了，只剩下一块空荡荡的竹板车？

"你说是人干的还是鬼干的？"她问慕容璟和，所问的内容匪夷所思。

慕容璟和摇头不语。

"你不是一向很警觉吗？"眉林忍不住道。她倒不是不相信他，只是觉得怪异。

慕容璟和看向她，眼里没有任何情绪，心中却掀起了惊涛骇浪。

她知道！她竟然知道自己不容易入眠的事。他为了掩饰这一点，甚至会刻意让陪侍的女人留宿，但从来没让人察觉过。就算是这几日形影不离的相处，他也尽量表现得和常人一样，她是怎么知道的？

眉林没指望从他口中得到什么回答，颇有些无奈地道："这样下去，只怕我们真要留在此地了。"虽是这样说，她却开始收拾身下仍带着热气的干草束，然后把慕容璟和放上了竹板车。

"这下你可舒服了。"她一边苦笑，一边用藤索将他的上半身固定好，以防他在拖动的过程中滑落地上。

她说得倒是没错，虽然车比较短，使得腿不得不拖在地上，但因身下铺着厚厚的枯草，相比起被她一瘸一拐地驮着，不时还要往下滑上几滑，确实舒服了许多。

慕容璟和观察了她的神色，发现除了最开始的震惊，她又恢复了一贯的从容，不由得佩服起她强大的心理承受力来。

"我耳朵疼，你给我看看怎么了？"他突然开口。

眉林一怔，心中有些奇怪，却仍然问："哪边？"

"右边。"

因为光线不好，眉林一边伸手摸向他的右耳，一边不得不弯下身子凑近了去看。就在离他的脸还有一段距离的时候，她已看清他右耳完好无恙，正想开口，突然发现他嘴唇微动，似乎想要说些什么。她心中恍然，忙又放低了一些，几乎是将耳朵贴到了他唇边。从旁边看去，却像是她正在给他仔细检查耳朵。

"有人跟着我们。"慕容璟和以蚊蚋般的声音道，如果不是眉林靠得近，只怕已被风声完全遮了去,"我只看到一个人,他手中有一把马刀,还有一副弓箭。"

眉林想问是不是他偷走了他们的东西,但还没发出声,便被慕容璟和一个眼色给止住了。

"怎么样,是不是伤了?"他用平常那般大小的声音问。

眉林看他好像不准备再说别的,于是直起身,语带讥讽地道:"不过蹭破了点皮,值得这样大惊小怪的吗?昨晚丢了那么多东西,你怎么没感觉到?"

她将藤索拉过胸前,拖着他往前走,因为少了很多东西,又省下不少力,速度快了许多。

"你不也睡得像死猪一样,好意思说我!"慕容璟和一分不让地反刺回去,见她又往前方走,不由得嚷嚷道,"昨天从那里就没走出去,今天还走同一条道,你比猪还蠢。"

眉林哼了一声,没理他,继续往前。她严重怀疑他这是在趁机发泄之前对自己的不满。

"笨蛋。你是我男人,我是猪,你不是猪夫?"她也不生气,笑眯眯地说。

慕容璟和被噎住。他想反驳,但事实上她确实可以算得上是自己的女人,不管处于什么样的地位,他都是连着自己一并给骂了进去。然而,他还没安静一会儿,又嚷了起来:"喂喂,女人,都躺了一晚了,你还让我这样躺着,是存心让我不好过吧?"

"就你事多。"眉林没好气,但仍然放下藤索走了过去,将他从竹板车上解开,然后扶着站了起来。

慕容璟和站立不稳,倒在她身上,在唇蹭过她耳畔的时候快速地道:"他在左边第三块石的后面,没看见有其他人。"因为特别留意周围的一切,所以立刻发觉了另外一个人的存在。

眉林低低嗯了声,一只手揽紧他的腰,另一只手则攥紧了怀中的匕首。

"站都站不稳,你还能再没用点吗?"她大声骂,"真不知我上辈子造了什么孽,要被你这个男人拖累……唔,疼!疼……快松嘴快松嘴!"她正骂得兴起，不料被贴在肩膀上的慕容璟和一口咬住耳朵，立即僵着身子求饶。

同一时间，一阵金属剐蹭的声音传进他们耳中，两人交换了一个眼神，眉林感觉到体内血液流速开始加快。

"继续骂。"慕容璟和低声道，他察觉到了异样。

那个人在昨晚两人睡着的时候都没把他们怎么样，为什么今天反而沉不住气？是跟他们互相讥讽的话有关，还是被两人的亲昵举动刺激到了？无论如何，让一个摸不着根底的人跟在暗处，对他们都极为不利，因此只能冒险将其激出。

眉林呆了呆，骂……骂什么呢？刚刚被他一咬，啥都忘光了，一时竟想不起要怎么接下去。

"笨女人！"只需要看一眼，慕容璟和便知道是怎么回事了，不由得无奈地叹了口气，突然低头吻上她的唇角。

眉林一惊，反射性地看向他，他的唇顺势滑过去，密密地封住她的唇，耳朵同时竖了起来，捕捉那人的反应。

风呼啸着，将一切细微的声音湮没，那个人仿佛一下子消失了般，再没发出任何声响。

不是因为这个。慕容璟和目光一转，脸上浮起轻浮的笑，在离开那柔软的唇时还不舍地吮了一下："给你一个机会发泄不满。"然后他蓦地冷笑道，"我看你这坏女人巴不得我早死，好去找你那姘头，我偏不如你愿！你给我记好了，现在你还是我的女人，我想怎么着就……"

啪！一声脆响将他剩下的话给打没了，眉林一把将他推搡在板车上，却在他的手差点滑落在地时抬腿不着痕迹地一挡，然后便是一阵乱踢："你当你还是那个威风八面的王爷吗？也不看看自己现在是什么德行，除了我，还有谁来管你……"她怒颜大骂，一副恨不得要地上男人死的样子。

"喀喀……你打吧，打吧，打死我，你也走不出这里……"慕容璟和蜷缩在板车上，脸隐在暗处，语气虽然愤怒而羞耻，脸上却没有丝毫表情。

"我呸！你以为没了你，本姑娘就活不了？"眉林狠狠地道，说着还踹了他屁股一脚，然后倏地拔出匕首，寒声道，"那咱们就试试，看没了你，我走不走得出去。"

匕首森冷的光在暗灰色的光线中一闪，就往慕容璟和的胸口刺去。

慕容璟和长眸微眯，几乎要以为她真的想杀自己。如果不是那金属的剐蹭声再次响起，而且比之前那声还要明显、还要悠长的话。

"老子杀了你这个恶妇……"一个嘶哑的声音突然插了进来，然后传来凌乱的奔跑声。

眉林一脚将板车蹬得远了些，然后回转身，看向那个举着刀向自己冲来的佝偻身影。她虽然内力没了，但眼力还在，招式也还在。如果遇上高手，当然打不过，但眼前这个人无论握刀的姿势，还是奔跑的速度都实实在在地告诉她，他不过是一个普通人，顶多身上多了一点普通人所没有的杀气和死气。而这两样，是她所不惧的。

"哪里来的怪物！"她讥讽道，企图将那人的怒气挑得更高。

慕容璟和缓缓地将头从阴影里伸了出来，冷静地打量着那个人，以判断眉林的胜算。

那个人乍一眼看上去又矮又驼，但实际上骨架很大，如果挺直了腰，与自己不遑多让。而他身上的衣服已经成了一片一片的，须发纠结成绺，将脸掩盖，看上去只怕在这里待了不少时日。

那人步伐沉重，显然不具内功。出刀的姿势毫无章法，也就是不会武功。这样的一个人怎么会在这里？又是怎么存活下来的？该死的女人，刚刚下手一点也不留情，等事情解决了，他要怎么向她讨回来呢？她的嘴上还有山葡萄的味道……啧，肚子好像有点饿了……

看出眉林的危险不大，他的思维开始散佚，往别的地方飘了。

眉林要是知道他在想这些，只怕恨不得之前没下手更重一些，不过这时她却没办法分心。来人虽然好像不懂武功，但那把腰刀却不是唬人的，如果被挨着、擦着点，难保不吃点苦头。又或者被他发现了两人的诡计，转身跑了，要再引他出来，恐怕就难了。

好在那人被她的话刺激得失去了理智，手里的刀没头没脑地就劈了过来，毫无退缩的意思。

眉林目光一凝，就在那刀将要劈及面门的时候腰身一扭，人已闪到侧面，手中匕首同时上挑，在要划中那人的手腕时突然换了姿势，屈肘撞在他的心窝。

她左肩伤势未愈，使出的力道有限，但仍让男人躬了身子。接着匕首一个漂亮的反转，轻轻松松地横在了他的喉咙上。

"把刀扔了。"她淡淡地笑道。男人身上传来阵阵腐尸和死亡的臭味，闻之欲呕，她却连眉头也没皱一下。

男人颓丧地垮下肩，隐藏在乱发下的双眼闪过不知所措的神色。

哐当！腰刀落在了地上。

男人的双手被板车上的藤索反缚在背后，不甘不愿地拉着竹板车和上面的慕容璟和一步一拖地往前走。

他不肯说自己是什么人，眉林懒得逼问，索性就叫他役鬼，实在是因为被他身上那股恶臭熏得狠了。

奇怪的是，明明是同样的路，役鬼七转八拐之后，眼前的景物竟然一下子就有了变化，前后连半个时辰都没到。虽然还是一根根耸立的巨石，但路上再见不到一根白骨。

眉林眼睛一亮，以为出林有望，哪知幻想很快就被打破了。

她看到了一个窝棚。一个由白色骨架密密堆砌而成、表面搭着布块的窝棚。窝棚被一件布袍子随意隔成两个空间，一间里面铺着厚厚的一层碎骨和烂布，另一间则吊着几块风干的肉块，放着其他各种各样的杂物，包括他们带进来的食物、水以及草药，乱七八糟的，竟然堆了小半屋。

很显然，这里就是役鬼的住处。

眉林二话不说，闯进放杂物那间，拿起竹筒，拔开塞子就灌了一口，然后走出来喂慕容璟和。

"你想吃什么？"她问，自然是指屋里所有的东西。

慕容璟和摇头，脸色很难看，喉结滚动了一下，语气艰涩地道："扶我坐起来。"

眉林不知道他想干什么，依言而行，不料刚把他弄起来，还没坐稳，他就一头栽进她怀里，然后大口大口地呼吸着，仿佛憋了很久的样子。眉林恍然大悟，敢情他也是被熏着了。虽然知道他没有邪念，但被那灼热的气息穿透衣衫熨润在肌肤上的感觉，仍让她觉得有些不自在，不免又想起之前那让她措手不及的吻。

她努力平复有增快势头的心跳，本想推开他，却一眼看到已转过身、正满脸迷茫地看着他们的役鬼，似乎不明白开始还喊打喊杀的两人这会儿怎么又这么好了，于是她强忍下了那种冲动。

"你送我们出去，那些东西全留给你。"她温柔地摸着慕容璟和的头，对役鬼说。

役鬼看看她，又看看撒娇一样赖着她的慕容璟和，似乎明白了什么，眼中浓烈的愤怒与痛恨消去了不少。

"你们……刚才是想……引我出来？"他问，与之前怒发冲冠时顺溜的语速比起来，显得生硬而迟缓，像是久未与人交谈一样。

眉林含笑不语，算是默认，而慕容璟和的呼吸也渐渐平静下来，两人这会儿看上去就像一对恩爱的夫妻一样。

役鬼咧嘴，扯出一抹僵硬的笑，就地蹲了下来："出不去……出不去的……"他将脸埋在膝盖上，闷闷地道，声音像呜咽，"进了这里的人，都别想出去……他们出不去……你们也出不去……"

慕容璟和觉得自己终于能压下那股想要呕吐的欲望了，闻言侧转脸，看向他："你在这里住了多久？"

役鬼像是被问住了，满含绝望的喃喃声停住，好一会儿才抬起头，问："现在是哪一年？"

眉林听他问的是哪一年，而不是什么日子，心瞬间凉了大半。

"昭明三十二年八月……嗯……多少？"慕容璟和应道，后面两个字是问眉林的。

谁还有心思去记日子啊。眉林摇头，这才发现两人还维持着那种暧昧姿势，忙将他推开点，自己也坐了下来，在旁边撑住他。

会点拳脚功夫，与内外兼修的武林人士相比，根本不够看，因此在其他两人合力压制那人的时候，便悄悄躲了起来。他知道，如果跟他们在一起，也许还没饿死就先死在他们刀下了，因此就算之后那发狂的人平静下来，他也没再出去。那三个人找他的时候，他就绕着巨石躲藏，谁想竟让他糊里糊涂地绕出了那里。更让他觉得奇怪的是，他发现站在那块地域外的自己与他们相距并不远，可以看到他们的一举一动，他们却完全感觉不到他的存在。

以后无论他怎么走，也再走不出后来到的这个地方。那三个人没有等到食物和水告罄，便先被巨大的恐惧和阴郁的环境折磨疯了。

等他们死后，他过去搜罗了他们剩下的食物和水，又花费了很久的工夫，才凭着不是很清晰的记忆走出那里。这八年来，他按照之前的方式，采用不同的线路，绕着石柱走了不知多少遍，却始终走不出去。这期间又来了无数批人，他就像看一幕幕戏一样，看着他们以各种各样的方式死在他眼前，看着他们面对死亡时所暴露出的最真实的一面。很多时候，为了珍贵的血液，他也会在他们奄奄一息的时候助他们一臂之力。

即便是眉林生冷不忌，听完他的述说也不由得咽了口唾沫，一股反胃感直涌喉口，手无意识地抱紧了靠着自己的慕容璟和。

他没说这八年他是怎么过来的，他们也不想问。

"你是赶尸匠。"她道，是陈述，不是询问。也只有这个特殊的职业，才能让他承受如此大的心理压力，在这阴暗不见天日的地方住上八年而不疯狂。她自问做不到。只是疑惑他自言懂一些拳脚功夫，为何出手时却毫无章法？

役鬼垂下头，默认。

慕容璟和反倒比开始好，在役鬼述说经历的时候已镇定下来，此时神色从容，让人看不出他在想些什么。

"你昨夜不杀我们，是想等我们饿得动弹不得，再来给我们放血吧。"他淡淡地指出役鬼的心思。毕竟以其如今的体力，肯定没把握一下子将两人都解决掉。就算能，在这之前，只怕他们的血也洒得差不多了。那对没有任何水源的此地来说，无疑是巨大的浪费。

役鬼哆嗦地又蜷成一团，隐在发丝下的眼中有着被看透的惊讶和恐惧，却也没否认。

慕容璟和点了点头，接着道："你去吃点东西，然后再带我们走几圈。"

役鬼小心翼翼地看了他半晌，直到确定他没发怒的征兆，才慢慢地伸直身体，站起来："我今天……吃过了。"一天只吃一顿，一顿只吃小半饱，即便是这样，很多时候还要饿肚子。

慕容璟和当然不知道他的进食情况，但看他连站起都有些颤抖的身体，想了想，示意眉林给他把藤索解开，然后再由她驮着自己跟在后面。

役鬼先是有些意外，接着便露出感激的神色，在走的过程中还不时想要帮助眉林驮慕容璟和，但都被慕容璟和拒绝了。

有人引路，走起来自然快了许多。他们回到了之前像是被鬼打墙的地方，再按役鬼的路线走出来，然后又在役鬼住的地方转了两圈，直到眉林快要支撑不住才作罢。

"这是一个天然的连环阵。"坐在竹板车上，沉思半晌，慕容璟和唇角浮起一抹浅笑，眼中闪着从未见过的奇异光彩。

原本因为他的沉默而噤声不语的两人，闻言不由得精神一振，目带希望地看向他。

慕容璟和示意眉林拿一根棍子来，眉林看了眼空荡荡的四周。没有多想，她正准备拔出匕首砍下竹板上的一根竹枝，一根白森森的圆棍递到了她的面前。她唇角微抽，但很快便恢复如常，笑着道了谢，然后就拿着那支光滑如玉的小臂骨，按慕容璟和的指示在黑沙地上画起图来。

役鬼见没被嫌弃，脸上立即露出欢喜的神色。

一个由圆圈组成的奇怪图形渐渐出现在黑色的沙地上，一眼看去似乎杂乱无章，但若仔细研究起来，又能隐隐感觉到其中似乎含着某种规律。

"这是我们之前被困之处的巨石布局。"慕容璟和简单地解释道，然后让眉林从中间往右数到第三块再折往上，在第四和第五块的中间标出生门。而在生门之外，则是死门。

"死为生之始，生乃死之托，生死往复，循环无踪，这是一个简单的迷踪阵。"他们之前绕了那么久都没发现，只因事出突然，根本没往阵局这方面去想。

"能出去？"眉林关心的只是这个，至于那个什么生门啊死门的，在这种时候、这种地点，她实在没有什么闲情逸致去探讨。

慕容璟和点头，脸上却没丝毫喜悦之色。

当三人站在石林的出口，看着阳光下郁郁葱葱的竹林时，眉林终于知道慕容璟和为什么高兴不起来了。他们根本就是从此处进的石林，现在不过是原路返回而已。果真是生生死死、死死生生啊……

三人中最高兴的只怕要数役鬼了，整整八年未见天日，虽然眼睛有些受不了日光，但那浑身上下散发出的喜悦已明显让另外两人感受到。这种情绪很容易感染人，加上终于离开了那个阴暗的地方，两人的心情多多少少也好了些。

头顶上的海冬青已经不在，大抵是因为失去了他们的踪迹，又或者是慕容玄烈等人得知他们进了石林，决定不再追踪，所以召唤了回去。

三人进入竹林，在溪水边歇下来。四周翠竹摇曳，风中有野菊和松竹的香味，还有飞散的草籽以及植物种子，阳光如同彩蝶般穿过枝叶落在身上、地上，一切都充满了活力和生机。与石林中的腐臭阴郁比起来，简直是一个如天上，一个似黄泉。别说役鬼，便是慕容璟和两人，竟也生出原来这世间如此美好的感觉。

役鬼大约也知道自己身上有着极难闻的气味，因此始终离得两人远远的，一个不注意便跑得不见了影。

两人也不介意，知道留下他也没用处。眉林用几张宽叶片叠在一起，弯成锥状，给慕容璟和盛了几次水喝，又掏出手绢汲了水给他擦拭完脸和手。自己也大略清洗后，方才考虑去找点东西填肚子。

慕容璟和非要跟着她去，无论眉林再怎么保证不会丢下他也没用。眉林无奈，只能拖着一个"大包袱"四处觅食。

一只野兔蹲在不远处的草丛里，看到两人来也不跑，一边继续啃着草，一边小心翼翼地观望着他们的动向，似乎也感觉到行动不便的两人不具有什么危险性。

眉林感觉受轻视了，一把抽出怀里的匕首，带着鞘子就砸了过去。她原本不过是想吓吓那小畜生，谁想好死不死，竟一下子砸到兔子的脑袋。就见它"啪"的一下歪倒，连腿都没弹一下，就这样莫名其妙没了生息。

眉林"嗤"的一声，乐了。连慕容璟和都不由得微微抬起了头，目光怪异地看着那个倒霉的小东西。

眉林拎着肥墩墩的死兔子，半驮着慕容璟和回到溪边。她先捡柴生起火堆，然后蹲到水边，开始剥皮剖肚，清理起来。

慕容璟和闻到血腥味，不由得又是一阵反胃，忍不住道："我不吃这个。"也许会有很长一段时间，他都无法再进食荤腥之物。

眉林的手仍插在兔子肚子里面，闻言停住，疑惑地回头看了他一眼，而后突然反应过来，"扑哧"一声笑了出来。

"我说你怎么死活要跟着呢，原来是在害怕役鬼转回来吃了你。"

慕容璟和别开脸不理她，但此举也无异于默认了她的猜测。眉林反而不好意思再笑，利落地收拾了兔子，用细竹穿着架在火上后，便就近找了几棵竹笋，剥了笋壳，就这样放到火上烤。

秋笋比不上春冬之笋，就这样无滋无味地烤，自然好吃不到哪里去，但聊胜于无。

眉林自己也没什么胃口，但肚子又饥，于是也只啃了两根烤笋，那烤得黄亮喷香的兔子却是动也未动。于是倒便宜了不知从何处又冒出来的役鬼。

役鬼从头到脚都湿淋淋的，虽然仍披着长长的须发，但干净了许多，能够看得到苍白的肤色了，身上那股浓浊的恶臭也淡了不少。原来他竟然一个人跑到下游去洗了个澡，连带地把衣服也洗过，还带回一大捧野果。

眉林也不客气，拿起那些野果就吃，还不忘塞给慕容璟和，丝毫不理会他别扭的表情。

"你怎么没走？"她问。

役鬼很久没吃过热腾腾的熟食了，也不怕烫，抱着整只兔子就啃，直蹭得好不容易洗干净的胡子油亮发光。听到眉林的问话，一边嗯嗯着，一边又啃了两口，眼露不解之色，含混不清地问："走哪儿？"

眉林奇怪地道："自然是你想去哪儿就去哪儿。"她记得他说过他有家，有父母妻室的。离家八年，难道他就不会迫不及待地想要回去吗？

役鬼呆了呆，吃东西的动作慢慢地停了下来，有些迷茫："你们不是抓了我吗？"

这一回不仅是眉林，连慕容璟和都有些傻住了。他们怎么也想不到这世上还有这么憨直的人。

"我们还要进石林，你也要跟着我们一起进去？"不等眉林开口，慕容璟和微笑着问。他就不相信，这个男人还有勇气再进那个地方。

果然不出所料，役鬼闻言，原本就苍白的脸变得更加惨白了，握着兔子的手不受控制地颤抖起来："你……你们还要……还要回去？"他结结巴巴、不敢置信地问。

眉林心中打了个突，却没言语。

慕容璟和点头，眼神坚定。当然要回去，不说他还指望能从石林逃出钟山，便是那藏中王的事，他也想弄清楚。

役鬼面色变幻不定，时而恐惧，时而呆滞，就如一张白纸，心里想什么脸上都写得清清楚楚。

眉林突然觉得这个人其实并没有那么可怕，反倒直白得有些可爱，正想开口替他解围，却被慕容璟和给瞪住了。不知道慕容璟和葫芦里卖的什么药，她只能暂时忍住。

过了一会儿，就见役鬼一咬牙，满脸凄惨，像是做了什么要他命的决定似的，木呆呆地看向慕容璟和："我自然……也要……跟你们一起……"说完这句话，他眼睛都红了，隐约有水光闪烁。

看到他那样子，眉林心口莫名一酸，突然想起暗厂。如果是她，是打死也不会再回去的。

慕容璟和淡淡然一笑，似乎很满意这个答案。

最终，慕容璟和并没让役鬼跟着他们一起入石林，而是让他拿着自己身上的玉佩，到昭京荆北王府带个口信给清宴，并留在那里等自己回去。

他说，他突然想荆北的那两个美人了，让清宴把她们接到昭京。

见他没提自己的处境，也没说有可能从哪里出山，眉林便没阻拦，只是有些弄不清这个人是真好色还是做戏成瘾，都这个样子了，还念念不忘自己的那些女人。

慕容璟和叮嘱了两件事：一是出山时遇到官兵不准拿出玉佩；二就是不见到清宴不准说出见过他的话。

吃饱的役鬼就穿着他那身破布块一样的衣衫，顶着乱七八糟的须发，带着满心对慕容璟和身份的震惊和敬畏走了。

"你不怕他拿着你的玉佩跑了？"眉林一边准备再次入林需要的东西，一边问道。役鬼一走，慕容璟和也不再像之前那样，非要随时都跟在她身边。

慕容璟和漫不经心地应了句："他能跑到哪里去？"无论逃到哪里，只要拿出他的玉佩，还能有命在吗？唯一的生路就是乖乖地到昭京找清宴，然后在清宴的眼皮子底下待着，直到他安然无恙地回去。

他躺在地上，眼前尺许的距离外是一朵指甲盖大小的蓝色小野花，纤细的花茎支撑着脆弱的花盏，在风中瑟瑟地抖动着。那花瓣如薄瓷一样，脆弱而透明，仿佛轻轻一碰就会碎裂似的。仿佛被触及了什么记忆，他的目光一下子变得幽远而迷蒙。

眉林看了他一眼，突然觉得在山里待了这许多天，这个人脸上那份酒色虚浮之气似乎被净化了似的，只剩下苍白的病容，看上去顺眼多了。顺眼有可能是自己心境产生了变化，但她当然不会往这上面去想。

微微一思索，她便明白了他心中转着的念头。从之前的试探便可看出，役鬼其实是一个憨直得有些傻气的家伙，连对他如同噩梦一样的地方都愿硬着头皮跟着他们回去，是断断不会半路而逃。慕容璟和必是看中了这一点才让其去传信的，这样不仅让清宴等人知道他还活着，还顺便送走了一个让他十分介怀的存在，简直是一举两得。

"真会算计。"她咕哝了一句，没有再多说。自见面以来，这个人就很会善用身边一切可利用的资源，她早该习惯了。

因为有了之前的经验，他们再次入石林的准备做得比较充分，不仅花了些工夫编出一张粗陋的竹席，还做了几个浸了松脂的火把。食物方面，除了野果，还捎了不少烧熟的山药、野薯等物，不过没弄任何肉食。事实上，不只是慕容璟和，眉林心底深处其实也多少有些介意。

据慕容璟和说，他对奇门遁甲以及各类阵法"略有所知"，所以两人后来穿越石林之行虽不能说一帆风顺，但也没再像前一次那样被困住。他说这石阵是天然的，不像人为所设那样可以随意变动，机关重重，否则他也没办法。这种地方想要困住藏中王，显然还不够。

话刚说完，突听朽木脆裂之声，眉林脚下蓦然一空，直直往下栽去，被她半驮着的慕容璟和自然也不能幸免。落到中途时，他们被卡住的竹板车挂住，停了片刻。然而朽木承不住两人一车的重量，碎裂成块，最终连板车也倾了下去。

这突然冒出来的大坑不算太深，在坠落的过程中又缓冲了一下，两人摔到坑底时并没受伤，倒是被后来落下的板车以及上面的东西砸得七荤八素，好不容易才缓过劲来。

眉林低咒一声，狼狈地推开身上的东西爬起来，掏出随身带着的火折子吹燃，粗粗看了下，发现坑底之土并非黑色，这才放心地找了根火把点起来，插在稍远一点的地面上。

眉林解下腰上的绳索，搬开板车，慕容璟和毫无血色的脸出现在她眼前。紧闭的眼，毫无起伏的胸膛……

眉林吓了一跳，慌忙将压在他身上的一些杂物扒开，小心翼翼地抬高他的上半身，探指在他鼻下试了试，这才稍稍松口气。眉林又是掐人中，又是喂水，好不容易才把人弄醒过来。

眉林因为被系在腰间拖板车的藤索阻了一阻，慕容璟和便先她一步落了地，她以及后来的板车等物先后落在他身上，不砸得他背过气才怪。

坑底离地面约有两人多高，腹大口小，还能看到上面破了个大洞的木板，明显是用来陷害人的。以两人现在的状态想要爬上去，简直是不可能的事。

眉林拿着火把在坑底转了一圈，可以看见地面零零碎碎地散落着一些兵器。她在角落的位置发现了三具骷髅，一具蜷缩成团；一具抓着坑壁，身体扭成一个怪异的姿势；剩下一具盘膝靠壁而坐，身躯挺得笔直，膝上横着一把金背雁翎刀。从骨架上来看，此人生前必然极是魁伟高大。三者唯一的相同之处，就是骨黑如墨，诡异至极。

"喀喀……扶我过去。"慕容璟和显然也看到了，忍着胸腔被挤压后的闷痛道。

眉林将火把插在骷髅旁边，才回转身去扶他。

到了近前，慕容璟和只是静静地用眼睛打量，阻止了眉林去尸骨上搜索的意图。好一会儿，他用下巴点着那个坐着的骷髅，道："地上有字，你看看。"

眉林凝神看去，并没发现异常，在他的坚持下，她不得已只能将他放到展开的竹席上，然后趴到地上去扒拉表面的土层。

坑底表面是一层灰土，显然是几百年来沉积下来的，如同那几具骷髅身上的一样。眉林只扒了两下，当真看到下面有被划过的痕迹，精神不由得一振，动作便麻利了许多。不一会儿，四个铁画银钩的字出现在她眼前。那字不过巴掌大小，但苍劲有力，深入地面数寸，仿佛要将心中所有的愤怒不甘都刻入其中似的。

乾贼害我！

眉林无法明白这几个字的意思，却能感觉到它们所传达出的满腔愤恨。她直起身，转头看向一直盯着地面的慕容璟和。两人离得不远，他自然能看到这几个字。

慕容璟和沉默良久，对她道："你给他叩几个头吧。"

眉林傻眼："为什么？"

慕容璟和笑了下，但很快又恢复了淡漠："他是战神，你给他叩头，说不定他肯保佑我们活着出去。"

一番话说得眉林又好气又好笑，尤其他还是用这样正经的语气来说。眉林忍不住反讽道："你身份尊贵，叩头的话肯定比我有用……"话还没说完，立即看到他用看白痴一样的眼神看她，不由得顿住。

"你觉得我可以……喀喀……"他明明是一副病弱的样子，那神态却足以气死人。

眉林回瞪他一眼，站起身，一边拍自己身上的尘土，一边道："他要是能保佑我们出去，自己又为何会困在这里？"说完，就要去继续找看有没有办法爬出坑。

"那你代我给他叩，我欠你一个情。"慕容璟和突然妥协。

这是相识以来他第一次妥协，倒把眉林吓得不轻。她几乎要去摸摸他的头，看他是不是被摔坏了脑子。

"你是认真的？"她忍住冲动，疑惑地问。

"废话！"慕容璟和皱眉，显得有些不耐。

眉林想了想，觉得这是个不错的交换条件，虽然目前看来他似乎造不成什么危害，但谁能料到以后的事？她不求名利，只求能平平安安就好。

想到此，她也干脆，说了声"好"，便真的在那具尸体前跪下，"咚咚咚"地叩了三个响头。眉林没有让他保证，也没立下什么字据，只因如果他想反悔的话，那些东西拿在手里不过是催命符。她赌的，是运气！

起身时，她看了一眼侧躺着的男人，见他眼中神色复杂至极，不知又神游到哪里去了。

"总有一天，你不会后悔叩这个头。"感觉到她的目光，他回过神，淡淡道。

"那自是最好。"眉林咕哝着，准备开始找出去的路，又突然想起一事，于是顿住，"要不要帮你把他安葬了？"她认定那个人与他关系颇深，否则以他的身份和傲气，又怎肯求人代他叩头？不如好事做到底，让他把那份情记得更深一点。

谁知慕容璟和并不领情，神情冷淡地道："不必多事。"

眉林讨了个没趣，拿起火把，自己默默地找路去了。

"对面墙角的颜色有些浅。"她这边不说话了，慕容璟和反倒主动开了口。

眉林还没走远，闻言扭头循着他的目光看过去，在火把暗淡的阴影中，那里果真与四处的墙壁有些不同。因为位置比较低，她之前根本没注意到。

心跳微微加快,她不由得深吸了口气,才快步往那里走去。

那是块石头,半人高,周围是泥土,难怪颜色不同。走近了后,眉林用手一摸,不由得有些失望,但仍不甘地用匕首柄敲了敲,没想到竟传来空空的回声,显示出那面是空的。刚浮起的失望立即消失无踪,她开始尝试用手去推,然而使足了全身的劲,那石壁仍岿然不动。

眉林不由得泄愤地捶了石壁一拳,结果疼的还是自己。就在她抱着手气馁不已的时候,慕容璟和再次发话:"蠢死了,不会用匕首?"他那把匕首削铁如泥,他不相信她不知道。否则,在与役鬼对战的时候,她不会将削手腕的动作改成肘击膻中。她必是知道那一匕首削下去,役鬼的手会齐腕断掉。心软,是这个女人的弱点。

"还不是怕把你的匕首用坏了。"眉林心里嘀咕着,但因为急于探知石壁后面是什么,没心思跟他斗嘴,只是闷头拔出匕首,先试探着从石壁与泥土的交界处插进去。

匕首刃部长约尺许,还没插尽,便有落空之感,她再次精神大振。

眉林慢慢顺着石壁的边沿切割,石粉簌簌掉落,匕刃却没有受到丝毫阻碍,很快便削了一圈,用手一推石中,就听"砰"的一声,灰尘四溅,扑了她一头一脸。

她顾不得避开,一边挥着袖子赶开尘埃,一边呛咳着往里面探看。

一条黑洞洞的通道出现在眼前,因为光线难及,完全看不清有多深。她侧身取了插在旁边的火把往里面照去,也只照到眼前丈许距离,但已足够看清倒下的石板下面是铺得整整齐齐的青砖,有几块被石板砸出了裂纹。

对着这完全是人工建造的东西眉林发了好一会儿呆,直到身后的慕容璟和忍耐不住开口询问,她才回过神,目光怪异地回头望向他说:"你说这石阵是天然生成的,那下面怎么会有这样的通道?"

慕容璟和自然是看不到的,但从她的话中也听出了些许蹊跷,想了想道:"你另外点一个火把扔进去。"

眉林反应过来,依言而行。丢进深处的火把只在落地那一瞬暗了一下,之后便恢复如常,短时间内看不出会灭的迹象。很显然,通道里面空气是流通的。

谁也不知道里面有多深，眉林不想浪费，就爬进去把那支火把拿出来灭了，顺带烧了几个交织的蛛网，只留下一支燃烧着，然后回到慕容璟和身边坐下，把里面的情况大略说了下。

慕容璟和看到她灰头土脸的样子，忍不住笑出了声，在她疑惑地看过来的时候，忙道："大约是后来人建造的，也许跟上面的巨石无关。"虽然这样说，这一次他却不再那么肯定了。

石林是人造的！两人脑海中同时浮起这个念头，但随即被抛开。慕容璟和不记得史书上有记载过如此浩大的工程，而眉林则是在为那只容一人爬着走的通道发愁。她想不通什么人会建造这样整齐的一条通路，却又不让人站着走。她更苦恼的是，通道的宽度竹板车是完全通不过去的。也就是说，接下来的路程，她不仅要拖慕容璟和，要带食物和水，还要拿火把。

很显然，无论对谁来说，这都是一个极其艰巨的任务。

第十章 异域

让眉林觉得很庆幸的是,这几天下来,她的伤口已渐渐愈合,否则只是拖一个慕容璟和都是要人命的事,更遑论还要带上其他东西。

好吧,就算伤口完全愈合,她爬着拖慕容璟和也是一件百般辛苦的事。

"这样一条路究竟是拿来做什么的?"眉林趴下了,望着远处被自己插在通道壁缝上的火把,感觉似乎永远也无法抵达一样。

她本来想把竹板车改窄一些,谁想一动刀子,不小心把藤索弄成了几截,导致整个板车都散了架,再也没办法用了。因此在现在的情况下,她需要先将火把和其他东西拿到前面,顺便将沿路的蛛网虫蚁驱离,然后再转回来搬慕容璟和,如此反复。

慕容璟和虽经脉受损,但并不会导致身体消瘦。眉林站着倒还罢了,但爬着,无论是背还是抱都不好弄。眉林是一点一点地往前挪的,不仅她累得不得了,慕容璟和也不好受,不过两人都没抱怨。

听到她并不是真想要答案的自言自语,趴在她背上的慕容璟和也不由得看向前面。在火光的深处,黑暗仍在延续着,仿佛永远也没有尽头一样。低矮的空间,没有止境的黑暗,让人感到强烈的压抑感。幸好是他们两人一起,如果说他们两人中只剩下一人,处在这样的地方,只怕用不了多久便会疯狂了。

一股难以言喻的感觉浮上心头,他突然低下头蹭过眉林的耳郭,亲了亲她的脸，然后就这样挨着她，不再动弹。

　　眉林呆了一下，脸"唰"地红了。她一咬牙，撑起身继续往前爬去。也许是太过用力，也许是那突如其来的亲昵，让她的心跳得飞快。

　　慕容璟和没有调侃她发红的耳朵，她也没有怒斥他的轻薄。在这样的地方，在这无论前面还是后面都看不到尽头的狭小空间里，他们第一次有了相互依存的感觉，除了对方，再没有别人。那些所谓的恩怨情仇，那些曾放在心上最重要的人和物，都被这条通道远远地隔开，遥远得仿佛是另一个世界的事。

　　不知是不是因为两人间多出了一种可称为暧昧又或者温馨的氛围，往前的路似乎不再那么让人难以忍受，在气喘吁吁中，偶尔的对话成了眉林很多年后都会笑着回忆的念想。

　　"那个……战神就是你曾说过的藏中王？"她问，声音在通道里回荡，于是越到后面她的声音放得越小。

　　"嗯。"慕容璟和应道。看到有汗滑过她眉角的小痣，他忍不住伸舌去舔，就如曾经渴望过的那样。

　　眉林脸更红了，不由得微微别开，羞嗔："你别乱动，沉。"她其实不该害羞的，他们连更亲密的事都做过了，没理由因为他这样一个小小的动作而羞赧不已。

　　她急剧的心跳似乎通过两人相贴的胸背也传给了慕容璟和，让他觉得好像有什么东西要从胸腔里跳出来，不由得更贴紧了她。那个时候他想，如果他能动，他一定会抱住她，给她自己所能给的所有温柔。不过那只是一瞬间的事，也只是那瞬间的事。出了那个诡异的地方之后，他们谁也没再提起那时的感觉，也许已经忘了，也许只是埋在了心底深处，不愿去想。

　　"你是皇子，为何要跪拜他？"眉林甩了甩头，企图将自己的注意力从他温热的呼吸上面转开。

　　慕容璟和沉默了一下，没有直接回答这个问题，只是有所选择地说出了自己的猜想。

　　慕容氏推翻胡族统治的时候，这石林还不是火烧场，也许这里如同其他地方一样，长满了茂盛的草木。胡族残孽躲于此地，藏中王带人围剿，在有所牺牲的情况下，成功穿越石林，将敌人一网打尽。但螳螂捕蝉，黄雀在后，在藏中王得胜出石林之前，也有可能是两方交战正酣的时候，有人在石林外围点燃了剧毒之物，将整个石林烧成一片焦场。藏中王和他的两个部下跳入敌人挖的深坑中躲避，但终究因毒气早已入体而不能幸免。

这只是慕容璟和的猜测，但眉林知道这已八九不离十。她想他甚至知道那个在外面放毒焚林的人是谁，又或者是谁指使的。他知道藏中王所指的乾贼是谁，但他不说，就是不想或者不能说，所以她不会追问。事实上，她也并不关心。无论是慕容氏还是胡族，又或者是藏中王，都离她太远了。

她喜欢听他慢条斯理地说话，说完一句还会停顿片刻，像是在斟酌什么该说、什么不该说一样。她必须承认，当他不再吊儿郎当，不再带着讽刺或者高高在上的语气说话的时候，真的让人没办法讨厌。

她问他身体究竟出了什么问题，他以前不肯答，此时竟也老老实实地说了。这个时候她才知道，他竟然是经脉寸裂。她突然就没办法再接话了，她想经脉寸裂也许比她体内的毒还难医治。她想自己也许会照顾他一辈子，如果是那样的话，其实也没关系，只是不知自己的身体能不能熬那么久。如果熬不了，他要怎么办？她开始发愁。

"你叫什么名字？"慕容璟和突然很想知道这个跟自己共患难了很久，嘴里厉害，却无论多艰难也从没有真正丢下过自己的女人的名字。以前也许有人在他耳边提过，但是他从来没注意过。

眉林皱了一下眉，有些介意相处这么久他竟然还记不得自己的名字，但很快又笑了："眉林。"不在乎她的人，知不知道她的名字又有什么关系？她倒宁愿在这样的时候向他正式介绍自己，"但是我不喜欢眉林，我喜欢春花，喜欢开在二月里那漫山遍野的春花。"她说。

"眉林……春花……"慕容璟和将两个名字都念了一遍，又笑着连叫了几遍春花，然后啃眉林的耳朵。

眉林被啃得又痒又酥，忍不住地笑，笑得浑身发软，"扑通"一下趴在了地上。

两人一时行一时歇，偶尔说几句不着边际的话，原本以为永远也走不到尽头的通道，就在眉林的一次单独爬行当中结束了。那样突然，让她甚至有片刻缓不过神来。

她跪爬在那里，呆呆地看着甬道外那黑漆漆的一片，即便把火把拿出去，除了眼前一条通往下方的石质阶梯，还是什么也看不到。

还要往下……往下会是什么，她不敢想。

眉林在周围巡视了一遍，最后把火把插在穴口的岩石缝中，然后回转。爬到一半的时候，那一点已经变得有些昏暗的火光突然一下子熄灭，四周瞬间陷入一片混沌般的黑暗中。

眉林僵了下，但并没倒回去重新把火把点燃，而是继续往慕容璟和的方向爬去。当摸到那温热的身体的时候，她微微紧绷的心才放松下来。

"火把怎么熄了？"慕容璟和是靠着石壁坐着的，感觉到她摸索的手时，问道。在火光完全消失的那一刻，莫名的不安瞬间将他笼罩。明知她不会丢下自己独自离开，但那种无边无际的黑暗，却由不得他不胡思乱想。

也许是因为黑暗延长了一切时间，眉林觉得这次比以往任何一次回转都要累。听到他询问的声音后，她安下心来，也不急着走，就靠坐在旁边石壁上休息。

"大约是有风，吹灭的。"她吐出一口气，觉得眼皮想要打架。

"到出口了？"慕容璟和一听她的话，便琢磨出了前面的情况。毕竟这甬道前后不相通，又怎么可能有风？

"嗯……外面可能很大……看不出是……什么样的地方……只有一条……梯子……"大约是放松下来，眉林觉得越来越困倦，一边迷糊着，一边断断续续地道出情况。

慕容璟和感觉到她的倦意，偏过头，却因为隔着两肩，碰不到她的头，只能用垂在身边的手抓住她已被割得七七八八的裙摆用力扯着喊道："喂，别睡！"如果她睡了，他会觉得只剩下自己一个人，在这样的黑暗中，会异常难熬。

眉林皱了下眉，身体微微侧滑，头靠在了他的肩上，含糊不清地咕噜："让我……眯一会儿……就一会儿……"

慕容璟和犹豫了下,又拽了拽她的裙摆,不是很情愿地道:"那……那你抱着我。"只有那样,才能将那种被黑暗吞噬的惶惑驱离。在之前感觉到她回来的时候,他就有这种冲动,只是拉不下面子说。

眉林困倦得厉害,闻言不耐烦起来,果断伸手揽住他的腰,身体几乎滑进了他怀里,不一会儿便打起了细小的呼噜。

感觉到她的重量和体温,慕容璟和的心立即踏实下来,也涌上了睡意,竟难得地睡沉过去。

这一觉不知睡了多久,眉林先醒过来,发现自己压在慕容璟和身上,两人不知何时滑倒在了地上,这样他竟然都没叫醒她,当真稀奇。

她一动,慕容璟和就醒了过来,他迷迷糊糊地问:"什么时辰了……"话一问完,人也清醒过来,看着眼前一团漆黑,心中有片刻的迷茫。

眉林将他扶坐起来,掏出火折子吹燃。在微微跳动的火光中彼此对望一眼,等那束亮光如同生机般润入人的心中,才又摁熄了它。

"也许外面日头正好。"她说,然后把慕容璟和弄到背上,开始往出口爬去。膝上、手肘早已磨破结了血痂,此时再次蹭到,立即又浸出血来,疼得钻心。她突然有些后悔停下来休息,如果趁之前疼得麻木的时候一鼓作气爬出去,就不会多受这份罪了。而最让人头疼的,却是这挥之不散的黑暗。

别说是她,便是被她一直背着走的慕容璟和,因为两条腿一直拖在地上,也早被磨掉了一层皮。但他本就受着经脉俱裂之痛,一时也不曾停过,这点小痛反而没放在心上了。

一番折腾,他们终于来到通道口。眉林将火把重新点燃了。

黑暗已经浓得快要将人溺毙了,再次见到光明,虽然只是影影绰绰的一团,两人仍然有种被拯救的感觉。

眉林从用外衫打的包袱里面掏出竹筒,两人分别喝了水,才开始分吃烤熟的野薯、山药。他们已经分不清时间,只能是累极了就歇,饿极了就吃。

慕容璟和靠在山壁上,一边艰难地吞咽着因为凉了而显得有些噎喉的粉质块茎，一边注视着眼前不甚清楚的石阶。石阶像是在山壁上凿刻出来的，窄而陡，不过两三级后，便隐没在黑暗中。下面会是什么，两侧又是什么，让人无从捉摸。

这究竟是什么鬼地方？第一次，他开始疑惑起来。

若说是胡族当初隐藏之所，在那兵荒马乱的年代，他们逃命还来不及，又哪里来的闲工夫用砖铺这样一条不实用的通道？或者说，这是在前朝盛世时弄的？只是这通道堵着一头，既不能用来逃亡，也不能用来查探敌情，实在是不太实用啊……

眉林看他皱着眉头，只道被噎到了，忙递了水过去。他也没拒绝，就着喝了两口，才道："你点另一支火把，下去看看，别走太远。"顿了下，他又叮嘱，"小心点。"

眉林也正有此意，如果不把四周情况查探清楚，心中实在没底。

她给慕容璟和留了一支火把，自己拿着另一支，先看了看两侧，发现石阶不过比通道略宽一点，两边是陡直的山壁，上面下面都黑乎乎的，看不清是什么情况。她伸了伸因为爬动而变得有些僵硬的腿，才慢慢地往下走去。

出乎意料的是，没走多久竟然到了底。踩着平整的地面，她抬头向慕容璟和看去，笑道："我当多高呢，虚惊一场。"

大约有八级台阶，因为比较陡，所以显得有些高。

慕容璟和坐在通道口，垂眼俯视着她在火把光照下开怀的笑脸，仿佛看到了一朵在春夜寒气中乍然绽放的迎春花，心口微微一悸，也不由得上扬了唇角。

第一次见到他这样纯粹的笑，眉林呆了呆，觉得好像有什么温温软软的东西慢慢覆住一直就不太暖的心脏。

慕容璟和看着眉林举着火把往前走去，所过之处，可以看到青砖铺就的平整道路以及道路两边蹲着的鸟头豹身石兽。眉林将火把往旁边照去，石兽以外是看不透的黑暗。那条道路往前延伸着，似乎要延伸到洪荒的尽头。

他感到有些不安。然后，眉林停了下来，在她面前是两根白色的方石，一人多高，如同一道门般矗立在那里。方石之间，是一条往上的石梯。不是青砖，而是白石筑就，在火焰照射下隐隐泛着红光。

眉林原地站了一会儿，没有继续向前，而是将火把插在一头石兽的嘴里，然后倒了回来。

慕容璟和松了口气。

"上面都是石头，像……像外面的石林一样，我不敢进去。"眉林回来一边收拾东西，一边说道。

慕容璟和心中一动，奈何动弹不得，否则以他之心，只怕要将这处所在研究个透彻。

石梯虽然不高，但太陡，而慕容璟和的腿又太长，眉林费了好大劲才把他安全地弄到平地上。脚一沾地，两人就瘫成了一堆，出了好一身的冷汗。

"好像是墓葬。"慕容璟和的头恰好枕在眉林柔软的肚子上，半眯着眼看向黑暗的上空，缓缓地道。他的神色因为这个猜测而慢慢凝重起来。

且不说这是哪一朝的君王的墓葬，只是看这排场，就知道里面肯定机关重重，凶险无比。他们能平安抵达此处，只怕靠了几分运气。

眉林想了想，将他挪到地上，起身回到上面的通道口，拿起包袱和插在上面的火把走下来，然后做了一件让慕容璟和大吃一惊的事——她将火把使劲扔向半空，看着火把在空中打了个转，落向石道之外，忙跟着探身往下看去。

她其实只想看看上空是什么，脚底又是什么，就像慕容璟和没说出口的想法那样。慕容璟和却觉得她这样的做法太过鲁莽，只是阻止已来不及。于是便听"轰"的一声，一柱火光冲天而起，然后如涨潮时的海水般，汹涌地往两旁蔓延而去。即使眉林闪避得快，仍然被燎去了少许额发与眉毛。

她"噔噔噔"退到慕容璟和身边，惊魂未定地看着眼前的一片火海，显得有些手足无措。

火光耀动，照亮了他们所处的整个空间，却也带来了炙热的温度。

慕容璟和本来也被吓了一跳，却立刻被她的反应逗得忍不住笑。他一边笑一边眯起眼，等到眼睛适应了突如其来的亮光后，才开始观察周遭的一切。

这是一个极大的溶洞，从头顶垂落的钟乳石来看，很显然是天然生成的，但是那只限于头顶。因为躺着，除了头顶和通道的两头，他看不到其他地方是什么样。

通道的一端连接着他们来时的低矮甬道，另一端则是眉林插着火把的地方。那里他之前只隐约看到两块白石和一道石阶，此时才发现，那里岂止是两块白石，根本就是由密密麻麻的石头组成，果真像头顶上的那片石林。唯一不同的是，这里的石头只有人许高、一人合抱粗，就像是将巨石林缩小了放在这里一样。

难道石林真是人为的？他的疑惑越来越深，不明白什么人要在这里建这样一座浩大的工程，较他慕容氏历代帝王陵寝不知宏伟复杂了多少倍，却又不见龙凤图腾，显然非帝王之墓。而如非帝王，又如何能建得这样一座陵墓？

在他思索的时候，眉林已经回过神来，一把抱起他的上半身就想往上面的甬道拖。

"往中间走。"他赶紧道，目光落向石道另一端。火光映照下，那片雪白的石林如同火海中的冰岛一般，清冷肃然，不受丝毫影响，只是反射着火光，隐隐约约有玫瑰色的光华在流动，美得惊心动魄。

眉林虽觉得那边像一座孤岛，只怕上去就下不来，但一路上他从未出过错，心中虽然有疑虑，却被炙热的温度逼得无法多加思索，于是真的向中间快速而云。

因为身体被抬高，慕容璟和在被拖动的闲暇中，终于可以看到他们所在石道以外的情况。

两边都是火海，然后隔着不近的一段距离，分别是两条石道，只是上面的石雕不同，但也是不曾见过的异兽。在那两条石道以外，隔着大约是相同的距离，又是两条石道，以此类推，可以知道，在中间石林的另一面，也有着相同的石道。而每一条石道的尽头，都接着一个甬道，或高或矮，或以石门相隔，或以怪兽雕像相守。

炙热的空气一股接着一股地迎面扑来，让人喉咙里面似乎都要灼烧起来。慕容璟和收回目光，看了眼身边的鸟首怪物，不由得啼笑皆非。

"喀……笨女人！"他有些无奈地叹气。

眉林正火急火燎地拖着他跑，虽然说走更恰当点，但她确实是以跑的心情在往中间的小石林奔去，只是手中拖的物体太重，严重影响了她的速度。听到他的话，她已无心情不悦，只是奇怪地问："我又怎么了？"

慕容璟和再叹气，想要抬手，却也只能想想，于是更加颓丧："这两边的兽身就是灯盏，你为什么非要做把火把扔出去的蠢事？"虽然说能够看得更清楚些，但也断了他们的退路。

兽身有一条凹缝，可见灯芯，看这火势，也许下面就是供应灯油的所在。

眉林匆匆瞟了眼，也有些无语，脚下不停，额上鼻尖都已因高热染满了汗光。

"扔都扔了，现在说又有什么用？"她有些郁闷，这会儿才知道，原来自己也会有鲁莽的时候。

慕容璟和"扑哧"一声笑了出来，摇头正想再说点什么，身体一顿，被放了下来。他留心一看，竟是已经到了地方。

让人意外的是，在这两根石柱之内，仿佛有什么东西隔着一样，温度竟不似外面那么高，却又不像在之前的甬道里面那么冷，倒是恰恰的好，恰恰的舒服。

真是个怪地方！两人心中同时冒出这个念头，既惊奇又敬畏。

石道上开始冒起腾腾的白气，眉林伸手往上一探，不由得倒抽口气，倏地又收了回来，慌忙把慕容璟和往上拖了几个台阶。

"这下糟了，在火灭之前我们可能都出不去……"她低声道，声音中隐隐透出愧疚之意。

想要等到这样大的火熄灭，只怕两人不是被活活烤死，便是已被活活闷死了。

慕容璟和倒没她那么悲观，目光从熊熊燃烧的火焰上挪开，道："扶我站起来。"闻火焰燃烧产生的气味，并不似桐油或者火油，那么会是什么能产生这样烈的火焰？

思索的当儿，他已被搀了起来。眉林站在他的前面，用自己的背支撑着他。

慕容璟和个子颇高，下巴放在眉林的头上刚刚好，从这样的角度可将四周的情况尽收眼底。之前一直搁在她的肩上，其实有些委屈了。

"你看左边那个通道。"他对眉林道，自己的目光则往其他方向看去。

眉林循着指点一看，全身不由得冒了一层鸡皮疙瘩。只见一片密密麻麻的东西被热气一逼，又或者是受火光吸引，从那个高大的甬道里爬出来，布满了左边那条石道，很多落进火焰中，发出"吱吱"的燃烧声。她打了个哆嗦，赶紧往对面他们来的甬道看去，确定没有东西爬出来，这才稍稍松口气。

慕容璟和再让她看右边。右边的通道里面倒是没爬出什么奇怪的东西，但有火焰与黑沙喷出，与外面的火焰颇有内外呼应之势。

"看来我们的运气还算不错，撞到的是一条绝路，却非死路。"他笑道，扭头往身后泛着瑰色的白石林看去，暗自判断里面是否如同那些通道一样凶险。

当然，无论是否凶险，他们都只能进而不能退。所以，没再多想，他淡淡道："走吧。"

眉林略略振作起来，火把显然已经不需要了，因此轻松不少。她当下一肩挎包袱，一肩承着男人的重量，开始顺着穿过石林的石阶爬上去。

再次出乎他们的意料，小石林并不像外面那样无迹可寻，而是有明确的道路可穿行。两人顺着那条白石铺筑的路缓缓而行，虽然看似东绕西绕，但仍能确定是在向上而行。

中间也有岔路接入，但慕容璟和却能紧紧锁定那条主道。好几次当眉林以为两人走绕了的时候，都会看到她开始以为的捷径往下绕到了别处去。于是不由得暗暗抹把汗，庆幸自己听信了他的话。

"这只是一个简单的迷局，比外面的连环局不知简易了多少。"慕容璟和笑了笑说道，神色却不见轻松。"但迷局之外却是八门：休生伤杜景死惊开，这八门吉不吉来凶不凶，踏错一步万劫不复。真不知道修这个地方的人究竟是想防外人闯进，还是防里面的人出去。"

眉林完全听不懂他在说什么，但仍被勾起了好奇："我们来的是什么门？"

两人已走至石林之顶，一具巨大的棺椁出现在眼前。棺椁像是由一整块白玉琢成，上面雕刻着精美的图腾，反射着外面的火光，绚丽至极。

慕容璟和注意力被吸引过去，好一会儿才淡淡道："杜门。为堵塞之意，有进无出，只是白费力气，倒也不凶险。"说到这儿，像是想起什么，他不由得笑了起来，"想来那造此地之人必然没想到会有人在这杜门一石之外挖一个大坑，这堵竟变成通了。"

眉林暗忖，如果不通倒也罢了，也许两人会想办法从那大坑里爬出去，然后从别的地方安然离开，也不至于陷落这奇怪的所在，死生难料。她却不知道，像这样的地方，如果不是有慕容璟和在，别说掉进大坑，只怕已困死在外面的石阵了。至于这小小的、看似简单的石林，也不是常人能安全通过的。

"那便是此地的主人了。"慕容璟和继续道，"我们去看看他究竟是什么人，竟是这等厉害。"

眉林也注意到了那个华美的棺椁，却并不多么好奇，此时她最在意的不是那个死了不知多少年的人，而是要怎么走出这个怪地方。

见她没有动意，慕容璟和又补上一句："也许里面有逃生的法子。"

眉林毫不犹豫地就要带着他快速往那玉棺走去。

"等一下。"慕容璟和背上冒了一层虚汗，为这个女人果断中有些鲁莽的性子，虽然她这种鲁莽并不常见，但每次一犯，都会造成极严重的后果。

眉林探出的脚又收了回来，疑惑地看向趴在自己肩上的男人。

"你看地面。"慕容璟和示意。

乍然一看，那地上分明是白色的石块铺就，再仔细一点，就会发现在那些雪白中有些泛着玉石的莹润，有的却显得冷硬干涩。

眉林看出来了，却不明白这里面的意思，有些茫然地问："要怎么走？"她也知道有些机关是设在地砖下，但对此毫无研究，就算遇上了，只怕也唯有硬闯。

慕容璟和笑道："你越来越笨了。"他自然记得她逃避追捕的那些手段，让他印象深刻，但自从进入这石林之后，她便越来越不爱动脑筋了。

眉林叹气，想解释，又顿住。她实在不好承认，那是因为他懂的东西太多，多得让她在这种完全陌生的领域不想无自知之明地献丑。她也不得不承认，走了这一路，对于他，她已不由自主地形成了一种依赖性，才会将那份被小心压制住的鲁莽显露出来。

"你用匕首轻轻点一下石面。"慕容璟和看到她无奈的表情，心情大悦，又特别叮嘱了下，"别太用力。"

眉林扶他坐下，然后依言用匕首柄点向石面，第一第二块都没反应，在点第三块的时候却有轻微的漂浮感。她心中豁然敞亮，知道那样的石头下面必有机关了。

然而从这里到玉棺有近十丈的距离，难不成要这样一块一块地点过去？何况，就算她真的这样做了，又要如何带他过去？

她这边犯难，慕容璟和却仍然笑意盈盈，似乎还没意识到自己有可能过不去。

眉林侧脸看到，心中一动，立即决定将问题抛给他解决。

第十一章 逢生

太极生两仪，为阴为阳，互为其根，运转无穷。

眉林听到一声轻弹，然后是一连串锁链轮齿摩擦的声音，眼前的一片石柱缓缓降下，与玉棺所在的空地形成一个太极图案。那一刻，她对慕容璟和的敬畏崇拜达到了顶点。

时光回溯到她将接近玉棺的难题抛给慕容璟和的那刻。

听到她的询问，慕容璟和将目光从那玉棺上移开看向四周，因为立于石林之巅，所以能将洞中一切尽收眼底。是时他们才发现整个洞窟的布局与他们之前想象的并不一样。这看似处于中间的石林并非一座圆形的孤岛，而是头圆尾小如一尾大头鱼一样弯在洞窟一面，与熊熊燃烧的烈火形成一个巨大的太极图案。另一边确实也有通道，只不过是直接与石林相接。

慕容璟和看着这壮观的一幕，微微皱起了眉。好一会儿他才将目光从那毫无减弱趋势的火焰上移开，回到不远处的玉棺以及面前这片不圆不椭的空地上。他仿佛在思索什么难解之题似的，狭长的凤眼充满疑惑地微眯着，使得眼线看起来更长而优美。

眉林不打扰他，漫无目的地打量着这奇怪的洞穴，同时小心嗅闻着空气的变化，以判断两人至少还能在此磨蹭多久。

然后就看见慕容璟和眼睛倏然一亮，往与玉棺相对的石林另一头看去。

"如果那处有一个凹穴，我便能找到法子离开此地。"他说。

于是他们就又磨磨蹭蹭地寻了过去，没想到竟真在那里看到一口与四周石柱格格不入的深井。深井大小与玉棺相若，一眼看不到底，更看不到是否有水。

"怎么办？跳下去？"眉林茫然道，想不出要怎么从这样一个黑洞洞、让人双脚发软的深坑逃生。

慕容璟和白了她一眼，都懒得骂人了："我不相信，将那巨大的棺椁抬上去的时候，那些人也要一步一踏地避着机关。"他淡淡地说出自己的想法，原来目的仍在玉棺。

说话间，他的目光在井周逡巡，寻找着可能存在的机关。

眉林突发奇想，让他靠着一根石柱坐在地上，然后用匕首从石柱上削下一块石头扔进井里，不想许久都没听到回响，她不由得毛骨悚然。

而慕容璟和却因为高度的改变，一下子看到井外壁上雕刻的八卦图案，心中一动。

眉林按他的吩咐上前一摸，发现那图案果然凸出于井外壁，但左右都扭之不动，与井壁如同是一体的。他继续皱眉思索的当儿，她仍抓着那个四四方方的雕刻又是转又是推地研究，本没抱什么希望，却不想随手拉了一下，竟听到"咔"的一声，八卦图案竟弹出了一截来，吓得她往后一退，等了半晌没再有其他响动，这才放下心来，却不敢再随便乱动。

慕容璟和看到此景，脸上露出喜色。想了一想道："你试一下照乾一兑二离三震四巽五坎六艮七坤八的顺序把它们一一拉出来。"

眉林哪里认得这些个劳什子，于是慕容璟和又不得不一个一个地指出来。当眉林拉到最后一个的时候，就听到"咔"的一声弹响，然后是沉重而缓慢的锁链和齿轮摩擦声。不知是否因声音造成的错觉，她觉得脚下地面好像在隐隐颤动，不由得屏住气，几乎有些僵硬地向慕容璟和退去，希望在发生危险的时候能够及时带着他一起逃命。

她刚刚扶起慕容璟和，就听到井里传来沉闷的咕嘟声，好像有水在往里面灌一样。那声音越来越大，渐渐变成隆隆巨响，地面也跟着晃动得厉害。

眉林脸色煞白，不知究竟会发生什么事，正想问慕容璟和要不要往别处逃，就见四周的石柱以肉眼可见的速度往下沉去。

片刻之后，响声与晃动停止，他们所站之处化为一片白石平地，而之前玉棺所在的空地玉石不知为何竟变换了颜色，似流动着暗夜之光。黑白泾渭分明，却又首尾相交，如环无端，生生不息。不用站在高处，便是这样平平地看去，也能看出这是一个太极图。玉棺和水井恰恰是那纯黑纯白中的两点反色，代表的是那阴中之阳、阳中之阴。

四周仍然石柱林立，将内外一大一小两个太极图分隔开来。

"我们……"对于这种变化眉林有点消化不了，茫然地看向慕容璟和，语气艰难地询问，"要怎么做？"连石头都沉了下去，这地还能踩吗？

慕容璟和虽然知道可能有机关，却也没想到会出现这一幕，他反应没眉林那么大。笑了下，他道："也许可以四处走走。"

在踏出第一步发现地面一如之前那样硬，没有丝毫虚浮的感觉之后，眉林最先看的是那口井，里面果然如听到的那样灌满了水，与井沿齐平，却无淌出之虞。

她抹了把冷汗，对这诡异的地方越来越发怵，只希望能早点离开，于是毫不迟疑地扶着慕容璟和往玉棺走去。

走至近处，玉棺所发出的寒意侵体而来，让两人都不由得打了个寒战。

"是冰做的吗？"眉林皱眉嘀咕，却又觉得在这四周都燃烧着大火的地方，它却一点也没融化的迹象，应当不是冰。

慕容璟和没有回答。

玉棺高度差不多到眉林的鼻子，无盖，通体散发着莹润的光泽，却又似隐隐流动着淡淡的青芒。

眉林看不到，见慕容璟和注视着里面半晌，却什么也不说，忍不住问："里面有什么？"棺材里面睡的是人，这她自然知道，但她想是不是应该有些别的东西，比如说能够让他们离开此处的提示。

慕容璟和沉默片刻，才淡淡道："一个人。"

眉林窒了下，觉得求人不如求己，于是将他放下，自己则双手撑着棺椁的外沿，轻轻跃了起来。怎么说也练过功夫，身体轻盈，这一跳就跳到了外棺上挂着。如果不是担心压坏里面的枯骨，只怕她落的地方就是棺内了。

一眼看到棺内的人时，眉林呆住了，连眼睛都忘了眨。

任她怎么想，也没想到会看到一个活人。好吧，至少她还没见过什么人死了还能保持这样鲜活的容貌，肤色不仅不见苍白，反而隐隐约约泛着淡淡的粉色。

当然，这只是一个原因。还有一个原因就是，这个人，这个男人长得比她见过的所有人都要好看。

那男人看起来也就二十来岁的样子，发如黑缎，肤如白玉，五官绝美，眉宇含慧，带着松竹之朗朗清气，使之不会流于妖娆。

而让人意外的是，在这样宏伟的墓葬里，在这华美的棺椁中，他身上穿的竟是一袭麻衣。露出白玉一般的双手双脚，除了头下的玉枕，没有任何饰物和陪葬品。

没有……陪葬品！眉林终于从美色中回过神，注意到这让人震惊的一点。她又仔细看了一遍，确实没有。她心中着急起来，就想跳进棺中。

她的脚刚要抬起，靠着棺壁坐在地上的慕容璟和就发觉了："你干什么？"

"我想看看他死没死，再找找他身上有没有藏东西……"眉林顿住，不再解释，末了忍不住补上一句，"这男人真好看，我从来没见过长得这么好看的人。"

慕容璟和当然知道那个人有多好看，但是听到眉林这样说出来，还是有些不是滋味，于是冷冷道："你去吧，要撞上机关，我可救不了你。"

眉林伸进去的脚又飞快地缩了回来。在见识过这里面的各种古怪之后，她就变得像那惊弓之鸟，甚至害怕坐在这上面久了都会触动什么，忙跳了下去，跟慕容璟和一样，蹲在棺椁外面。

"那你说怎么办？"

慕容璟和淡淡地瞥了她一眼，心中突然生起烦躁的感觉："你自己没脑子吗？"话一出口，他就知道过了，但他素来高高在上惯了，就算明知不该，也不会轻易对一个连侍妾都算不上的女人低头。

眉林错愕，大约是好久都没听到他用这种恶劣的语气说话，一时竟有些恍惚，半晌才反应过来，不由得失笑："我有……我当然有。"说这话时，她的手垂在袖下，在视线难及的地方微微地颤抖着。

语罢，不再看慕容璟和一眼。她陡然站起身，再一次翻身上棺，然后跳了进去。

棺内空间很大，她落脚时并不虞踩在那人身上，却不知为何仍然扭了一下，疼得她龇牙咧嘴，靠着棺内壁缓缓坐下，闭着眼等待疼痛缓解。

手仍有些颤抖。

"喂，有什么发现？"棺外传来那人的询问，语气没有之前那么不耐烦。

眉林睁开眼，表情木然地在棺内搜索起来。

棺内空旷，什么也没有，用不了多少工夫就搜完了。她抬起头，语气平静地道："没有。"然后，她的目光落在那玉枕上。

她犹豫了下，倾过身，小心翼翼地抬起那人上半身，另一只手去拿那玉枕，谁知竟拿不动，不由得大奇。

"枕头拿不动。"她又道，说话时，鼻中闻到一股淡淡的松竹清香，脑子一晕，差点栽倒，慌忙将那人放回原处，退得远了些坐倒在地。

她用力咬舌，疼痛让她神志微微一清，正好听到慕容璟和的话，那声音隔着厚厚的棺椁，显得有些闷沉："你试试往下按。"

眉林偏过脸深深喘了口气，觉得似乎好点，于是爬了过去。只是这一次她不敢再去碰那人的身体，甚至不敢去看他的脸，生怕他会突然睁开眼来。她只是将手撑在他头的两侧，往下用力。

这样做的时候，她并没有抱任何希望，却没想到那玉枕竟真的缓缓往下沉去，连同那个男人一起下沉。这倒把她吓了一跳，倏地收回手。然而玉枕和那人并没有因为她的停下而停下，仍在继续往下降，同时带着四周震荡起来。

"快出来！"外面响起慕容璟和的催促，带着些许焦急。

眉林脸色微变，也顾不得再去管什么美人玉枕了，双手扒住棺壁就往上跳，不料身体刚跃到半空，脑袋突然一晕，倒头就栽了下去。幸得那晕眩十分短暂，加上她反应够快，在看到落下之处不知为何竟变成了一个黑漆漆的大洞时，匆忙往旁边一抓，倒真让她抓到了个东西。只是那个东西不仅没有阻止住她的坠势，反而被她带得一同落了下去。

她脑子昏沉，也不知落了多久。只是反应过来自己抓着的是慕容璟和的脚，而他已经因为重量而落到了自己的下面去时，不由得抓得更紧。就在她以为坠落会永无止境的时候，就听"嘭"的一声，水花四溅，剧烈的震痛从胸口传至全身，冰冷的水流漫头而过，黑暗瞬间将她包绕。

她自然看不到，棺椁中沉下去的玉枕和人在沉到一定程度之后又再次缓慢地浮回原位，连同他们掉下的洞口也重新合了起来，不见一丝缝隙。

清脆的鸟啼传进耳中，身体感觉到太阳照射所特有的暖洋洋感，还有难以言喻的刺痛。

眉林咳了一声，牵扯到胸腔，引起一阵剧痛，却又忍不住喉中水湿的呛意，于是慢腾腾地翻了个身，又是一连串的咳嗽，同时吐出那些堵塞之物，直到吐出之物带着甜腥之味方才努力忍住。

眉林吃力地睁开又涩又沉的眼皮，久违的清亮日光映入眼中，让她不由得抬起手挡在眼前，片刻之后才敢放下来，唇角已经翘了起来。

竟然……出来了！

就在以为他们必死无疑的时候，竟然就这么出来了。她已经不知道要怎么形容心中的感觉，只是仍能感觉到胸口怦怦的心跳，看到太阳，真是一件奇妙美好的事！

不过她并没有沉醉在这种感觉中太久，立即想起不知落于何处的慕容璟和，慌忙爬起身寻找，却赫然发现自己右手仍牢牢抓着一样东西。低头一看，不是慕容璟和的脚是什么？她没想到自己昏迷了，竟也没放开他。

慕容璟和趴伏在她的右首边，还没醒过来，头发湿漉漉地散在地上，手冰冷无温，让人不由自主地往最坏的方面去想。

将他翻过身，看到那死灰般的面色，眉林不由得顿了一下，并不如前次那样再去探他的呼吸，而是直接扑上去把他肚腹中的水压了出来，又解开他湿淋淋的衣衫，使劲揉搓那已无丝毫暖意的胸口，直到那里渐渐回暖，能够感觉到微弱却不会让人忽略的跳动时，才停下来。

　　眉林胡乱地收集了一堆柴，去摸怀中的火折子，才发现竟已湿透，想要点火已是不可能。

　　她抿紧唇，往身上一摸，发现那把匕首竟然还在，于是连思索也不用，就近捡了一块极硬的石头，在周边放了一小堆干苔藓枯树叶，然后用匕首背部敲击硬石，火星四溅，不一会儿便引燃了干苔等物。

　　火生起了，火下铺着一层卵石。

　　她收了一堆干草铺在火旁，剥光昏迷不醒的人，将衣服都晾起，又在近旁的滩边挖出一个足有半人深的坑来，用石头围了边，引了八成满的河水，再截断。一切忙完，他却还没醒，就算在火边烤了半天，除了心窝那一点温热外，仍感觉不到他浑身上下有一点暖意。

　　她也不白费劲去叫他，只是将火堆移到另一边，然后把烧在下面的卵石全部用木棍挑进旁边的水坑。不一会儿，那水就冒起腾腾的白雾，温度烫手。

　　她把慕容璟和放进水中，自己也脱了衣服泡进去，从后面抱着他，给他揉搓心窝、后背。

　　那坑不小，两人坐进去却也有些挤，水荡漾着直往上升，恰恰漫到慕容璟和的脖颈。眉林矮了他一个头，若坐着，那就要没顶了，于是只能跪着。

　　在那个时候，虽然是赤身裸体地将一个男人抱在怀里，她心中却没有丝毫旖旎绮思或者厌恶勉强，只是憋着一股劲，非得把人给救回来不可。

　　大约是热水起了作用，又或者是她的固执有了回应，怀里的人终于发出一声低不可闻的呻吟，虽然没醒，但已足够让人振奋。

　　眉林不由自主地收紧双臂，额头抵在他的后颈上，缓缓地吐出一口气。那个时候，她才发现自己的胸口原来一直绷得紧紧的，紧得隐隐有些发疼。

　　等到水变温转凉，她将人弄上去，烤在火边的衣服也已干，正好给他穿上。眉林自己也收拾了一下，才坐到他身边，环顾起两人所在之处。

　　这是一处河谷，两岸高山险峻，身后密林苍苍，似乎还是处于深山之中。河水在此拐了一个大弯，使得他们所在这面形成了一块三角形的滩涂。河面较阔，水流缓慢，显然这是两人会在这里被冲到岸上并保住小命的原因。

眉林叹了口气，抬头看向碧蓝无云的天以及快到中天的太阳，在最初的兴奋以及一连串的担忧忙乱之后，此时静下来，她突然有些茫然。

被陷石林前她想得简单：找一处偏僻的所在藏起来，想办法解去身上之毒，仅仅如此。虽然她答应过越秦，但其实那只是敷衍，她没想过真去找他。事实上，按牧野落梅之前定下的规则，只要出了钟山，越秦就能自由了。但她不一样，别说牧野落梅等人，就是她的来处，只怕也会因为她的背离而不会轻易饶过她，她不想连累那个毫无心机的少年。

只是现在……现在她却有些迷茫，似乎有什么东西变得不一样了。

这个男人……唉！这个男人……

干柴爆裂的声音响起，让眉林的思绪微顿，而后倏然反应过来自己竟然在想一堆乱七八糟却毫无用处的东西，不由得自嘲地一笑，于是站起身，打算进林子看看能不能找到点有用的草药或者食物。

刚走了两步，她突然觉得不对，心脏却突突地跳了起来。她站住定了定神，有些不敢置信地试着运转体内真气。只觉一股极细的气流从丹田缓缓升起，虽然与以前相比差得太远，但细而不断，弱而可察，确确实实是存在的。

眉林心口微紧，又试了一遍，确定不是自己的错觉，不免恍惚了起来，几乎要怀疑现在这一切都是在梦中。不然她怎么会无端地又有了真气？难怪之前搬动慕容璟和时没觉得有多费力呢。

眉林甩了甩头，虽然这事发生得奇怪，但总归是一件好事，她也就不再纠结，觉得还是先去弄点需要的东西。这一回因为落水，不知中途撞到哪里，她平白又多出大大小小好几处伤口，加上绽裂的旧伤，实在是比入石林前要狼狈更多，然而她却比以往任何一个时候都充满信心。

逃亡的途中，她曾不止一次怀念被废的武功，却怎么也想不到，内力竟然真能够再回来。这对她来说，无异于上天的恩赐，同时也让她有了更大的勇气面对迷茫且处处险途的未来。

两日后，眉林背着依旧昏迷不醒的慕容璟和抵达了一处荒僻村落。村子叫老窝子，位于一个几乎与世隔绝的山谷，那里土地贫瘠，村民穷困，只有一条道通往山外，但是有一个懂草药、会治病的老人。

眉林是被一个在山林中遇到的猎人带过来的。那个猎人失脚挂在悬崖之上，正好被去采野果的眉林撞见，便顺手救了下来。猎人是老窝子村的人，看她身上有伤，还带着一个病人，就把他们领回了村。

村子不过二三十户人，大部分住在谷心的平地上，也有几户住在山中。老人一个人住在村尾两间破旧不挡风的茅草房里。当猎人把他们带到那里时，眉林着实吃了一惊。

老人也只是会治普通的小病小痛，就给两人弄了些治外伤的草药，没收钱，却对慕容璟和的内伤束手无策，也没看出眉林体内有毒。

眉林本来就没抱太大希望，自也谈不上失望。但带他们来的猎人却觉得对不住他们，因此当听到她说想在此地住下的时候，便积极帮他们安排。猎人跟村长和所有村民都打好了招呼，又喊了些人帮着把一座早已无人居住的房屋收拾出来，该补的补，该修葺的修葺，不过一天的时间，眉林他们就有了自己的落脚处。

那房子其实不错，石基木梁，虽然是土墙，但夯得极坚实，连裂口都没看见。三间正屋、一间厨房、一间柴房，有雕花的木窗，还有一个院子。虽然已有些破旧，但仍比该村大部分人家的房子都好。但猎人最开始并不赞成他们住那个房子，说他们真想留下的话，可以请大伙儿帮他们新盖两间屋。因为房子的原主人一家子在前几年陆陆续续都死了，村子里的人都说是那屋子的问题，因此过了这么久，也没人想过要去动它。

眉林倒不是很介意，对她来说，有一个落脚处就不错了，哪还有那么多讲究。她甚至有些庆幸这个所在让其他人那么避讳，否则哪还有他们的份。她这样坚持，猎人还有什么办法？只好在他们住进去之前，多叮嘱几句罢了。

进去之后，看着屋内留着的原主人曾经用过的那些东西，眉林心中再次生起庆幸之感。

从锅碗瓢盆到被褥衣物，竟是一应俱全，虽然有些破旧，且因为久无人用，早已积满灰尘和潮气，但整整齐齐摆在那里，当真没有动过的痕迹。由此可见，村民对此屋的忌讳有多深。

眉林并不嫌弃。事实上，她身上一文钱也没有，根本没办法在短时间内置办这么多东西。而猎人和那些好客的村民本身就够穷的了，就算他们有心相助，也拿不出什么什物来。

眉林觉得自己的运气似乎在慢慢转好。

接下来她着实忙碌了几天。清扫房间，拆洗被褥和那些旧衣，又趁着太阳正好，把棉被等物全部晒过，又割艾草熏了，去掉潮气异味，还入山打了一只狍子、几只野鸡回来，凑合着吃了数日。相较于那些用具，在吃上她反倒不用太过操心。

等她都收拾得差不多，可以歇一口气的时候，慕容璟和仍然没醒，但气息已经平稳下来，仿佛只是睡熟而已。这让她很不安，于是又跑去找那个老人。

老人摸着白胡子想了半天，才颤悠悠地说，用人参大约是行的。说完这话，他长长地叹了口气，自然是知道这话其实是白说的。住在这小山村的人，别说是人参，怕连人参的根须都买不起。而眉林他们尤其穷，简直可以说是一无所有，尽管他们看上去实在没穷人的样子。

果然说完这话，眉林就有些呆怔，好一会儿才问："这山里有人参吗？"

老人摇头。

于是眉林又问："哪里有人参？"

"城里的药铺当是有的。"老人说完，又叹了口气。

眉林道了谢，慢慢走回去。在路上她遇到猎人，从他那里知道城里与这里相距数十里路，村子里的人进一趟城，来回要花上两三天的时间。

"是京城吗？"眉林突然想起自己还不知道这儿究竟是哪里，离昭京有多远。

猎人有一瞬间的惊讶，然后笑了起来："当然不是，听人说京城离这里有好几百里远呢。是安阳城。"

眉林目瞪口呆。等回到家才缓过神，她不由得扑到昏迷不醒的慕容璟和身边，附在他耳边轻轻道："我们真的到了安阳附近。"

慕容璟和脸色虽然苍白，但神情却是从来没有过的平和安详，他身上在逃亡途中擦撞出来的外伤都好得七七八八，只是一直不醒。

眉林不知道问题出在哪里，她宁可面对那个尖酸刻薄但充满生机的慕容璟和，也不愿看到现在这个安静得让人无力的男人。

"你再这样睡下去，我就把你丢进山里去喂狼。"她不高兴地嘀咕，伸手轻轻捏了一下那高挺的鼻子，直起身给他披好被角，然后转身出了门。

眉林是一个是非观念不那么强烈的人。在她心中，没有什么比活着更重要，所以在必要的时候，她可以做出一切在别人看来不应该做的事。她很清楚，那些所谓的礼义廉耻，只是在有命的时候才能谈的，跟一直与死亡打交道的她向来没啥关系。

对慕容璟和，要按两人刚刚搭伙那会儿的想法，她是绝对不会花太多心思去救他。反正已经逃了出来，他若就这样死了，对她其实是利大于弊的。但是现在她想要救他，不管出于什么原因。既然做了这个决定，她就一定会把他救活救醒。这种自信其实并非盲目自大，而是因为一旦她决定好某件事后，便会不计一切代价去达成。

她去了一趟安阳，把全城大小药铺光顾了个遍，回到老窝子村时，带回一包袱的人参。她琢磨着怎么也够慕容璟和吃上一段时间的了。之所以下手这么狠，一是怕做过一次后引起警觉，下一次便没这么易取了；二来就是因为她体内的毒快要发作，恐怕没有精力再进一趟城。

只是她怎么也想不到，等她踏入家门时，慕容璟和竟然已醒了过来。

他正睁着眼看着旁边的木窗发呆，听到声音便转过了头，脸色仍然苍白，神色如昏迷时那么平静，看到她也没什么变化。

"给我弄点东西吃。"他开口，却什么也没问，还是一贯的命令语气。

眉林眼中的惊喜一闪即逝，脚本来已往前跨了两步，又倏然收住，微微一点头，便提着带回来的人参去了厨房。不消片刻，她便端着一碗热腾腾的粟米粥进来。

"这是昨日的，你先吃点。"她说，也不去理他微微皱起的眉，将他扶坐在炕头，背后垫了床褥子撑着，便开始笑吟吟地喂起来。

慕容璟和也只是有些不悦，但并没说什么，闷不吭声地吃完了一碗粥。事实上他是前半夜醒的，那个时候眉林正在赶回来的路上。四周黑乎乎的，只偶尔能从窗缝中看到一两下闪烁的星光。面对安静而陌生的一切，他无法不惶然，却又找不到人来问。

这种情绪一直持续到眉林归来。他不得不承认，当看到眉林的那一刻，那悬吊了一夜的心瞬间便落回了原处。

第十二章 山居

无论之前眉林曾怎么想,真脱了险,她反倒有些不知该如何处理慕容璟和了。她也干脆,直接问他想去哪儿。

"去哪儿?我哪儿也不去。"慕容璟和正在喝着她熬的人参炖野鸡汤,闻言连眼皮也不抬,淡淡地道。

这个回答有些出乎眉林的意料,她知道这不会是他真心所想的,但仍不由得有些欣喜。这种欣喜毫无掩饰,显在了眉眼间。

慕容璟和没有察觉,久违的热汤让寡淡的味觉终于得到了满足。

眉林没有再说话,专心喂完了汤,让他靠坐在炕头消消食,还撑开了炕旁的窗子,让外面的阳光流泻进来,才端着空碗出去。

窗外就是院子,篱笆围墙,荆扉掩门,一口苔色斑驳的水井位于篱笆左近。院子里是压实的泥地,一条石子铺成的小路从正屋延伸到院门。篱笆内外长着几棵枝叶掉落的老树,一时也分不清是什么树种,黑压压的枝条横展开来,映衬着湛蓝的天,着实有几分野趣。越过篱笆,可以看到远处别家的屋顶和更远处的山林石崖。

慕容璟和静静地看着这一窗之景,目光沉敛,静若深水。

眉林是随遇而安的性子,对住的地方并不是很挑剔,所以一旦安定下来便没打算再离开。慕容璟和不说走,她自也不会热心过头地为他做决定。事实上,如果真把他送去他该去的地方后，这里便不能再住了。她觉得她挺喜欢这里的，他不走，那自然是最好。

既然慕容璟和那边没事，她就要全心为过冬做准备了。或许不仅仅要考虑衣食的问题，还有其他……

眉林将砍回的柴一捆一捆地抱进柴房，一边忙碌，一边在心里一件件地盘算需要做的事。却想不到在抱到还剩下小部分的时候，连柴带人一头栽倒在柴房的地上。

阴了两日的天终于下起雨来，雨不算大，但淅淅沥沥的，确实恼人。

慕容璟和看着院子里没抱完的柴被打湿，雨水被风吹过半开着的窗子，洒在他半盖着的旧棉被上，不一会儿便湿了一大片。

直到天色擦黑，眉林才不知从哪里悄无声息地冒出来，手中举着一盏光线昏暗的桐油灯，映得一张秀丽的脸青白如鬼。

雨仍在哗哗地下着，有变大的趋势。

"你去哪儿了？"慕容璟和静静地看着她爬上炕把窗子关了，又撤掉那因为吸饱了水而变得沉甸甸的被子，并用干布巾擦拭褥子上的水渍，才开口打破沉默。

眉林手上顿了下，然后又继续擦拭起来。

"有人让帮忙，去得久了些。"她淡淡道，额发低垂，有些凌乱，有些湿意。

慕容璟和从那轻淡的语气中捕捉到压抑的紧窒和疲惫，长眸微眯，微带不悦地嘲弄："你这女人有几句话是真的？"

他话中有话。

眉林抬头看了他一眼，抿唇扯出一个勉强算得上是笑的弧度，没反驳他的话，却也没再说别的。

她比以往任何时候都要沉默，但该做的事一样没落下。

她先烧了炕，有被子挡着，褥子湿得不多，所以没换，事实上也没可换之物。因此只能就着炕的热度烤干。又烧水给慕容璟和泡了个澡，将那一身的冰冷除去，伺候了他的饮食大小解。最后用稍厚的干净衣服替代换下来的被子凑合一夜，方才算忙完。

仔细想来，似乎都是在围着慕容璟和打转，她自己反倒没什么可做的。

以往为了方便照顾他，加上没有多余的被褥，两人都是同炕而眠，这也一并节省烧炕的柴火。这一夜在服侍他睡下后，她便端着油灯走了出去，再也没回来。

这一夜，炕始终没冷过。

虽然没有被子，慕容璟和却觉得热，但又不会热得让人难以忍受。只是他总睡不着。也许无论是谁，成天躺着什么也不能做，都会睡不着。

灶房那边不时传来细微的响动，让他知道，那个女人也是一夜没睡。

天色还没完全清亮，眉林就端着一碗热粥两个馍馍走了进来。这一次她没点灯，在倾身扶他的时候，手有些打战。他看到不过短短的一夜，她的眼眶似乎就陷下去许多，唇白得跟死人一样，上面还有着深深的咬伤。

"你……"慕容璟和侧脸避开递到唇边的粥，犹疑了一下，还是问出了口，"怎么了？"

勺子碰到碗壁发出清脆的响声，眉林不自觉地又咬住了唇，牙齿陷进凝血的伤口，手上的颤抖微微止住，胸口急剧起伏了两下，蓦然抬眼盯着他，脱口道："你给我解药，我送你去你想去的地方。"

慕容璟和目光与她相接，没有避让，里面充满了探究，缓缓道："什么解药？"

眉林目光黯淡下去，不再说话，又将勺里的粥递了过去。

慕容璟和目光落在她浸出血的唇上，半晌才张开嘴，将勺中的粥喝下。喝了小半碗，又吃了大半个馍馍，他便别开了头。

"我说过哪里也不去。"看着坐到一边低头闷不吭声吃他剩下食物的女人，他再次重申。

眉林嗯了声，没有抬头，脸上也不见那日的欢喜，微微弯曲的背紧绷得让人感觉随时都有可能断裂。

匆匆将残剩之物吃完，她便走了出去，再回来时，手上抱着昨日打湿的被子。此时已干，盖到身上时，尚能感觉到带着柴火味的暖热。

"我中午前会回来……"眉林给慕容璟和翻了个身，又按揉了两下四肢和挨着炕的那面身体，说道。她的目光看向透进清幽曙光的窗子，雨仍没停，啪啪地打在上面。她顿了下，又道："下雨，今日就不开窗了。"她其实也知道，从早到晚都躺着，连翻身都做不到，是一件多么难受的事。所以常常在出门前会把他的身体稍稍垫高一点，然后打开窗户，至少让他的视线不用困在一屋之内。

"去哪里？"慕容璟和看着她，若有所思地问。

眉林摇头，没有回答，抬手顺了顺有些凌乱的发，快步走了出去。

看着她的背影消失在门口，然后是关门的声音，慕容璟和眼中掠过一丝阴霾。

眉林并没去别的地方，她找了那个老人，也不过是弄了点普通的解毒止痛的草药。她心中其实知道是没多少用处的，但试试无妨。

她其实可以将慕容璟和的情况传递回组织，还有石林下那神奇的墓葬，任选一项都能帮她拿到解药，而且还是效果最好的那种。但这种想法只是在她脑海中一闪而过，便被毫不犹豫地抛开了。

且不说泄露慕容璟和的行踪会惹来多大麻烦，便是她自己，好不容易才有机会脱离组织，再回头去招惹上，不是没事找事吗？何况到现在为止，她仍然无法确定慕容璟和究竟是不是那个人，更不敢鲁莽行事了。

早上那一诈，不仅没让她看出丝毫端倪，反而迷惑更深。不过也不稀奇，钟山一劫，她已知道，若论玩心眼，自己那是拍马也及不上他的。与其这样，以后倒不如直来直往的好。

回到家，眉林熬了草药喝下，除了那从喉咙一路滑到胃部的温暖以及苦涩外，并没有其他特别的反应。疼，还是分筋错骨、万针钻心的疼，即便这么多年已经熟悉了，却并没有因此而变成习惯。

力气在一点点失去，内力却越来越澎湃，鼓胀着因毒发而变得脆弱的经脉，似乎随时都会喷薄而出，将她撕成碎片。

她一直知道内力恢复得蹊跷，但没想到有一天它也能变得致命起来。

她颤抖着手抓住近旁的东西，站起，还没缓过气，胸口一阵翻腾，"哇"的一声，刚刚喝下的药又全部吐了出来。本来就弥漫着药味的厨房，味道更深了一重。

眉林掏出手绢，擦去口鼻上残留的汁液，定了定神，然后走到水缸边舀冷水漱口。

再出现在慕容璟和面前，她已将自己整理得干干净净，除了脸色不好，并不能看出什么。慕容璟和既然问过她一次，没有得到答复，便也不会再问。

就这样过了两日，到得第三日时，眉林终于支持不住，在慕容璟和面前晕了过去。

醒来时，一眼看到他皱着的眉头，她也没解释什么，自去喝了两口冷水，让精神稍稍振作起来。

"我照顾不过来你……"回来时，她开门见山地说，顿了下，又道，"你说个可靠的地方，我送你去。"说这话时，她心中突然一阵难受。原来就算她想养他一辈子，就算他愿意让她养，也是不行的。

慕容璟和静静地看着她在短短两天内便骤然消瘦下去的面庞，慢慢地问："扔掉我，你欲去何处？"

眉林的心窝被"扔掉"两字刺得一缩，但这个时候已不想去计较，深吸口气，勉强平稳了气息，她苦笑："走哪儿算哪儿。"她本打算长居此地，奈何熬不过毒发之苦，只能四处走走，看能不能寻到解毒之法，哪怕是能缓解一点疼痛也是好的。

慕容璟和沉默下来，目光从她脸上移向窗外，看远山横翠，间杂褐黄醉红。半晌，淡淡道："你若嫌我累赘，自去便是，何必管我。"

眉林怔了下，没想到他会这样说。按他以前的脾气，如果还用得着她，只怕是用威胁，而不是说这样负气的话。

动了动唇，她想说点什么，却又不知要说什么好，最终只是轻轻地叹了口气，走了出去。

她当然不会丢下他，但带着一个浑身不能动弹的人四处求医，也是不现实的，于是只能留在原地，撑过一天算一天。

"据说，曼陀罗的叶与地根索的根合用，可以止痛。"之后的某一天，慕容璟和突然道。

这两种药山中可寻，眉林现在已没什么可顾虑的了，便试着去采了些来熬水喝下。当时效果不显，过了一两个时辰，就在她以为没用的时候，那折磨了她数天的疼痛竟真的缓和了不少。

眉林想，是不是再加重点药量，就能完全去除疼痛？于是便趁着精力稍复，她又进山采了一背篓的曼陀罗和地根索来，觉得多弄点总是没错。

慕容璟和透过窗子看到，吓了一大跳。

"你若想死，用那把匕首多干净利落，何必多此一举？"他赶紧喊住她，没好气地道。

眉林这才知道，这两种药用量如果太大，是会死人的，她想依靠加大药量来解除体内毒性作用的想法不得不宣告破灭。但无论怎么说，有了这两种草药，总是比之前好过了许多。

肉体的疼痛不再是不可忍受。那一夜，她终于又回到炕上，多日来第一次入眠，一直睡到药效过了，被疼痛唤醒。只是这样，她已经很满足。

她先去厨房熬了碗药汁喝下，在等待药性起效的过程中，她做好了早餐，等着给醒来的慕容璟和梳洗。吃罢早饭，药汁开始发挥作用，她抓紧时机入山，筹备过冬之物。

体内恢复的内力每天都在以可以感觉到的速度增长着，在疼痛缓和之后，内力虽然不再如之前那样强劲暴烈得像要破体而出，但仍会胀得人难受，恨不得找什么东西发泄一通。

于是眉林拼了命地打猎，却想不到明明头一天还耗得筋疲力尽，内息几乎油尽灯枯，连动一下都难，一觉醒来后，体内真气反而更加澎湃嚣张，凶猛充沛。对练武之人来说，这种现象无异于天降喜事，但眉林并没为之窃喜。她可以感觉出，这内力与以前在暗厂所修炼的并不一样，太过强横，强横到也许有一天会连宿主也一并吞噬。

慕容璟和显然也察觉到了她的异常。他一天到晚躺在床上，除了看窗外的景色，便只能观察屋内唯一能动的活物。一天两天地这样看，以他的敏锐，又怎能看不出来？

"你的内力是怎么回事？"那天，眉林给他按揉身体时，他开口问道。

眉林正为此事烦恼，知他见多识广又足智多谋，这一问正中下怀，忙将事情大致说了一下。她倒没想非要从他嘴里掏出点什么解决的办法，但能借他之智将原因推测出一二来，便也足够了。

慕容璟和听罢，眼中浮起兴味的光芒，显然大感兴趣。

"你我同行同宿，不曾分开过……"他沉吟，又确认了一遍这种情况出现的具体时间，才道："你在那棺中可有遇到什么特别之事？"

眉林经他一提醒，不由得想起那个美丽的男人以及他身上让人眩晕的香味。

"你动尸体了？"慕容璟和皱眉。

"我要拿他头下的玉枕，自然……"眉林微感不安，不自觉地解释，却被慕容璟和不耐烦地打断："那种尸体是能随便乱动的吗？你有没有脑子啊？"

又被骂了。眉林有些郁闷，却不若上次那么难受，只因能感觉到他斥责下的担忧，也许是担忧吧？

"他不一定死了吧。"她嘀咕着，直到现在仍不相信那是一个死人。

"那片石林存在了千百年，你还指望那人是刚放进去的？"慕容璟和没好气地道。他想了想，又觉得为这么个事儿生气犯不着，于是道："这是别人梦寐以求的好事，你便当捡个便宜吧。"

听出他语气中的敷衍，眉林便没继续说下去。于是这内力重生的事便到此为止，之后很久，两人都不再谈及。

老窝子村虽然穷，但日子是宁静而悠然的，没有尔虞我诈，更没有时时的提心吊胆。眉林有记忆来就没过过这种日子，她觉得为此受点苦，也是值得的。

只是毒发的疼痛虽然因草药汤缓解不少，但毒药并没减弱对身体的消耗，加上与日益增强的内力产生的冲突，使得之后她又昏倒过几次。有一次昏倒在打猎回来的路上，被同村的一个村民送回了家。

眉林醒来时发现自己躺在炕上，与她面对面的慕容璟和脸色不是太好，没等她回想起发生了什么事，就听到一个公鸭嗓的男人操着一口当地俚语在那里滔滔不绝地说着话。

她茫然回头，看到一个矮个子男人盘着一条腿坐在炕尾，一边端着碗大口喝着水，一边跟慕容璟和说着话。正确地说，是他在说，慕容璟和负责听。

屋子里弥漫着一股豆豉的味道，熏得眉林几乎又要晕过去。

那人看见眉林醒来，脸上露出惊喜的神色。如果不是被慕容璟和眼中的漠然压住，只怕已经扑了过来。

"林家娘子你终于醒了，喝点水，喝点水……"他一边说一边热情地凑过去，要把自己手中的碗递给她。

随着他的动作，那股臭味变得更加浓烈。眉林脸色微白，稍稍撑起身，接过碗，却并没喝。

"你是……"尽管她很想把这莫名其妙的男人赶出去，但习惯的谨慎只是让她脸上露出浅浅的笑，弄清楚事情缘由才是首要的。

她长得本来就秀丽，这一笑自然如娇花绽放，苍白的脸色更增几分楚楚可怜的动人，绝不会减弱那与普通村妇完全不同的美丽。

男人看得呆住，若不是慕容璟和冷哼出声，只怕口水都要流下来。

眉林心中虽然不悦，脸上却分毫没表现出来，她掀被下炕，又给慕容璟和披好被角，才听到男人磕磕巴巴地解释，好半天才算听明白，原来是这人把晕倒在地的自己送回来。

怎么说别人也算是救了她，她更不好摆什么脸色，当下从打回的猎物中挑了一头麂子、两只野兔、五只野鸡算是感谢，好不容易把人给送走了。老窝子村的人虽然依山而居，但会打猎的没几个，大多仍是靠着几亩贫瘠的田地生活，因此她送的这几样东西已算丰厚。

送走人，回到大屋，里面仍然飘荡着那股熏人的臭味，慕容璟和的脸色自然好不到哪里去。眉林还记得当初他在闻到役鬼身上味道时的反应，看他能忍这么久而没发作，不由得又是好笑又是心怜。

"我想到外面去。"他开口，显然已经忍受不了。

眉林闻言，下意识地看了眼窗外，发现已是傍晚，霞染山林，天空青蓝高远，完全是一幅令人心旷神怡的秋晚景色。想到他也是很久没出去过了，她应了声，然后去找了张勉强算得上完好的椅子倚墙而放，再去背他。

刚把人放上背，没走出两步，耳朵就被咬住。她腿一软，差点没跌倒。

"你可不能看上那种货色。"慕容璟和以比平日低沉的声音道，语气不容置疑，似命令更似商榷。

眉林定了定神，才又继续往外走，仔细揣摩透他的意思，忍不住笑了起来："你都在想些什么呢？"村子里的人都认为两人是夫妻，又怎么会打她的主意？何况她知道自己的身体，加上还要照顾他，又怎有精力去祸害别人？

慕容璟和撇唇，依然咬着她不放："那你还对他笑得那么风情万种？"

风情万种、风情万种、风情万种……一刹那，眉林脑子里全部充塞着这几个字，只差没一口血喷出来，好一会儿才恨恨地道："我对你笑得更风情万种，也没见你怎么着。"她已经被气得口不择言，说完才反应过来，脸"腾地"红了。

慕容璟和"扑哧"笑出声，心情大好，等眉林将他放到椅子里时，他神色已恢复如常，不再是一副别人欠他千儿八百万的嘴脸。

眉林帮他披了件衣服，然后回屋将被褥面子都换了下来泡进盆里，又敞开所有的窗子，然后拿着艾草等物将屋内熏了一遍。连她自己也不知道为何无法忍受那炕沾上别人的味道，毕竟以前也没少跟其他人挤，更脏更臭的环境都待过。

她想不明白，也懒得想，只是在做这一切的时候，不停回想起刚才自己失口说出的那句话，脸越来越烫，心怦怦跳得厉害，又羞又窘，还有些莫名的期待，就如……就如两人还在那窄小的甬道里身体紧贴爬行，他贴在她耳边低唤她名字时那样。

"女人，如果我一辈子都这样，你还会守着我吗？"就在眉林蹲在井旁开始搓洗被面时，慕容璟和收回看着天边的目光，突然道。

一辈子……眉林手上动作顿住，低垂的眸子暗了下来，没有回答。

她哪里来的一辈子可以承诺？

一时没有得到眉林的回答，慕容璟和看上去没有不悦，只是笑了笑，又将目光落向天边。

在他们心中，这并不能算是一件大事，该谢的也谢过了，大约也就结了。哪知第二天却来了一个婆子。

眉林本来是要出去打猎的，那婆子来得早，竟是恰恰赶了她的巧。婆子夫家姓刘，两人这算是第一次见。

那刘婆子看到正在扣柴门的眉林，先没打招呼，而是站在那里上上下下地打量她，看那样子，恨不得连衣服也扒下来研究才算称心。

眉林被看得发毛，正想开口，她已嘟囔起来："倒是个俊俏的小娘子，瘦是瘦了一点，看这屁股是能生的……"

眉林脸色微变，但不过瞬间的事，转眼便笑了起来，那真是笑靥如花，光华夺目。看得刘婆子老眼花了一花，心中暗叫可惜的，同时一扭老腰凑了上去，不等对方说话，便是吧啦吧啦一串拉近乎。

"小娘子这是要去哪儿？"半天之后，她似乎才想到对方正要出门。

眉林一边琢磨着她的来意，一边笑道："这快要过冬了，家里也没什么现成的粮食，奴正想进山看看能不能弄点东西对付对付。"因为要向猎人请教怎么处理皮毛以及贩卖猎物，整个老窝子村几乎没人不知道她会打猎，所以也没什么好遮遮掩掩的。

听到她的话，刘婆子就是一阵啧啧叹息，就在眉林脸上的笑快要挂不住的时候，才满脸怜惜地嚷嚷："真是造孽哦，要你这么个娇滴滴的小娘子成日往山里跑，要是遇到个把狼啊、大虫什么的，可如何是好？"

眉林依然笑着，却没说话，也没有让她进屋的意思。

刘婆子见她没回应，不得不自己继续往下说："要是家里有个管用的男人，小娘子还用得着受这份苦吗？"

眉林秀眸微沉，语气冷淡起来："老婶子说哪里话，我家哪里没管用的男人了？"就算慕容璟和动弹不得，那也比这天下大多数的男人有用。她心中愤愤，却没意识到自己已在不知不觉中把他当成了这个家里的男人。

闻言，刘婆子脸上毫不掩饰地露出鄙夷之色，喊了声，才注意到她的不悦，忙赔笑道："小娘子家里有男人，老婆子自然是知道的，只是不怕说句得罪的话，你家那当家的不连累小娘子便是好的了，哪里能管得什么用处？"

"既知会得罪人，又何必说？"眉林冷笑，再不客气，"我家男人有没有用，与你这外人有何相干？老婶子还是请吧。"她说着，就准备离开。

刘婆子只道一个绮年玉貌的女子成日面对一个瘫子，当是怨言满腹，必想找个人倾诉。哪想到对方会是这种反应，当下也有些傻，慌忙抓住对方的袖子。

"老婶子还有何事？"眉林想在此地长住，也不想把人得罪得狠了，当下忍了忍，语气微微和缓。

怕来此的目的还没说出就被赶走，这一回刘婆子也不再拐弯抹角，老老实实地道出来意："小娘子莫见怪，老婆子来此，其实是道喜来的。"

眉林眼皮子一撩，心中浮起怪异的感觉，却不接话。

刘婆子只好道："村子头的卫老二，娘子也是认识的。"看眉林露出疑惑的神色，于是补充道，"就是昨日在山路上把娘子救回来的卫老二。"

眉林点了点头表示知道，刘婆子便接着道："卫老二相中了娘子，想讨娘子回家做婆姨。那卫老二家里有五亩上好的水田，四亩肥地，又是不曾娶过亲的……"

在听到要讨她做婆姨时，眉林便被震住了，哪里还听得进去刘婆子后面虚实难测的夸赞？

"老婶子，我家里有男人！"她又好笑又好气，加重语气道。

刘婆子停住，奇怪地看了她一眼："这有什么？卫老二又不嫌弃，还愿意帮娘子养那个瘫货……"看到眉林一瞬间变得难看的脸色，刘婆子立知失言，忙作势虚打了自己一个巴掌，"呸呸"两声，"老婆子嘴贱，小娘子莫怪，莫怪。"

眉林憋着一肚子气，只是撇了撇唇，没有应声。

"这样的好事哪里去找，小娘子你只要点个头，以后就能坐在家里享福了。"刘婆子越说越摸不清对方的想法，怕自己再说出几句得罪人的话，忙一句话做了总结。

眉林闭了闭眼，努力压下想踹人的冲动，再睁眼，便是一脸的楚楚可怜：

"有劳婶子了,只是好女不侍二夫,奴可担不起这骂名……"看刘婆子想要继续劝解,忙又道,"何况我那当家的虽然行动不便,但人是极好的,奴若再嫁,必惹他伤心。他身子不好,若因此有个好歹,奴又怎能安心享福?"

一番话堵得刘婆子哑口无言,大约也是怕闹出什么人命,她也不好再催逼,又随便说了两句话,叮嘱眉林再想想,便悻悻地离开了。

她这边走了,眉林却没了出去的心思,满肚子的火气找不到地方发泄。

慕容璟和正靠坐在床上看着窗外出神,看她怒气冲冲地回转,在厨房里一阵乒乒乓乓地折腾,也不知做了什么,然后又倏地钻进柴房,抱出一堆圆木在院子里劈起来。她那架势,不像是劈柴,倒像是砍人。于是,他忍不住笑了起来。

"女人,你过来。"他喊。

眉林鼓着腮帮子劈了两块柴,才停下,回头看到窗内满眼笑意的男人。旧白色的中衣,乌黑的发散在身后枕着的床褥上,神情懒洋洋的,英俊的脸微微有些苍白,却弯着眉眼,笑意盈盈。

就那么一眼,她满肚子的火气突然就都化为乌有了,耳中只听到怦怦的心跳,如雷鸣。她低下头,耳根子发热,莫名地扭捏起来。

"喂,聋了啊。让你过来,没听到吗?"慕容璟和的声音再次传来,语气中隐隐有着奇怪之意。

过去就过去!眉林蓦然抬头瞪了他一眼,丢下斧头,当真走了过去。

第十三章 占有欲

眉林走到窗边。慕容璟和脸上有不耐烦之色，恼道："进屋来，你站在那里怎么说话？"

眉林不知怎的，觉得他这样子也极顺眼，当下没啥脾气地顺墙走到正屋门口，然后推门进去。里间与外面隔着一重布帘，这布帘只要她不在的时候都是挂起来的，好让他一眼能看得更远些。

眉林走进去的时候，慕容璟和已经转过头，目不转睛地看着她走近。俊眸炯炯，闪烁着炙人的温度。

眉林被看得不自在起来，连手脚都有些不知道要怎么摆动。好不容易走到炕边，她按着炕沿坐下，才暗自松口气。

"你在生什么气？"慕容璟和问，语气很温和，温和得近于温柔。

温柔……眉林心中打了个哆嗦，觉得一定是自己的脑子出问题了，竟然会把温柔往这个男人身上套。记忆中他不是没温柔地对待过她，但那是做戏给牧野落梅看，如今可没这必要。

"喂，你发什么呆，莫不是真想嫁给那个臭烘烘的村夫？"

眉林被这句话刺激得不轻，蓦地抬头，一眼看到慕容璟和笑嘻嘻的脸，那笑里分明都是嘲弄，哪里有丁点温柔？心中莫名地有些失落，她却只是笑道："我这不是已经推了……"

她顿了下，细想之下，倒真的觉得这事有些好笑，自己为之生气实在没道理，于是又道，"那卫老二确实腌臜了些，但想过日子的话不能计较这么多，踏踏实实的也就成了……"不过那人岂止是腌臜，根本是猥琐，就是她有心，也看不上吧。

慕容璟和哪里知道她在想些什么，只是觉得她的笑刺眼得很，他本是颐指气使的脾气，既然觉得不舒服，又怎容她继续下去，当下冷笑打断："那你何不干脆允了他？"

眉林顿住，被他冷嘲热讽的语气也弄得有些怒了，加上之前本来就因为这一档子事闹得满肚子郁气，此时两种情绪一并地闹腾起来，脸色便有些不好看："我允不允他，与你慕容王爷又有何干？"说着，她陡然站起身就要往外面走。她本不是这样暴烈的性子，却不知为何听到他的话会觉得异常难受，只是觉得自己或许需要冷静下来好好想想。

哪知慕容璟和见她生气，反而笑了起来。

"不准走，我还有事要说。"他慢吞吞地道。

眉林居高临下地睇着他，看到他露出一副无辜的样子，不由得又好气又好笑，觉得这人真是无赖到极点，好好跟他说话，他偏要别扭着跟你闹脾气；不理他时，他又给你装出啥事也没有的样儿。真是……真真是让人无可奈何！

"什么事？"她没好气道，暗忖他若再给她脸子看，休想她再理他。

慕容璟和不得不仰起脖子看她，这样的姿势自然让他不满，但他并没表现出来，只是笑吟吟地道："我这样坐太久了，难受，你帮我换换。"

事实上，如果眉林出去打猎的话，他必须这样一坐就是半天，但既然她在，自然可以随时变动姿势。

"要躺下？"眉林知道他辛苦，也不在这事上计较，于是弯下腰一边给他调整背后的垫褥，一边问。

"嗯。侧着。"慕容璟和一下子变得异常乖顺。眉林不由得抬眼看了他一下，心中嘀咕的时候，突然听到他缓缓道："你是我的女人。"

她正一手揽着他的颈背，一手在抽垫褥，两人头靠得特别近，几乎是气息相闻。听到这话,她动作一滞,他蓦然扭转头,在她唇上轻轻吻了一下。

眉林只觉脑袋"轰"的一下,有短暂的空白。慕容璟和也不催她,等她渐渐缓过神,看到的便是他似笑非笑的脸,以及眼中不容置疑的认真。

一股热潮无法控制地漫上脖子,她窘迫地别开脸,几乎是屏着气动作轻柔地将他放平,再翻转身让他面朝着屋内,又在背后垫了衣物以助于他保持这个姿势。对于他那话,她却不知该如何反应,她甚至在怀疑那其实是自己误听。

哪知慕容璟和却并没到此为止,等她站直身的时候,又慢条斯理地重复了一遍:"你是我的女人。除了我,你谁也不准嫁!"明明是温声缓语,那话里流露出的却是让人心颤的霸道与强烈的占有欲。

眉林心跳有短暂的停拍,目光对上他的眼,却又被里面的炙热烫得慌忙闪开,心中激荡着难以言喻的情绪,好一会儿才勉强发出声,却细如蚊呐:"我也没想嫁什么人哪。"她说完,又似乎觉得自己这话分明是在应承他那蛮不讲理的要求,心中羞窘,忙低头转身匆匆走了出去,也不去管他是否还有其他话要说。

慕容璟和看着她有些失措的背影,眼神微柔,低笑出声。但随即又想到那个色胆包天的卫老二,目光一凝,里面浮起浓烈的杀意。

眉林心慌意乱,也不知该去哪里,又怕慕容璟和看见,不好再待在院子里,一通乱走,最终还是在厨房里停下。

"真没用!"等心跳缓缓平复之后,她不由得低声自嘲,却不知自己的唇角是上扬的,眉梢眼角都透着欢喜。

定了定神,她打算烧点热水泡点茶汤什么的两人喝。眉林手握着水瓢,不觉又想起他那句话,咬住下唇,想笑又觉得不好意思。然而想着他说这话时的神情,心口微荡,低垂着头红了脸,微微地痴了。

"他那人最会骗人⋯⋯能当得真吗?"好一会儿,她才似乎从那种让人四肢发软的情绪中冷静下来,责备自己道。话是这么说,然而心中的柔软甜蜜却分毫不减。

好在她也不是个矫情的女子,即便是将那个男人所有恶劣的事迹都想了一通,也无法遏止因那句话而产生的心动,便不再纠结避缩。她想,这也许就是人们常说的喜欢了吧。

在得到这个结论的一瞬间，她慌乱的心突然就定了下来。

喜欢……那就喜欢吧。

就算一个表明了自己的所有权，一个清楚了自己的心意，两人的相处也并没发生什么变化，还是如以前那样偶尔拌上两句嘴，也许上一刻还火气冲天，下一刻又被骗去咬了耳朵。

眉林觉得慕容璟和那个浑蛋就是她命中的克星，让她怒不得、喜不得。至于曾经让刘婆子来说亲的卫老二，她想那人自然会知难而退，很快便抛在了脑后。

眼看着过了霜降，就快要入冬了，两人过冬的衣服都还没有准备，她不得不加紧打猎，除了换粮食，还得做几件厚实保暖的冬衣，最好是再置两床新棉被。

她一般都是天还没大亮就出门，然后中午回来，一是为了慕容璟和，给他翻翻身，解决一下吃喝以及大小解的问题；再就是她自己也要再补喝点热的止痛汤药，以免像上次那样痛得晕倒在山林或者路上。

她怕慕容璟和无聊，虽然只是半天的时间，但出门时如果天气看上去没雨的话，都会半开着窗子。村民朴实，只要不是出远门，都没什么人锁门，于是眉林也只是轻轻地扣上柴扉。站在篱笆外就能看清院子里的一切，也能看到坐在正屋窗边半躺着的慕容璟和。

眉林怎么也想不到，那日等她出门后，她家门外来了一个不速之客。

天气不是很冷，卫老二却双手都插在袖子里。他站在柴门外，来回地悠荡了很久，直到看见不远处的路上没有人路过，他才一把推开关得不是很紧的柴门闪了进去，然后又关上。

他很紧张，连嘴里呵出的气都能看得清清楚楚。尤其是他看到了窗内的慕容璟和，这种紧张更是翻了一倍又一倍。

"你……林家兄弟……你一个人啊？"在感觉到慕容璟和清冷的注视时，卫老二下意识又将手插进了袖口，缩着身子凑向窗户边，眼睛则在院子里四处瞟着。明知眉林不在，他找的也正是她不在的这个时机来，但又忍不住矛盾地希望能看到她。

慕容璟和心中杀机再次涌起，脸上的冷漠便收敛了起来，换上温厚的微笑："是啊，你看我这身体，想去哪儿都不成，倒是苦了屋里的……"他语带苦涩地道，看上去对这个不请自来的到访者极是亲热诚恳，却连招呼一声，让其入屋坐都没有。倒不是他不想做戏做得更足，只是实在无法忍受那股体臭，也并不希望眉林再清洗一次被褥。

好在卫老二太过紧张，根本没注意到这一点，何况就算他注意到，也不会在意。因为如同慕容璟和一样，他也并不愿意和对方待在同一个密闭的空间里，那样压力实在是太大了。

卫老二没话找话地聊着，一会儿夸这屋里整齐，一会儿又说林家兄弟真有福气。谈到眉林时，男人那一脸的艳羡以及欲望让慕容璟和看得胸中直翻腾，如果不是动弹不得，只怕早已将其拎进茅厕好好清洗一番了。偏偏这时他还什么都不能做，那种憋屈让他脸上的笑越发灿烂亲切起来。

"卫兄弟的心意，在下倒也是也知道一二。"他突然道，说这话时心里一阵恶心。

原本还在那里夸夸其谈的卫老二声音倏然止住，小小的眼睛鼓得老大，让人能清楚地看到里面的血丝以及眼角的眼屎，加上憋着气的腮帮子，看上去像极了蛤蟆。

慕容璟和暗骂一声，苦涩地笑道："只是我那屋里头脾气也是个硬性的，这事实在让人为难……"

感觉到他并不是十分反对，卫老二精神一振，想要趁热打铁，把眼前之人拉到自己的阵营来，这样一来，就算眉林不答应也得答应了。偏偏他是个不会说话的人，说出的话直气得慕容璟和差点没厥过去："嗐！只要林兄弟愿意，她一个女人家还能说什么，不都得听你的。我说林兄弟啊，你看你这样成天瘫在床上，让小娘子在外面到处跑，她又长得那么一副招人样，万一……"

慕容璟和脸上的笑已挂不住，但也没显出怒气来，只是放在被子下的手攥得紧紧的，便是掌心传来阵阵刺痛也没放开。

"何况你……只怕那事也是不行的吧，小娘子正值青春……"卫老二越说越来劲，越说越猥琐，丝毫不知因为这番话，自己已步上死路。

"好！好……"慕容璟和咬牙连着说了几个好，再也不想敷衍下去。

卫老二一顿，脸上露出惊喜的神色："这么说，林兄弟你是答应了？"

"好……好极……"慕容璟和又连着说了两个好，然后脸上露出微微的笑，"这自然是一件大大的好事，我没什么不愿意的。只是……"看着窗外矮小猥琐的男人欣喜若狂的样子，他停了一下，才缓缓道，"只是我愿意了却不算。我那屋里的性子刚硬，你若不能讨得她喜欢，那也是近不了身的。"

卫老二也不算特别糊涂，一听此话，赶紧追问要怎么样才能讨得小娘子欢心。

"她最喜欢城里七宝斋的雪里红胭脂，只是那物极贵，怕你舍不得。"慕容璟和淡淡道。他沉默片刻，又道："若你弄得那雪里红来，她一欢喜，或许连聘礼都不要也是行的。"

卫老二一心只想着怎么先把眉林娶到家，闻言哪能不同意？忙又确定了两遍，知道只有七宝斋才卖雪里红，便匆匆离开了。

慕容璟和看着他消失在院子里，脸慢慢地冷下来："本王的女人也敢肖想，活得不耐烦了！"

第三日，村子里沸沸扬扬地传开了卫老二的死讯，说他在崖下避雨时被上面滚落的石头砸中，整个人都被砸得稀巴烂，几乎认不出来。他家中还有父母兄弟，闻言自是哀痛伤心了一番，等回过神，想到他之前曾经托刘婆子向眉林提亲，加上慕容璟和又是全身瘫痪，两件事一连起来，便把罪名怪在了眉林身上，还跑到她家闹了一番，说她命硬，专克男人。

眉林被闹得莫名其妙。却无人知道，就在卫老二去城里的第二天下午，有人神不知鬼不觉地造访了她和慕容璟和的家。

卫老二之事后，眉林着实担忧了一段时间，害怕自己出门时，他的家人来找慕容璟和的麻烦。不用做别的，只需点上一把火，对不能行动的他来说就够受的。若不出门，之前储藏过冬的食物实在撑不了多久，早晚两人要陷入无粮的窘境。她想来想去都找不到比较妥善的解决办法，不由得考虑起是否要离开老窝子村，另谋住处。为这事，她还被慕容璟和笑话了："明明凶悍如狼，奸狡如狐，怎么倒被几个乡农野民给镇住了？"

眉林睇他一眼，不乐。她哪里凶悍了，要是凶悍，又怎会被人追得如丧家犬？而论奸狡，又有谁比得过他？何况若是她独自一人，又怕过谁来？只是她这段日子嗓子总是不太舒服，懒得驳他。

慕容璟和笑："你想做什么只管去，若这点小事我都应付不来，那倒真如他们所说是个废人了。"他们自然是指卫老二的家人，那日来真是什么难听话都骂出口了的。

听到"废人"两字，眉林沉下脸去。那卫家人欺人太甚，若不是想在此地安生地住下去，她又怎会如此容忍，连累得他也受人欺负？

"怎么，不相信我？"慕容璟和哪里知道她在自责，只道她真是将他当成了无用之人，当下也渐渐有些不悦起来。

眉林摇头不语，脱了鞋钻进被子里，偎着他躺下。

两人一直以来都是同榻而眠，但像这样青天白日地躺在一起，却是从来没有过的。慕容璟和有些诧异，又有些心口发软，便将之前的不悦忘记了。

"我明天就进山。"过了好一会儿，她才开口。她想着等过冬之物都筹备齐全了，就能整日待在家里陪他，顺便做几件冬衣。她针线活不是顶好，但跟人学学总是能行的。

她看着近在咫尺的俊逸眉眼，心里细细计划着两人以后的生活，嘴里便不由得说了出来。慕容璟和难得地配合，嗯嗯连声，还不时补充一两句。她便欢喜起来，觉得那样的日子便是想着都让人觉得幸福，却怎么也料不到，那于别人来说平常得已发腻的生活，她终究只能想想。

次日，眉林再次进了山。她还是不太放心慕容璟和，于是在进山前特意跟猎人和几家比较友善的村民打了招呼，让他们帮着照看一下慕容璟和。也不知是她打的招呼起了作用，还是慕容璟和真的有应对之法，那之后果真安生了几日。

她再次在山林中痛晕，睁开眼时看到渐暗的天色，她知道自己再也不能得过且过下去。

慕容璟和非要跟她待在这个偏僻的小山村中,自然有他自己的原因,眉林在这点上并不想要追根究底,就像有些事她也不会对他说一样。然而,随着止痛药汤的用量渐渐增大,她也知道自己的身体已一天不如一天,那股霸道的内力更是越来越难控制,必须在一切失控前安置好他!

喉咙干涩难受,仿佛卡了个核似的,她咳了两声,才吃力地撑起身。身边散落着几只野鸡野兔,大的猎物一样也没有。今日,她已耗去了半天有多,连中午都错过了。想到吃饭喝水以及大小解都要靠她的慕容璟和,她心急起来,顾不得疼得无力的身体,捡起猎物就往家的方向奔去。

强横的内力在脆弱的经脉中流动,如同凌迟,她的额上滑下汗珠,渐渐模糊了眼睛。不知是第几次抬袖去擦汗水时,篱笆围着的院子终于在暮色中隐隐现出轮廓。

还没进院,她透过篱笆就看到慕容璟和仍是早上的姿势坐在窗子那里,低着头不知在想些什么,侧脸被淡青的暮色笼着,模糊不清。眉林莫名地一阵心疼,突然产生无论如何都要帮他寻找到连接断裂经脉方法的强烈冲动。

听到柴门打开的声音,他抬起头看过来,眸色深邃暗沉,并不是想象中的那样脆弱。

"我回来了。"眉林笑道,努力让自己的表情放得轻松,不流露丝毫痛楚神色。然而开口之后,她才发现自己的声音喑哑难听,只道是疼痛影响所致,于是决定能少说话便尽量少说话。

慕容璟和没应声,头转开,又恢复了之前的姿势。

眉林只道他在生气,也不介意,将猎物随意丢在地上,就在井边打水洗了手,便进了屋。

她点亮桌上的油灯,回头,慕容璟和正看着她。她以为他会问点什么,但他并没有。她悄悄松了口气,却又隐隐有些失落。

她走过去,探手进被子下面,褥子仍是干燥的,他并没有因她的晚归而失禁。

慕容璟和目不转睛地看着她的一举一动,黑眸中浮起不悦之色,淡淡道:

"没吃那些乱七八糟的东西，我尚能控制得住。"显然因为她的举动，他觉得受到了侮辱，不免被勾起多日前那件丢脸之事。

眉林脸微红，但没回嘴，只是睁大眼无辜地回望他。那事她自觉做得有些过分，当然不会跟他计较，但也不能道歉，怎样都会让他觉得难堪，因此最好是不再谈论。

慕容璟和被她看得没脾气起来，加上不是什么光彩的事，也就不再继续这个话题，只是道："我要喝水。"

眉林忙转身，在桌上拿杯子倒了点凉茶水，喂他喝下。慕容璟和皱了下眉，却没说什么。

"要……要出恭吗？"眉林在吃喝上很不讲究，因此就算注意到他神情的细微变化，也没往凉水冷茶上去想，只道他是内急。

慕容璟和摇头，本不欲说话，却又忍不住道："这一日不曾进食水，倒还不急。"这话听着像解释，又像抱怨，也像宽慰，让人捉摸不透。

"白日……白日……我这就去做饭。"眉林原本想找个借口解释自己中午不曾回来的事，却见他垂着眼似乎不是很在意，便打住了。

慕容璟和轻轻嗯了声，让她扶自己侧躺下，闭上眼，脸上似有疲惫之态。

眉林见状，不好再说话，拿起油灯往外走去。在门边她不由得又回过头看了他一眼，心中莫名地有些空落。

眉林进了一趟城，将猎到的猎物和毛皮卖了，拿着换得的银两访遍城中大小医馆，却无人能治经脉断裂之症。不过并非全无收获，有一个老大夫告诉她，在中州之南的乡下，有一个癞痢头郎中或许能行。

中州离安阳并不算远，也就一百来里的样子，按眉林如今的脚程，半天时间便可抵达。只是据说那郎中整日走村串乡，很难遇到。

眉林细细问了癞痢郎中的确切住址以及脾性诊金等事，老大夫却只是摇头，说除了知道有这么个人，其他都不清楚。他之所以知道，还是听一个乡下来的农人无意间提及。

无论如何总是要一试。眉林心中做了决定，便道谢告辞。临去前老大夫给了她一个忠告，让她手脚一瞬间变得冰冷。浑浑噩噩中，她也不知怎么回的村。在看到紧闭的院门时，那一瞬间她竟有背身而去的冲动。

只是终究没有。

推开柴扉时，她脸上甚至带上了笑。她如常时那样伺候慕容璟和小解，换姿势，又烧了热水来给他泡澡，却没说癞痢头郎中的事。

将慕容璟和放入略烫的浴桶中，她转身往外走。

"去哪儿？"慕容璟和问。平日他泡澡的时候，她都会在旁边帮着擦背又或者按揉长时间受压的部位，以免皮肤破溃引发褥疮。

眉林脚步顿了下，没有回头，语气轻柔地说要去喝药，慕容璟和便没再说话。

到得厨房，看着那温在火坑边的药罐，眉林的心紧紧地揪了起来，疼痛比预期的来得更猛烈和霸道，使得她不得不以拳抵心蜷缩在大灶边，好一会儿才慢慢舒展开。

她颤抖着拿了碗，把药汁倒进去，仰头灌了下去。如今一碗的量已不足以抵抗那剧烈的疼痛。她将罐子里剩下的汤水全倒进碗中，只留下干干的药渣。

再回大屋，慕容璟和闻到她满身的药味，不由得皱了皱眉："别再喝那药了，熏得人头疼。"

眉林淡淡一笑，没有接话。

别说他闻得头疼，便是她，在连灌下两碗之后，似乎只要一低头，满肚子的药液就会倒灌出来，那种难受劲就别提了。只是不喝又能怎么办？不喝就只能疼得没力气做事，这日子便没法过了。

眉林半跪在桶外，将手伸进水中，发现还是热的。她垂下眼，思绪一时也不知跑到了何处去，直到慕容璟和开口询问，才回过神。

她尴尬地笑了下，她说没事，然后站起身开始解衣服。

慕容璟和微讶，还没反应过来，下一刻她已脱得只剩下肚兜裹裤，然后也跨进了桶中。因为多加了个人，桶中的水便漫了出来，流到了地上。

在慕容璟和的记忆中，除了那次在小溪中，她给他清洗脏污了的身体时曾经这样共浴过，之后便不曾有过类似的行为。至于出石林那次，他正昏迷，却是不知道的。他不明白她今日为何会如此反常，反常得让他心生不安。

"今日去城里，有什么有趣的事吗？"当那柔软的身体贴上背时，他轻咳一声，开口打破突然之间变得奇怪的沉默气氛。

眉林一边将湿透的肚兜和亵裤挂在桶沿上，拿起帕子开始给他轻轻擦拭背部，一边缓缓地将在城里售卖猎物的过程叙述了一遍，对于去医馆的事却只字不提。

"猎物少，买了米粮便剩不下几个钱，明儿我想去得远点，若是能打到虎豹之物，做你我的冬衣大约也就够了。"

慕容璟和心中"咯噔"一下，神色不显，平静地问："去多久？"

"多则两三日，少则一两日。"眉林手中的帕子来回擦拭着他背上陈旧的大小疤痕，虽然一字一句回答得清楚，眼神却一片茫然，"我离开这几天，会托猎人大哥过来帮着照看一下，等回来时再谢他。"

慕容璟和没有应声，他说不出让她别去的话，但也无法不心生郁气。

眉林的手指轻轻划过他背上一块圆形凸出的伤疤，看得出那是箭伤。在第一次给他清洗身体的时候，她就发现他那一身华丽衣服下竟掩盖着数不清的丑陋疤痕，也终于明白为什么每次欢爱，他都穿着衣服。

"你身上这些伤是怎么来的？"她问，其实心中多少能猜得出。他既然曾经统率三军征战沙场，又怎么可能不受伤？之所以问，只是想亲耳听到他说那些关于他的往事。回想起来，她和他之间，平时的相处似乎除了斗嘴和彼此算计，便没有其他了。

"你今天话很多。"慕容璟和并没有回答，淡漠的语气中流露出被触及隐私的不悦。

眉林原本还带着些许期望的眼眸黯淡下来，片刻后又微微地笑了，只是那笑意却不达眼底。她果真不再多言，只是蓦然伸出手从背后抱住他，紧紧地，仿佛想抓住什么似的。

慕容璟和僵住，不经意想起那日卫老二的话，脸上便浮起一抹自嘲的笑。

你那事只怕是不行的吧……小娘子正值青春……

"你觉得……"他刻意停了下，才又继续，"我现在能满足你吗？"

眉林呆了下，片刻后才明白他的意思，并没像往常那样反唇相讥，只是缓缓地放开了手。

"二月来，桃花红了杏花白，油菜花儿遍地开，柳叶似刀裁……"

院中，眉林在洗两人刚换下的衣服。心情似乎很好，她竟然开始唱起歌来，只是声音有些沉哑，不若以往的清婉柔悦。

慕容璟和躺在床上，身上还隐约散发着沐浴过后的湿气，鼻中充斥着淡淡的混杂着药味的清爽香气，是她的，也有他的。

这时才过了午，入冬后难得的好天气，阳光算不上暖，但很明亮。透过破旧的窗纸洒在他眼皮底下，如同她之前那突如其来的吻一样，轻轻地挑动着他的心弦。

那时她将他从水中抱出来，身上还带着水，就那样滚到炕上。她吻他，舌缠绵着他的舌，明明充满药味的苦涩，他偏偏从其中尝到了甜意。

想到那一幕，他的唇角不由得微微扬起，看向外面的眼神也变得从来没有过地温柔。

第十四章 君子蛊

浅金色的晨曦照射在水井上的时候,一个黑色劲装的男人如一只黑猫般悄无声息地落进院子,闪入正屋,恭立在外面穿过窗户看不到的死角。

"回爷,眉林姑娘没有入山,而是往安阳城的方向去了。"男人眉角利如刀削,眼眸却沉静如水。

慕容璟和神色突变,颤巍巍地想要撑起身,却又因使不上力而摔跌回去。

"待在那里!"他厉声阻止了男人想要上前扶他的举动,大口喘息了两下,目光盯着屋顶,眼中所含的浓烈戾色几乎要将之刺穿。

她就这样丢下他……她竟还是丢下他了。

"京城那边传来消息,大皇子勾结外邦,图谋不轨,已被圈禁。"过了一会儿,看慕容璟和缓缓合上眼,似乎已经平静下来,男人才又继续说。

"西燕与南越结盟,向我朝正式宣战,目前已攻下西南边界处包括泯守在内的五城,朝廷正为让谁领兵出战而争论不休。"

慕容璟和唇角浮起一抹讥诮的冷笑,睁开眼正要说点什么,眼角余光突然扫到远处小路上正往这边走来的猎人,不由得顿了下,而后决然道:"回荆北。"

眉林着实花了一番工夫才找到癞痢头郎中,那已经是三日后的事。癞痢头郎中正坐在院子里的摇椅上晒着太阳打盹儿。郎中五六十岁的样子,是个名副其实的癞痢头。

当看到他光秃秃的脑壳上满布灰白色的痂块，有的还流着黄脓时，眉林一下子犹豫起来。若此人连全身经脉断裂都能治，为何却治不好自己的癞痢头？但是她还是叩门走了进去。

郎中眯缝着眼打量她，像是看到了什么没劲的东西，又无精打采地重新闭上眼。

眉林也没开口，目光在院中一扫，自己拿了个小板凳坐在旁边。

"你走吧，俺不救将死之人。"过了一会儿，那郎中懒洋洋地开口。

眉林正倾身捡起近前的小截木棍，闻言手一颤，木棍落于地，她不得不重新去捡。

没听到她的回话，也没听到她离去的声音，郎中终于忍耐不住睁开眼，不满地瞪向一言不发的女人。

眉林微笑，启唇，却在听到自己已变得嘶哑的声音时尴尬地顿住，拿起木棍在地上写了几个字：并非将死，而是经脉断裂，望先生相救。

郎中目光一闪，突然伸手抓住她的脉门。眉林摇头，勉强用喑哑的声音表达出病人不是自己。郎中却毫不理会，片刻之后他才放开手，鼻子又在空气中嗅了两下，冷笑道："敢情你把那曼陀罗和地根索当饭吃了。"

眉林心口剧痛，缩回手本不欲回答，但正有求于人，想了想，伸脚抹平地上的字，然后写道：疼。

郎中扬眉，又懒洋洋地躺回去，伸手到椅背上捞过一支乡下老农常抽的土烟杆，也不点着，就那样放在嘴里咂巴了两下。

"用这个止痛……嘿嘿，那给你这个方子的人莫不是与你有仇？不过能想到把这两种东西用在一起，此人倒真是有点真材实料。"

眉林本来就没有血色的唇此时变得更加苍白，脑海里浮起那日在安阳城中老大夫对她说的话："长期服用地根索和曼陀罗会致哑，姑娘慎用。"

不是没想过他也有可能不知道会造成这样严重的后果，但在做出这个假设的时候，她心里却是一片荒凉。如今再听癞痢头郎中所言，便知这两种药的合用不是普通人误打误撞就能想到的。

他究竟有多恨她啊？竟然要花这样多的心思来算计。这个问题她反复问了自己，却终不可得解，只有徒然自嘲。不过短短十数日的相依，她便想当成一生来待，活该被人戏耍。而最可笑的是，到了这个时候，她竟然还想着能看他露出意气风发的笑。

人若想笨死，谁也没办法。就在那一刹那，她突然认可了他的话。然后苦笑，自己竟然连他无意中说过的话都牢牢地记着。

"劳烦先生"。她甩掉那些乱七八糟的念头，一字一字坚定地划在地上，并没有丝毫犹豫。

癞痢头郎中虽然看上去一副漫不经心的样子，其实一直在注意她的神色变化。郎中见状，咬着烟杆道："既然你找上门来，便该知道俺的规矩。"

规矩，他有什么规矩？眉林心中嘀咕。据她一路寻来所获知的消息：此人极好行医，无论人还是畜生，只要找上他，他便肯出手救治。遇到拿不出钱的人家，管顿野菜糙饭也行。也就是因为这样毫无原则，加上容貌寒碜，医术虽然高明，名声却未远扬，只有附近几个村的人知道有这么一个包治人畜的郎中。毕竟有点钱的人家，哪里愿意找一个医畜生的人给自己看病。

"有何要求，先生但提无妨。"眉林写道，暗忖那人地位尊贵，人手腕又高明，还怕有什么是他拿不出或做不到的。

癞痢头郎中伸手去捋胡须，摸到光滑的下巴才反应过来自己不久前烧火时被燎了胡子。他动作滞了下，才继续用手指磨蹭下巴上花花白白的胡楂。

"俺这人没啥毛病，就是看不惯浪费。"他半眯缝着眼看着明亮的阳光，不紧不慢地道，"俺看你也没几天可活了，不若来给俺养玉。"

养玉？眉林疑惑，不是不在意自己活不了多久的事，只是她并不认为此事是几句话就能决定的，因此暂时不想在这上面计较。

"就是用你的气血给我养脉玉。"郎中耐心地解释。他的手似乎总是停不住，从下巴挠到了头上，直挠得皮屑纷飞。

眉林秀眉微皱，暗忖难道要自己以命相换？未等问出，就听郎中继续道："俺要你的命没用。你该活多久，还是多久。"别看他土头土脑的，眼神却格外锐利，别人心中想什么，一看便能猜得八九不离十。

眉林听罢，微微一笑，毫不犹豫地点头。就算他不提这个要求，等治好慕容璟和，她也要想方设法留在他身边，寻求一线生机。

至于别的……至于慕容璟和，各走各路便是。

眉林一直都知道，付出不一定能得到收获，也知道这世上多的是以怨报恩之事。只是当在安阳城外陷身重围的时候，心口仍控制不住一阵绞痛。

有着她画像的通缉布告，上面明明白白地写着她暗厂细作的身份，写着她谋害荆北王的罪证……

那一瞬间，她心灰意冷地垂下手，毫不反抗，任人反绑住双手，抽去那把从来就没属于过她的匕首。耳中传来癞痢头郎中捶胸顿足的哭诉，让她冰凉一片的心中浮起些许愧疚。蠢到害死自己，那是活该，却不该连累旁人。

囚车在官道上骨碌碌地行驶着，已经过了五天，就像永远也到不了终点。

眉林浑身哆嗦着缩在囚车一角，毒发的疼痛没了地根索和曼陀罗的抑制，让她再也抬不起头。

癞痢头郎中坐在另一个角落，在经过了最初两日的不断埋怨之后，又恢复了惯有的懒散。他身上没有利器，其他东西都没被收，此时只能叼着烟杆欣赏路边风景，像看猴一样玩味着路上的行人，如同那些行人看他们一样。

"你怎么样？"终于，对着从被抓起便一声不吭蜷缩在那里的女人，他看不过眼了，问道。

眉林像是没听到他的话，许久都没响动，直到他以为她又痛晕过去的时候，她才缓缓摇了摇头。那动作极微，如果不是他一直盯着她，根本无法察觉。

癞痢头叹气，从嘴里抽出烟杆，然后用烟锅轻轻敲向她的肩，不出意外地看到她抽搐了一下："那你抬起头来，俺可不习惯对着一个黑压压的脑门子。"

郎中说完这话，又等了好一会儿，眉林才迟缓地抬起头，现出那张被汗水濡湿的青白脸蛋来。状若女鬼，哪里还有之前的秀美。

癞痢头"啧啧"了两声，终究没忍心说风凉话，而是从怀中摸摸掏掏，拿出一个巴掌大的土瓶子来。

"你答应要给俺养玉。结果病没看成，玉没机会养，倒害得俺也被人抓起来，这算什么事啊？"他一边说，一边拔开土瓶的塞子，抖啊抖，老半天才抖出一粒黄色的丸子，"这东西是俺拿来药蝎子的，毒得很，多少也能止点痛。你……唉，反正也活不了多会儿了，就少受点罪吧。"

眉林伸出的手虽然因为疼痛无法控制地哆嗦着，却并没有丝毫迟疑。她一直觉得，只要能活着，便是受点罪也是值得的。如今真正痛起来才知道，在前面看不到光明时，死可要快活容易得多。

对于两人这些小动作，那些看押的官兵并没理会。他们骑在马上，腰板挺得如枪般笔直，极少交谈，看那气势，并不像普通的官兵。

眉林吃了蝎子药没过多久，疼痛果然减轻了不少，效果竟是比地根索和曼陀罗的汤还好。她缓缓松了口气，终于有力气抬手去拭额上的汗。看着官道旁已经枯黄的稀疏树林，她想，就算当初明知那药汤能致哑，她在熬受不住的时候仍然会喝下去，就如现在这样。

那个男人……那个男人对人心的把握实在太过透彻，他能把陷阱明明白白地摆在她前面，根本不愁她不往下跳。

眉林深吸口气，攥紧胸口的衣服，失去焦距的眼中一片苍凉。

十天后，囚车抵达一个眉林怎么也没想到的地方——荆北，那个她曾无数次向往的地方。

荆北是大炎最北也最荒凉的大城。他们到的那一天，已经下过了几场雪，黑土夯实的街道上铺着薄薄一层积雪，布满了脚印。

癞痢头郎中哆嗦着，眉林也哆嗦着。只是一个是因为冷的，一个是因为毒发。再看那几个看押的官兵，穿得并不比他们多多少，身躯仍直挺挺的，如山般沉稳。

"早知……阿嚏……早知要出远门，俺……阿嚏……俺就该多穿点衣服……"郎中抱着身体，蜷缩成小得不能再小的一团，一边怨悔不已，一边喷嚏连连。他原本在家晒太阳晒得好好的，怎么就来了这个鬼地方？

冬衣还没做……眉林愧疚地看了他一眼，在发现自己身上无多余的衣服借给对方时，脑子里突然浮起这个念头，原本以为已经麻木的心竟然又是一阵绞痛。

在穿过不知几条街道、几多复杂的目光之后，他们终于离开了那个住了十多天的囚笼，被关进又黑又冷的牢房中。两人虽说是被分开关押，其实不过是隔了一堵墙而已，只是眉林再也拿不到那止痛的毒药。

当黑暗与疼痛一起到来之时，她以为自己又回到了那似乎永远也看不到希望的暗厂里。那个她曾发誓再也不会回去的地方。

回到荆北的慕容璟和如同一只回到天空的雄鹰，虽然这雄鹰的腿是残的，却并不影响他飞翔。

五年前，他也曾是一只雄霸边关的苍鹰。他为大炎驱逐来犯的外敌，将边关守得牢如铁桶，甚至兵临敌国王都，以赫赫之威震慑四邻。那时的他血气方刚，坦荡磊落。他怎么也没想到，正当他饮风餐沙、为国鞠躬尽瘁之时，却被至亲之人在背后插了一刀。

军情泄露，兵败宛南，五千先锋全军覆没，他也遭偷袭落得经脉断裂、动弹不得的下场。若非清宴尽力掩护，只怕早已命丧南方湿气弥漫之地，唯留白骨一具。好不容易勉强续上经脉，回京立即被夺了兵权，被封在这极北荒凉之地为王。却又被猜疑着不予放归封地，以华丽之笼相拘，以酒色腐蚀心志，被曾经并肩作战、山盟海誓的女人所鄙夷。

他要信谁，他还能信谁？

暗厂是他舅父所设，舅父死后，便被他接手。没有人知道前任主人是谁，自然也不会知道现任主人是谁。

他不想再战战兢兢地活着，所以他设了一个局——一个以牙还牙的局，一个可以让他夺回自由的局。

他让人拿着信物，以慕容玄烈之名勾结西燕，安插暗厂之人到朝廷要员身边，包括他那高高在上的父皇，他还在自己身边留了一个。

谁会指使自己的人来监视自己呢？

父皇骄奢淫逸，心胸狭窄，疑心极重。当年能暗中纵容慕容玄烈陷害功高震主的慕容璟和，如今自然也不会对在他身边安插细作的慕容玄烈留情。

原本他没打算这么快就让那些眼线曝光，谁料会来钟山这么一出，于是也就顺势而为。他开始只想逃出昭京，回到自己的封地，再谋其他。没想到会遇到役鬼，让役鬼去传的那句话，就是告诉清宴立即将细作的事挑出来。那样不仅可以让慕容玄烈陷入危境，无暇他顾，还能挑起大炎和西燕的矛盾。

父皇的政绩一塌糊涂，但在对威胁其地位的对手的刑讯上面却有自己的一套。那些坤字少女在重刑之下，必然会招出她们所知道的一切。而她们知道的也只有那慕容玄烈惯用的熏香而已。不过，这对疑心病严重的父皇来说已经足够。至于他自己，则早已因为眉林的存在以及钟山遇险，从嫌疑名单中被择了出去。加上如今外敌犯境，那些早已习惯了安逸的文武百官最先想到的抗敌统领，只怕不是女儿身的牧野落梅，而是已经回到荆北的慕容璟和。

钟山一劫虽然九死一生，但能得到这比预期中还要好的效果，还是值得的。

还是值得的……

慕容璟和躺在华美舒适的卧榻上，一边倾听着手下对朝中以及边关局势的汇报，一边看着花窗外铺上一层雪白的庭院。屋内烧着地龙，他身上盖着白狐皮裘，很暖，但是他有点想念那山村中的简陋火炕。

"把药拿去给她。"他突然道。

手下正说到"南越占领黑马河北岸，前线告急，牧野落梅已率军前去抗敌"，闻言不由得呆了下。他看到榻旁花案上的瓷瓶才反应过来，于是不敢多言，上前拿过瓶子告退。

慕容璟和的目光又移回院中，发现窗前一枝黑褐色的梅枝上鼓起了几粒浅绿色新芽儿。他心思微动，此处天寒，梅花比别处都要开得早，等盛开时火红一枝压窗，倒有几分趣致。她说她喜欢二月的春花，却不知喜不喜欢这寒冬的梅。

或者……等开时，让人剪两枝送去吧。

两日后，着慕容璟和领兵出战的圣旨抵达荆北。与圣旨同来的，还有两名专门给炎帝看病的御医以及清宴、役鬼两人。慕容璟和以身体为由，拒不受命。

颁旨的钦差不敢耽误，忙快马加急回报。七日后，炎帝下旨诏告天下，为荆北王寻求名医。一时，荆北王府门前人马络绎不绝，几乎将那高高的门槛踏平，却无一人能够妙手回春,将慕容璟和再次断裂的经脉续接完好。

"全是废物!"慕容璟和颤抖着抬起手,一把扫掉侍女端到面前的药碗。

乌黑的药汁洒在地毯上,湿了好大一片。侍女被吓得慌忙跪在地上,瑟瑟地发抖。

"滚出去!"慕容璟和看也没看她一眼,怒喝。

如果不是五年前给他医治的大夫已经故去,又何须受这些废物的折腾,每天都喝药、喝药,一堆乱七八糟的药汤下肚,也没见得有什么起色。什么名医圣手,还不如他这个久病成医之人,至少他还能让外力与药物相配合,勉强接上几条经脉,他们却是什么用也没有。

出去的侍女与正要进来的清宴撞了个正着,匆匆行了礼,便掩面而去。

清宴却像是没看到一样,快步进屋,来到榻边,双手下垂,敛眉低目恭立:"爷,那位跟眉林姑娘一起被抓来的郎中说,他能治经脉断裂之症。"清宴是什么人,来到荆北没两天,便将大大小小的事给摸了个清楚,怎么会漏过眉林之事?

清宴是知道慕容璟和的病的,若是眉林有心相害,又怎会落到如今这地步?而以王爷的脾气,对一个曾经危害过自己,又或者可能危害到他的人,怎会只是拘禁这样简单?他断定这其中必然有外人不知道的内情。因此,他曾私下特别吩咐看守的人照顾眉林两人。

癞痢头郎中听到看守私下谈论天下名医齐聚荆北,却无人能医好王爷时,瞅准机会嚷出"自己能治",这话很快便传达至清宴耳中。

清宴并没立即告诉慕容璟和,而是先从眉林那里了解了实情,确定癞痢头并非乱嚷后,才来禀报。

听到他的话,慕容璟和微怔,原本的暴戾神情敛去,仅剩下一脸的疲惫。

"让他来。"他闭上眼,靠向身后的软枕。

清宴知他已经被那些来自全国各地的庸医逼到了濒临爆发的地步,却仍然愿意见一个阶下囚,连底细也不问一下,心中了然,忙转身亲自前去请那癞痢头郎中。

脚步声远去，慕容璟和睁开眼，再次看向花窗。

几场大雪后，气温冷寒，白日他却从来不允许人关窗。明明已不是一个人，也并非无事可做，他偏偏还是喜欢像在那个简陋的院子里那样，留着一扇窗。只是每当目光透过那半敞的窗时，再也没有了当初期待某人归来的心情。

梅花已经开了，火红的一枝，斜伸在窗外。屋内淡烟袅袅，屋外天空清白，素雪如裹，半压着醉红的花瓣，妖娆中透出圣洁。

很想让她也看看……他垂眸，心中明白，喜欢梅花的其实是牧野落梅。对于她，除了春花，还喜欢什么，却是一点也不知道。

"来人！"他突然抬起头，神色淡淡，声音低沉。

立即有人闪进来，不是侍从，而是黑衣护卫。

"给我剪两枝窗外的梅花送到地牢中。"他道，却在护卫应声欲出的时候，又将人叫住，"算了。"

那护卫虽然被弄得一头雾水，脸上却没流露出任何不该有的情绪，闪身又回到了自己隐身的位置。

慕容璟和心中一阵烦躁，突然产生让人将外面的梅花都砍掉的冲动。幸好清宴及时回转，后面跟着癞痢头郎中。

当看到那郎中猥琐丑陋的形象时，慕容璟和眉梢不由得一跳，几乎要怀疑自己被人耍了。

冷热交替，郎中一进门就连打了好几个喷嚏。一时唾沫四溅，直惹得慕容璟和黑了脸。他竟还没自觉，又找清宴要了件裘袍穿上，喝了碗热茶，这才慢吞吞地开始。

慕容璟和大约也看出此人与其他浪得虚名的家伙不太一样，若非胆大包天，便是真有点本事。等对方的手指按上腕脉时，慕容璟和脸色已经恢复正常。

"俺就说是个行家嘛。"不过是一触即放，癞痢头摸着下巴，说了句没头没脑的话。

慕容璟和垂眼，清宴已经代替他问了出来："先生此话何意？依先生之见，我家王爷的病该当如何？"

癞痢头摇头，就在屋中另外两人的心一路往下沉的时候，他又说道："王爷自己能接断脉，不是行家是什么？"

慕容璟和长眸微眯，看出自己接了断脉，这是第一个，而且是在一触之间便断定，可见确实有些能耐。他心中虽为此微微有些激动，但也能听出此人之前的话还有别的意思。

癞痢头像是没看到他刀锋般的目光，扭头找清宴要碗热面片汤吃。等清宴无奈离开去安排之后，他才笑嘻嘻地道："俺跟那位姑娘说，让她用地根索和曼陀罗止疼的人，是个行家。可见是被俺说中了的。"

慕容璟和脸色微变，却没否认。

癞痢头对此事没说什么，接着道："王爷这病俺弄得了，但必须让那位姑娘心甘情愿地养脉玉。没有脉玉，经脉就算全部接起来了，也不能活蹦乱跳。只能治好个半拉子，俺是不干的，白白砸了招牌。"

"养脉玉要什么样的人？我这里多的是给你挑。"慕容璟和压住心中的浮动，淡淡问。

癞痢头将头摇得跟拨浪鼓似的："那姑娘体内有君子蛊，你到哪里给俺再去找一个活的来？"

"君子蛊？"就算慕容璟和博览群书，也是第一次听到这个东西。

癞痢头不耐烦多做解释，只是说："活死人体内才有的玩意儿。沾上的如果不是尸骨无存，就是躺在那里，长长久久做个鲜活的标本。君子蛊能生发脉气，养脉玉最好，由它养的脉玉不仅接脉接得快，还有加强坚固经脉的作用。那位姑娘体内的君子蛊没有万年也是几千年的，王爷要能另外找一个活的出来，俺等等也成。只要找到前别再把俺关进那又冷又黑又臭的地方就是了。"

听他这样一说，慕容璟和立即想到那地宫中的活尸，难道眉林就是在那时被君子蛊侵入而不自知吗？若是这样，便能解释她本已被废去的功力为什么又自己恢复了。

就在他沉思的当儿，清宴从外面回转，亲切有礼地说事情已经吩咐下去了，等大夫给王爷看诊完就着人端上来。他要表达的意思很含蓄也很委婉，说白了就是癞痢头有能力治好慕容璟和的话，想要什么就有什么；但是如果不能，那就哪儿来的滚回哪儿去。

癞痢头笑眯眯地看着他，手摸到新穿的皮裘下，摸出烟杆，拒绝了清宴让人上烟丝点火的举动，就这样干抽起来。

慕容璟和回过神，看到他这一副气定神闲的样子，心里没来由地又是一阵厌烦。

"清宴，好生款待……大夫贵姓？"他开口，这才发现他们连癞痢头姓甚名谁都不知道，忙抱歉询问。

癞痢头大大咧咧地摆了摆手，不在意地道："乡亲们都喊俺老癞痢头，名字早八百年就忘记了。"

慕容璟和窒了一下，终究还是没喊出癞痢头郎中这几个字，只是道："清宴，给大夫安排一个住处，别怠慢了。"

就在清宴引着癞痢头要出去的时候，慕容璟和突然问："大夫，她……你为何会跟她在一起？"她若要去寻访大夫，又为何要瞒着他？所以，她会跟这位大夫在一起，或许只是巧合，或许只是为了她自己……

仿佛知道他在想什么似的，癞痢头回头"嘿嘿"一笑，毫不客气地打断了他的各种猜想："找俺还能干吗？不就是去给人看病嘛，总不会看上俺老癞痢了。"

慕容璟和没有再说话。清宴见状，不敢打扰，忙引了癞痢头下去。

等清宴安顿好一切，再回转，见慕容璟和坐在榻沿，赤着双脚踩在地毯上，似乎想靠自己的力气站起。明明天寒地冻，他却是大汗淋漓。

"王爷？"清宴知他的脾气，也不阻拦，只是走近了些，以防他摔跌在地。

"把找到神医的消息传出去。"慕容璟和没有看他，淡淡道。

"是。"

"给她换一个地方，让人好好伺候着，只要不逃走，她欢喜怎样就怎样。"

"是。"清宴应了，微顿，有些迟疑地问，"爷，可要让眉林姑娘住到后院？"

荆北的王府只是几个粗糙的大院组合起来，无论是规模还是华丽程度都远远无法与京城的相比。慕容璟和住的是中院，两翼侧院安置宾客以及地位比较高的侍仆，后院则是内眷所住之处。清宴这样问，其实有试探的意思，想弄清楚情况再决定要如何做，那样才不容易出岔子。

慕容璟和放弃下地的打算，平稳了气息，做出要侧身躺下的示意。清宴忙上前为他调整好靠枕，直待他满意了才垂手后退一步。

"去侧院。"他闭着眼，缓缓道，"朝廷定然会派落梅过来，尽量别让她俩撞上了。"以牧野落梅那性子，若再看到眉林，非要想方设法杀了她不可。

"是奴才考虑不周。"清宴连忙赔笑道，手心不由得捏了一把汗，幸好没自作主张。看来，王爷的心终究还是在牧野姑娘身上，否则，以他之能，想保谁不能，又何须让人避着让着？

"还有，你从现在开始准备一些婚礼需要的简单物件。"慕容璟和摇了下头，无责怪之意，但接下来说的话却让清宴着实大吃了一惊。

"本王已经等了十年，不想再继续等下去。"

慕容璟和决然道，脸上没有任何即将完成心愿的激动和忐忑，只是说不尽的疲惫。

第十五章 冤家

被从牢中放出来，又被好吃好穿地侍候着，眉林左想右想都想不出自己还有什么利用价值，最终只能把原因归到癞痢头郎中的身上。兴许是他好心给自己说了几句话，又或者还想着让她给他养玉呢。

最开始的两天，她曾试探着往城外走去，结果被客气地请了回来。自那以后，她便不再出门，连癞痢头郎中也没去见。

荆北多雪，梅花遍地，连她住的房屋窗外也有几枝。但她并不喜欢，每日将窗户关得死死的，连气也不透。

如果说在被抓来的途中她还有什么想不开的，在解药送到手中那一刻，她便全然清楚了。她之于他，就是一个暗厂出来的死士。或许在他看来，她就不该拥有自己的意志和情感，那样无论用起来还是想要舍弃，都很简单。偏偏她有七情六欲，还想着背离组织，所以才会落得现今的下场。

她只是不明白，他为什么不索性杀了她，那样不是省事多了？

她想不通此事，但也不想继续一厢情愿下去，便也不再胡思乱想。她嗓子已经完全哑了，不能说话，索性不和人交流，只是要了围棋和棋谱，整日坐在炭炉边，一边烤白薯一边自己琢磨。

她其实并不通棋弈之道，不过也无事可做，不如学学，看能不能让自己变得聪明一点。至于癞痢头说她活不了多久的话，在毒发的疼痛被解药遏制之后，便被她抛到了脑后。

大抵是经受过一段时间彻骨的疼痛以及无望之后，才体味到能够毫无痛苦地活着的美好。她此时秉持的是得过且过的想法，毕竟明知不可为而强为之，那就是自找难受。而且，不得不说，对于癞痢头郎中，她还是心存侥幸的。

那个时候，她并不知道自己的一举一动都有人禀报给慕容璟和。因此在后来两人花前月下的时候，便免不了听他抱怨几句，说她根本没将他放在心上云云，连想他一下又或者去看他一眼也没有。她知道他纯粹是胡乱找一个由头撒娇，并不是真心想要让她去记起那些说不上美好的过往，因此也并没趁机跟他算旧账。

说完全没想他，那绝对是欺骗自己。偶尔琢磨着下棋方法时，她也会走神，想起两人在一起时的情景。针锋相对也罢，相互依恋也罢，便是最美好的时候也如同锋利的针芒一样扎得她揪着心口透不过气。只是她并不会纵容自己沉浸在那种境地当中，转眼就收回了神，然后剥去烤好的白薯皮，专心享受那甜美的味道。

她自小便没见过亲人，没有朋友，自然也没人教导她要怎么样才是对自己好。所以她喜欢什么便是什么，不会去想应不应该。就像现在这样，她只是遵循自己的心意去做而已。她想活着，想活得好好的。至于感情，她认为那其实是自己的事，与任何人都没关系。归根结底，她还是觉得问题出在自己身上。如果哪一天，不再喜欢他了，自然便不会再伤心。实在谈不上恨不恨。所以，当那天看到他出现在她住的地方时，她竟然笑了。

她想过，如果是刚到荆北的时候见到他，她定然低着头不去理会他，哪怕是看一眼也不会，那时候是她伤心得最厉害的时候。但是在经过这么些日子后，那些伤心便沉在了心底深处，不是没有，却也不再足以让她失控。所以，在看到他的时候，她表现出了足够的平静。甚至在听到他的命令时，也并没感到一丝恼怒。

那一天，天下着雪，慕容璟和穿着乌黑油亮的貂裘衣，头戴同色的皮帽，坐在铺着厚软熊皮垫子的抬轿里，被人抬着，沿着院子正中的主道走进来。一个侍卫给他撑着把天青色描着翠竹的油纸伞。一路走来，在清扫过却又很快覆上薄雪的道上留下了两串脚印。

眉林从半敞着的门望出去，正好将这一幕映进了眼中。那一瞬间她心中最先想的竟是他这个样子真好看，所以便没忍住笑了起来，事后回想，她都觉得自己丢脸。

看到她脸上没来得及收敛的笑，慕容璟和先是一怔，而后脸色就变了，心中莫名地郁闷起来，就如这些日子每次听手下汇报完她的一举一动之后的心情。他偶尔甚至会想，也许她发脾气或者咒骂他，都比这副不放在心上的样子好。或许是抱着这种心思，他几乎不过脑子，生硬地说出了那话："从明天起，你去给神医养玉。"然后等着她如同在钟山时那样冷嘲热讽地拒绝。

眉林呆了一下，有些奇怪他怎么会知道养玉的事，心里却在想，这许久不见，他倒确实比在老窝子村里时来得好看，人靠衣装这话还是有几分在理的。

慕容璟和哪里知道她在想着风马牛不相及的事，只道她心里正因着自己的话波涛汹涌呢，脸色刚刚有些好转，便看到缓过神的眉林点了点头。她先是已经应允了的，后又害人家被带到这天寒地冻的地方，平白受了牢狱之罪，怎么说都要做到。何况，她确实想见一见痴痴头郎中，赖着他好歹给自己治治病。

慕容璟和见她脸上并无愤愤不平之色，也没恨意，平常得跟以前一样，一股郁闷突然自胸口直冲而起，堵在喉咙眼那里，上不来也下不去。

"给我在炭盆边安张椅子。"他原本是想达到目的就走的，此时却不想走了。

送他来的护卫依言端了椅子过来，铺上厚厚的垫子，扶他坐了进去后便被挥退，剩下两人围着炭盆面面相觑。

眉林是知道这人的别扭脾气的，对于他的举动也不是多惊讶，无语对望了一会儿之后，便低下头去掏烤在炭火边的白薯。

慕容璟和目不转睛地看着她，然后突然发现，近月不见，她竟是瘦了许多。那身夹袄穿在身上空荡荡的，怎么看怎么不暖和，怪道说要整日坐在炭火边。想到此，他不高兴起来，也不知是恼清宴办事不妥当，还是恼自己莫名其妙。

眉林拿起白薯剥了皮，那香味散发出来虽然诱人，她却突然没有了胃口，于是丢到旁边的碟子里，然后起身走向盆架。她将手放进水中一边慢吞吞地清洗，一边暗忖这人就是专给别人找不自在来的。不过这是他的地方，他自然是想在哪里就在哪里，她才懒得多说，而且就算想说也说不出来。

"拿过来，我要吃。"慕容璟和看着她纤瘦的背影，蓦然开口。

眉林拿过帕子擦手，没有立即回应。她在想是端起盆中的水泼过去好呢，还是连碟子带烤白薯一起扣在他头上，又或者……乖乖地喂他吃？最终她只是回到炭火边，开始下起之前没下完的棋，完全把突然多出来的一个人当成了摆设。

慕容璟和是习惯了牧野落梅的忽视的，但不代表他也受得了眉林这样对他。只是他不屑做出对着一个不理会自己的人大叫大嚷那样可笑的事。

因此当眉林真正忘记了他的存在，彻底投入棋局中去的时候，突觉肩上一沉，还没反应过来是怎么一回事，已经连同压在身上的重物一同摔倒在地。

"谁准许你在本王面前如此放肆？"慕容璟和额上有汗滚落，却不容眉林起身，就这样手臂扼着她的颈项，贴在她耳边咬牙切齿地问。

他身上穿着貂裘，进来后也没脱，眉林回过神来后倒觉得挺暖的。既然暂时起不来，那就先这样吧。不过她很快就意识到他能自己动的事，不由得皱了秀眉，觉得这人真是深不可测，自己实在差得太远。

慕容璟和半天没得到回应，探头一看，发现她趴在地毯上，目光呆滞地盯着某处，竟是神游天外去了。他心中又是恼怒又是无奈，发泄不出来，于是头一低，狠狠地咬了她耳朵一口。

眉林痛得一哆嗦，游移的思绪立时回笼，她想也没想一把就将压在背上的人推到旁边，自己坐了起来。她伸手摸上生疼的耳垂，放到眼下一看，手指上竟是染了一抹猩红。

这人太坏了！她眯眼看向仰翻在地、得意扬扬地看着自己的男人，一时怒火攻心，一个翻身跨坐到他身上，又抓又打，又咬又捶，如同街上的泼妇般，哪里还顾得上什么武功路数，更懒得去想这是否会害死自己。

"贱婢……敢打本王，你不想活了？"慕容璟和能走到她身边已经花尽了全身的力气，哪里还能够闪避得开，一转眼脸上便挨了两拳。

眉林对他的话充耳不闻，下手毫不留情。

"混账奴才……臭女人……"

"泼妇……快放开本王……本王定要诛你九族……"

慕容璟和嘴上不着四六地骂着，一会儿便鼻青脸肿，但他也只是骂骂，却并没喊人进来。

她要有九族，又怎么会落到被他糟践的地步？眉林越打越慢，越打越无力，把自从听到他存心药哑自己起便开始一点一滴郁结在心的愤怒和悲伤都发泄了出来。稍一冷静下来，便知道他其实是有意纵容自己，否则她早被拖出去了。目光落在那五颜六色、惨不忍睹的脸上，她唇角不由得一抽，暗忖自己下手是不是太重了？

"打够了？打够了还不滚下去！"看她瞪着自己，一副要笑不笑的样子，慕容璟和恼了。

眉林抬起手，就在他以为她还要打而反射性闭上眼的时候，她轻轻抹去了他鼻下淌出的血。然后在那双因为意外而蓦然睁大的黑眸注视下，将他从地上扶了起来，放进椅中。

他的皮帽因为摔在地上的时候便已经掉落，此时坐起，一头青丝便滑了下来，披在肩上。本来是一张俊美尊贵的脸，此时一片乌青，处处血迹斑斑，让人实在不忍目睹。

一时的畅快之后，眉林觉得心口又揪了起来，默默地走到盆架边，将盆中的水倒掉，又从旁边暖着的水壶中倒了些干净热水进去，拧了帕子，给他擦拭脸上的血污。

"人都说打人不打脸，你倒好，净往脸上招呼！"慕容璟和的下巴被她手指微抬，便顺势仰了起来，一边乖乖地让她擦洗去那些暴力痕迹，一边抱怨。

眉林心口一颤，这人总是知道要怎么让人心软，好在她现在也说不了话，可以不用回应。

对于她的沉默似乎有些不满，慕容璟和又嘟囔了两句后，微颤着抬起手抓住她的手腕。

"你还在怨我？"他问。这话一出口，他心里一阵不痛快，于是又口不择言起来，"本王念着你救过本王一次，才如此纵容于你。你莫不是忘记自己来自何处了？还是你铁了心要叛离……"叛离组织还是叛离他，他没说出来，顿了一下，见她无动于衷，又恨恨地道，"你可知，若本王存心取你性命，你又怎能活到现在？"

自始至终，他都只将她当成一个暗厂出来的死士，怎么用都觉得理所当然，因此便是使计药哑了她的嗓子，也没觉得愧疚过。如今只是不习惯看到她的注意力不在自己身上，便像逗宠物一样，由着她撒野。在他心中，这是他给的天大荣宠，她就算不感激涕零，至少也要表露出一点动容才对。

眉林心里刚刚变得有些柔软，闻言便如同被泼了盆凉水，由头到脚冷了个彻底。一股说不出的悲凉袭上胸臆，她紧了紧拿着湿帕的手，然后坚定地从他手中抽了出来。

就在慕容璟和因她不识好歹的举动正欲发作时，便见她双膝一屈，在他面前跪了下来，伏身于地。就如他第一次召见她时那样，目光落在他脚前一尺的地方，木无表情。

慕容璟和心口一窒，而后勃然大怒，还没收回的手一扬，狠狠地扇在她脸上。力道虽然没有身体无恙时大，但终究是用尽了全力的，直扇得眉林头一偏，白皙的脸上浮现五指印。但是她没有任何多余的反应，只是又重新跪好，如同一个听话的死士应该做的那样，直气得慕容璟和浑身发抖。

"来人，回院！"他厉声喊道。直到离开，他都没再扫仍跪在地上的眉林一眼。

眉林跪伏在那儿，久久未起。直到天光渐渐暗下来，外面传来脚步声，她才回过神，自嘲地一笑，抓住他坐过的那张椅子，慢慢地爬起。人走得太久，椅子早已凉了，炭盆中的火因为没有人加炭，只剩下一点忽明忽暗的火光，屋子里冷得跟冰窖一样。

她搓了搓冰凉的手，正打着喷嚏，这几日服侍兼看管她的那个侍女端着晚餐走进来，见到炭火快要熄了，忙将装食物的托盘放到案上，加了几个炭块进去，又拨亮了火。

"姑娘嗓子残了，手可没残，连加一块炭也不会吗？等冻病了，会牵累我这个小奴婢跟着遭灾的。"那侍女并非真正的王府下人，而是专门负责慕容璟和安全的明卫，比死士和暗卫地位都高，被清宴派来伺候眉林，心里一直不满。虽然在吃食衣着上不敢怠慢，冷言冷语却是少不了的。只是汇报眉林日常的人与她出自同部，平日有些交情，自然不会将这些说给慕容璟和听。

眉林没有理她，径直去端了碗吃起来。

那侍女又不阴不阳地说了几句，见眉林不为所动，心中越发火大，一眼看到那张秀丽脸蛋上的巴掌印，立即撇唇笑了："哟，姑娘，你脸上这是……莫不是待得无聊，自个儿扇着玩？还是……"她眼珠一转，想到一个可能，不由得大乐，"还是爷心疼你呢……"

眉林端着碗的手一紧，下一刻，已经砸了出去。

侍女会武功，眉林没想过能砸中她，只是想要让她闭嘴而已。不料，那侍女仓促间倒确实避开了碗和其中的米饭，却没避开一道突如其来的巴掌。

随着失去目标的碗砸在墙壁上碎裂声响起的同时，还有一下手掌击脸的清脆声音。然后，便是一阵让人窒息的沉默。

眉林看着清宴不大好的脸色，缓缓地放下已经空了的左手，想要露出一个感激的微笑。却不想唇角方扬，眼睛却先一步被蒙上一层水雾，她慌忙别过脸，努力将嗓子里那突然冒出的哽塞感咽下去。

清宴没看她，而是冷冷地睨着跪在地上瑟瑟发抖的女子："棣棠会接替你的工作，自己去掌刑司领罚吧！"那个"吧"字，他刻意拖出了内侍特有的轻蔑上扬长音，是不容侵犯的威严。

眉林来处的暗厂跟明暗卫不属同一机构，自然也不知道他们的掌刑司是怎么回事，但看到那侍女瞬间惨白的脸，便知绝不是一个好去处。然而即便如此，也没听到求饶之声，可见清宴在这些人心中的积威有多重。

等那侍女离开，清宴才转向眉林。这会儿她神色已恢复如常，脸上甚至还带出了些许诚挚的笑。

"我会让人另给姑娘送份晚膳过来。"他淡淡道，语罢就要往外走。

眉林眼中浮起疑惑，不明白他这是为何而来。好在走到门边的时候，他停了一下，不轻不重地道："姑娘是聪明人，当知道怎样对自己最好，又何必跟爷较劲？"语罢，飘然而去。敢情就是专为说这么一句话来的。

眉林来不及回话，也回不了话。他来去如风，倒省了她的尴尬。

想来慕容璟和那边还在闹脾气，惊动了清宴，再找到在门外守护的侍卫一问，不就什么都清楚了？虽然知道他是一番好意，眉林仍觉得有些难为情。她本是一个吃软不吃硬的性子，之前无论是慕容璟和的巴掌还是侍女的讥讽都没让她动容，偏偏被清宴一个不似维护的维护举动给逼出了眼泪。为了不知从哪里莫名其妙冒出来的死硬倔强而让自己挨打，实在不是一件光彩的事。

她突然想起阿玳，想到自己竟也似学了人家那不屈的样子，不禁打了个哆嗦。她慌忙站起身，走到炭盆边加了块炭，将炭火拨得大了些。

洗净手脸，上了点胭脂掩去脸上的指印，将自己打理得整整齐齐的，眉林便出屋往慕容璟和的院子走去。

新来的侍女棣棠跟在后面，有了前车之鉴，她显得谨慎而少言。

眉林觉得很满意，她不在乎别人说什么，却并不喜欢整日有人在耳边聒噪，烦得很。

大抵是清宴吩咐过，她无论去哪里都没人阻拦，因此很顺利地进了慕容璟和所住的中院。外面守着的侍卫看到她，脸上露出古怪的神色，像是松了口气，又像是更紧张了。

慕容璟和正靠坐在榻上，侍女在喂他吃饭。见到她，他虽然臭着脸，却挥退了不相干的人，显然也知道两人的相处方式实在不适合让其他人看到。

眉林注意到那侍女背过身来时脸上露出明显松口气的表情，心中不由得有些疑惑，直到走近榻边脚下踩到一些滑腻腻的东西时，才反应过来，定然是这位爷在吃饭时又出什么幺蛾子了。

"你来做什么？"慕容璟和面若冰霜，一副很不想看到眼前女人的表情。

眉林来时已做好心理准备，自然不会像下午时那样容易便被他影响。闻言，她脸上露出浅笑，屈身随意行了一礼，不会显得太过放肆，却也不会让人觉得疏离，然后主动走上前端起旁边的碗，接替了喂饭的工作。

慕容璟和狐疑地看着她，显然想不通她怎么一下子变得柔顺了。

"自有人伺候我进食，还用不着劳动你。"他往后靠去，不接眉林递过来的饭菜，面无表情地道。

眉林想到自己方才乍然见到别的女人喂他进食时心中生起的微妙感觉，此时又被他拒绝，不由得顿住，脸上的笑容濒临破溃，看来她还是高估了自己对他的抵抗力。

慕容璟和见她脸上隐然有退却之意，心中恼怒起来："没事就赶紧滚！这里岂是你能来的？"

哪知眉林被他这一激，也顾不上装模作样，心中发起狠来，暗忖左右是被讨厌的，也不怕再多讨厌一些。当下沉了脸，一把将碗放下，就在慕容璟和以为她真要听话离开，心中的失落刚要冒出头，就见她一撩裙摆，欺上了榻。

慕容璟和面色微变，脱口斥道："放肆……"

话音未落，嘴里已被眉林塞了整只炸鹌鹑。他猝不及防下，脸和鼻子都被沾上了油光，偏偏开不了口骂人，气得只能干瞪眼。

眉林笑眯眯地看着他吃瘪的样子，又掏出手绢给他温柔地擦了擦脸和鼻尖，等待着他发作。

出乎意料的是，慕容璟和不仅没恼，目光反而温和下来。他想起在钟山的时候，她也这样胡乱塞东西给他吃，害他出了大丑。那时曾恨得想将她千刀万剐，如今再回想起，心里却是说不出的柔软。

眉林感觉到他目光的变化，不自在地别了别头，然后下榻。

她用手绢擦净抓鹌鹑的手，倾身给他调了一个更舒服的姿势。侧身坐在榻沿，从他嘴里拿出鹌鹑，一点一点地撕下喂他。

时光仿佛倒流，在那简陋的土坯屋内，他靠坐在炕头，她端着碗，碗里一半饭一半菜，她一筷一筷地夹起喂他。黄昏的夕阳从窗格子里透射进来，将她半个身子笼罩在其中，连脸上浅浅的汗毛都反射着金黄的色泽。

慕容璟和想到她离开前那日的拥抱，想到第一次听到她唱歌，胸口仿佛被压上了一块大石，沉窒得难受。

他颤巍巍地抬起手，摸上她映在烛光中的脸，注意到她僵了下，似乎想避开自己的手，却最终没有动弹。

　　"你怎么不说话……一点声音也发不出了吗？"他低声问。这个问题本来是忌讳的，两人都在小心翼翼地避开，他却还是问了出来。

　　眉林抿紧唇，却控制不住手的颤抖，当筷子第二次撞上碗后，她将它们放到了案上，脸上再没了笑意。

　　"我想听你说话。"慕容璟和不是没看到她在努力忍耐着什么，却仍固执地继续这个话题。

　　眉林觉得自己胸口都要炸开了，那痛来得突然而强烈，让她眼前一阵阵地发黑，几乎无法喘息。她闭了闭眼，却怎么也缓不过来，于是慢慢地侧转身，想要暂时离开这里，却被慕容璟和从后面拽住了，然后他贴了上来。

　　"我会治好你。"他说，语气是不容置疑的坚决，"无论用什么办法。"

　　听到他的话，眉林却感觉不到一丝欢喜，反而悲凉更甚。她几乎可以确定，对于药哑自己，他并不认为这是多么严重的一件事，不会有愧疚，不会有后悔。偏偏明知如此，她还是恨不得、怨不得。

　　眉林终于知道，她这一生中最倒霉的事不是被人遗弃，也不是被带进暗厂成为死士，更不是中毒哑嗓，而是喜欢上了他。

　　这一夜，慕容璟和没让眉林回去。在时隔月余之后，两人再次同榻而眠。

　　与之前不同的是，他现在再不是一点也不能动弹，因此会双手双脚往眉林身上招呼，将人紧紧地抱在怀里，美其名曰这样暖和。

　　他让眉林去了脸上的脂粉，然后一下又一下地亲自己留在她脸上的掌印，嘴里却叨咕着活该。他摸她眉角的痣，说那是他的，永远也不准别的人碰。他说她是他的，她整个人都是他的……

　　眉林无奈地由着他折腾，真心觉得这人魔怔了。直到他将手伸进她胸口说小了，气得她差点没再揍他一顿。

　　然后，他就安静了下来，就这样将她揣在他怀里，慢慢平缓了呼吸。

　　她却因为他这样近似于珍惜的动作而乱了心跳，瞪大眼睛看着黑暗中案桌模糊的轮廓，失去了睡意。她想，自己会喜欢上这个人，其实并非毫无来由。会为他伤透心，那也是肯定的。

次日清晨，眉林顶着两个黑眼圈与侧脸上没完全消退的掌痕，被坐在抬轿中神采奕奕的慕容璟和牵着手，走向癞痢头郎中所在的院落。

清宴走在抬轿另一边，肃着清俊的脸，对于两人之间的亲昵气氛恍若无觉。

癞痢头正披着厚皮袍子推门而出，看到一行人，不由得咋舌，赞叹："王爷真是好手段，竟然真让这蠢姑娘心甘情愿来养玉了。"

慕容璟和闻言脸色微青，不由自主地看向眉林，发现她并没勃然变色，甚至于连一点生气的表现也没有，心中又不自在起来了。抓着她的手却更紧了些，像是怕她跑了一般。

事实上眉林内心并不像表面上那么无动于衷，但是也仅仅只是轻微波动了一下，这件事她是一早就定下要做的，至于慕容璟和是安着什么心、有着什么企图，那其实没相干。她知道他或许永远都不会用相等的喜欢来回应自己，但是她还是喜欢他。她自喜欢她的，她要做的事也是自己想要去做的，跟旁人又有何干？

"神医莫要说笑，当初神医肯跟眉林姑娘一道来医治王爷，不正是因为眉林姑娘答应了神医的要求吗？"清宴见自家王爷脸色不好，怕他脾气上来做出失智的事，忙笑道。

癞痢头呵呵干笑了两声，不再继续挑拨。他只道眉林什么都跟他们说了，哪里知道清宴这话其实有些取巧。清宴虽然知道眉林去为王爷求医的事，但具体情况不清楚，只是按常理推测，要得到必然有付出，何况王爷之病还非普通之症，自是需要答应一些与众不同的条件。他话中没有明确要求是什么，但也足够糊弄过去了。

"有人给俺养玉就行。"癞痢头嘀咕，抽出烟杆敲了敲旁边的廊柱，在抬着慕容璟和的轿子快要走上台阶的时候，伸出烟杆一戳："站住。养玉只要傻姑娘一个人，其他人该去哪儿去哪儿。"

"本王想在旁边看着。"慕容璟和眼睛微眯，缓缓道，语气里有着尊贵身份带出的威严。

癞痢头却并不买账，头摇得跟拨浪鼓一样："君子蛊畏人气，有不相干的人在，玉养不纯，疗效会大受影响。别怪俺没跟你们大伙儿说清楚。"

慕容璟和唇角微紧，目光灼然地与癞痢头对峙半晌，想要判定他话中的真实性。最终还是不敢冒险，他缓缓地放开了眉林的手。

第十六章 养玉

君子蛊有毒，还能使内力在短时间内无止境地增长。所以没武功的人被种君子蛊，也就是因它的毒性而陷入永久的沉睡而已，与活死人无异。但会武功的人，在感觉不对时一运功逼毒，立即会导致内力暴涨，无法遏止，最终被自己经脉无法承载的内力炸为齑粉，尸骨无存。

所以，瘌痢头说眉林真是一个奇迹。但是当他得知之前眉林的武功曾被废过之后，便觉得这也算是因祸得福了。

她在暗厂之时便被种下了各种毒质，身体已经具备了抗毒力，便是见血封喉的剧毒之物也能抵抗一二，为自己争取到寻找解药的缓冲时间。这君子蛊不会置人于死地，毒性对她的威胁并不大。而她那时体内又无内力，君子蛊无用武之地，因此也就勉强人蛊两安了。

但君子蛊本身就有生发脉气的作用，加上她也曾经习过武，气脉畅通，因此很快体内便开始出现一股与原本内力相异的内力。

"这股内力如果不能掌控住，依然会要人性命。"瘌痢头郎中把君子蛊之事大致分析给了眉林听，最后总结道。但又说操控内力之事非他所能，所以这要靠她自己摸索，也许养玉的过程能对她有所启发。

眉林求生之欲较常人更为强烈，闻言自然是牢记于心。

到了午时便开始养玉。

一张垫着厚软织物的躺椅，一个凹陷的手枕，一个放玉的紫竹碟，还有一个木盆。

眉林仰靠在躺椅内，身上盖着保暖的毯子，左手放在比躺椅稍低的手枕上，掌心恰恰将竹碟中的脉玉覆住。竹碟的下面木几部分镂空，接着木盆。

瘌痢头郎中在她掌心划了一道口子，也不知抹了什么药，那血便汩汩地流出，不凝不止，慢慢将掌下的玉浸润通透。同一时间，眉林依言催动内力，如血一样源源不断地输入脉玉之中。

一个时辰后，青玉变成晶莹剔透的深红色，瘌痢头将之取下放入一个紫竹盒子中，给眉林止了血，又喂她喝下一碗味道奇怪的药汁，她便昏昏睡了过去。到了子时，重复。

一天子午二时，两次养玉，也只在这个时候眉林才会清醒。其他时间，她都是躺在椅中昏昏沉沉，一日三餐被灌以药汁，粒米未食。连着七日，这七日中，慕容璟和也曾前来探看过，但都被瘌痢头挡在了门外。反倒是清宴独自来的时候，还能看到人。为何这样厚此薄彼，瘌痢头也没给出个说法。这让慕容璟和堵心得很，对清宴都有些看不顺眼了，还借故发作了几次。清宴很是无奈，却又不能不去关照着，以防出什么差错。被拒探了几次，慕容璟和便索性不去了。清宴来报的时候，也做出一副不耐烦、不想听的样子，偏偏耳朵又竖得老长。

恰在这个时候，探子回报，西南战事告急，牧野落梅遭遇南越异术，三战连败，退守青城。朝中君臣人人自危，甚至有人上书，建议求和迁都。炎帝最终听从大臣谏言，再次下旨召慕容璟和进京商议讨贼之法。

慕容璟和一面上书称自己正于治疗紧要关头，无法离身，暗示可用藏道老将杨则兴替回牧野落梅；一面着人加紧探听西南军情，务必在短期内将敌军将领脾性、惯用战术、在军中影响力以及牧野落梅落败的三战具体情况打探清楚。

自从藏中王不明不白失踪之后，他麾下兵道军便被划分成数支，安插进别的将军王旗下。只剩下一支被其后人率领，隐于草莽，两朝后被招安，称为藏道。藏道军能征善战，曾为大炎立下无数汗马功劳，是大炎的强劲武力后盾。但藏道军自成一体，极是排外，朝廷曾想安插将领进去，却因屡遭冷遇、指挥不动等情况而最终作罢。自本朝开始，因为边境战事减少，后来又出了慕容璟和等杰出的少年将领，便没再用过藏道军，甚至开始缺粮少饷，致使藏道逐渐没落。但是在大炎武将心中，藏道始终代表着大炎的最强军事力量，有着不可逾越的地位。

只是，杨则兴终究还是老了。再则，数十年不经沙场磨砺，藏道可还锋利否？

慕容璟和看着窗外盛放的红梅，手指微颤地拈着一粒白子，看也没看，便落向一片黑子中间，落地时发出一声沉稳而坚定的轻响。一子落下，原本看着还张牙舞爪、气势汹汹的黑棋顿时溃不成军，而原本眼看着即将被吞没的白子却占尽三尺江山。

慕容璟和眉头微皱，不耐烦地一把推散棋局，侧靠向旁边窗框。他觉得这棋下得好没意思，不明白那个女人怎么能整天整天地下。等他好了，也许可以带她去南越玩玩，西燕也成。

就在他胡思乱想的当儿，清宴捧着一个装着黑石的紫竹盒子走了进来，身后跟着癞痢头郎中。

待他们走得近了，慕容璟和才看清那黑石其实不是真黑，而是红得发黑，里面竟是剔透的，有颜色更深的脉络隐于其中，似有什么在其中缓缓流动着。

慕容璟和不用想也知道那必是脉玉。他就这样靠着窗棂看着两人走近，没有动弹。大抵是已经知道了结果，心中竟没有一丝浮动。

"我现在可以见她了吧？"他冷冷地开口。若不是因为还要靠癞痢头为他医治，只怕早将人给踢出王府了。

癞痢头撩眼皮看了他一眼，拿烟杆点了下清宴手中的脉玉，撇唇道："你们当大官的就是不如俺们乡下人实诚，王爷明明……"

慕容璟和闻言脸色微变。清宴一见不好，慌忙插嘴道："回爷，眉林姑娘刚喝完药睡下了。王爷何不先让神医治着，奴才这就去着人将姑娘移到这里来。"他一边说一边侧身挡在了两人中间。

"各位爷想要那傻姑娘命的话，那就去移吧，移吧！"癞痢头被打断话倒是不恼，但一听清宴言下之意，顿时怒了。

"神医……"清宴疑惑地回身，想要问清不能移动的理由。

癞痢头挥手，不耐烦地道："移吧移吧，想移就移吧！反正俺看你们也不把别人的命当一回事。"

清宴尴尬地僵了下，便听到慕容璟和道："算了。"他顿了顿，语气中已没有任何不悦，缓缓道，"等本王能走了，自己去看她便是。"

清宴缓缓地松了口气，暗忖自己终于不必再左右为难了。

两日后，连下了数日的雪终于停了下来。阳光穿破厚厚的云层，照在雪白的屋顶和墙头上，映得院子里的红梅分外妖娆。

厚厚的门帘被撩起，慕容璟和快步走了出来。清宴拿着一件石青灰鼠斗篷紧随而出，匆匆地给他披上。

慕容璟和不耐烦地想要掀掉，清宴慌忙劝道："这雪天出太阳时最冷，爷身体刚好，还是注意着点比较好。而且，眉林姑娘那里……"

"行了行了。"慕容璟和打断那让人头痛的唠叨，一边走一边自己将带子系起，清宴这才放心下来。

王府不大，两人脚程又快，不过片刻工夫就到了侧院。

癞痢头郎中正含着烟杆、跷着二郎腿在大屋里眯眼烤火。一个浓妆艳抹的半老徐娘坐在火盆另一边，手中拨弄着个弦子，唱着荆北小调。

慕容璟和一见这场景，脸先就黑了一半，冷冷地看了一眼那个妇人，倒也没说什么。

"哟呵，看这精神头儿，王爷这是好全了吧，可喜可贺！可喜可贺！"癞痢头见到两人也没动弹，就是拿着烟杆虚拱了下手，笑眯眯地道。

那妇人一听是王爷，慌忙停下弹唱，跪倒于地。

"托神医的福。"慕容璟和皮笑肉不笑地回了声，也不理那妇人，径直走向内屋。倒是清宴真心感激癞痢头，落在后面与他寒暄了几句，又让那妇人继续，才跟到了内屋门外候着。

片刻后，慕容璟和从内屋走了出来，怀中抱着被他用披风严实裹紧的眉林。

"眉林我带走了。神医且安心在此住下，有什么需要吩咐下人一声便是。"

显然是不想吵着熟睡的女人,他说话时放轻了声音,语气便显得柔和许多。

癞痢头无意阻拦,挥了挥手:"知道了。弄走也好,省得俺听曲儿都不能尽兴。"

慕容璟和睨了眼刚才唱得还没进院都能听清唱曲儿的女人,觉得癞痢头那个"尽兴"含意颇深。不过他倒也不介意,微一点头,便抱着眉林走了出去。

慕容璟和径直将眉林抱回自己的院子,安置在正屋内。看着她沉静苍白的睡脸,他一直虚悬的心终于安定了下来。

眉林失血过多,所以一日内清醒的时间少,沉睡的时间比较多。如今除了想着各种办法给她补血,便只能等待了。

正午的时候,或许是习惯使然,她终于睁开了眼。看到周遭环境似乎不对,鼻中又闻到慕容璟和身上特有的味道,愣了片刻才反应过来。

此时慕容璟和正站在案边看请人绘制的南越地图,听到声响,回头看到面带恍惚盯着他的眉林,不由得大喜。他转身大步走到床边,弯腰将她抱了起来,又摸了摸她的手,发现是暖的,这才放心,笑道:"你睡得可真久,再不醒,连午饭都赶不上了。"他一边说,一边叫人上午膳。

眉林觉得自己好像在梦里一样,这样精神焕发的慕容璟和是她从来不曾见过的,耀眼得令人窒息。好一会儿,在他不解地拧她脸颊时,她才回过神,想要开口说自己想先梳洗一下,忽然想起自己已经发不出声,情绪有一瞬间的低落,但很快就被她抛开,只是对他做了个梳洗的手势。

慕容璟和眸色微黯,然后又笑开,道:"我来帮你。"

他如此说着,当真让人端了热水来,亲自拧了帕子,给她仔细地擦过脸和手,又伺候着她用青盐擦了牙、漱罢口,然后将她抱到椅子上,放到屋内那一面人高的镜子前,开始梳理头发。

"我这里没女人的妆台,只能这样了。"他解释。别看他平日脾气骄横,梳起发来落手却轻,并不轻易弄疼人。

眉林看着镜中两人的身影,又将目光落在他笑吟吟的脸上,也缓缓地绽开了笑容。如果可以开口,她定会说这样比妆台可好了不止十倍百倍。

妆台上的小镜只能照出一人的容颜，哪能像这样将两人的身影全部映进去。她终于知道，他们俩在一起的时候是这个样子。唯一不足的是，她此时又瘦又苍白，丑得厉害，而他又太好看了些。

想到此，她微微垂下了眼，扭转头，将脸埋进他的怀里。看不到却也罢了，看到时发现两人间差距太大，心口也会痛得厉害。

慕容璟和呆了呆，停下梳发的动作，然后伸臂将她环在胸前。虽然她不能说话，但是他仍能感觉到她哀伤的情绪。

片刻后，眉林的唇角不由自主地又扬了起来，然后坐正了身体，示意他继续。

这个男人啊……这个人，原来如果他愿意，是可以这样体贴的。

自将眉林移至中院后，慕容璟和就整日整日地留在屋内陪她，连着十数日不曾出过房间，也不接见任何人，连一日三餐都是由清宴亲自送进去的。

这一日，大雪纷飞，门窗都关得严实了。因为有着地龙，屋内倒是暖如初夏。眉林歪靠在榻上，有一针没一针地绣着香囊。就在这时，外面突然传来一阵喧哗之声，她不由得停了下来，侧耳倾听。

片刻后，清宴匆匆敲门而入，道："牧野将军来了，我在外面挡着，发生什么事你都别出来。"说罢，不待她回应，转身又走了出去，同时将门关了个严实。

"王爷正在午睡，奴才不敢吵扰。牧野将军远道而来，必然也累了，不若先下去喝碗热汤，休息一下。等王爷一醒，奴才立刻回禀。"窗外响起清宴不卑不亢的声音。

眉林爬到榻上，从窗户的缝隙往外看去，隐约可见一抹深红素白的窈窕身影。她又努力看了两眼，却是怎么也看不到脸，只得作罢。她又坐回原位，开始动起针线来。微微竖起的耳朵就听到牧野落梅那久违的声音咄咄逼人地道："现在都什么时候了，他竟还有心午睡。滚开，没用的奴才！本将亲自去叫，看他能将本将如何！"

眉林的唇微微扬起，觉得这事好玩了。这样想着的同时，她暗自运了运体内的真气，发现确实是顺畅的，这才放下心来。至少待会儿真的运气不好撞上，起码她要有能力自保才行。

"王爷身体刚愈，仍有些虚弱，这午睡是神医特别叮咛过的。恕奴才不能从命！"清宴的声音微微带上了些许怒气。他虽自称奴才，但事实上敢这样直呼他的也只有慕容璟和一人，牧野落梅怎么也够不上资格。

牧野落梅脸色一冷，连慕容璟和都要让她三分，如今却被一个低贱的奴才刁难，她怎么能咽得下这口气？当下手中一动，她已将腰间长剑拔了出来，遥指清宴。

她虽站在台阶之下，清宴在上，这剑一出，气势不仅不弱，反而凌厉异常。

"你若不让，本将今日便让你血溅此地。"她冷冷地道，同时扬声冲着屋内道，"慕容璟和，你若再不出来，休怪本将杀了你的宠奴。"

饶是以清宴的沉稳，此时也不由得微微变了色，垂在腿侧的手指在袖内微微地屈了起来，形成一个蛇首之势。

就在形势一触即发的当儿，屋内突然传来慕容璟和懒洋洋的声音："清宴，还不请牧野将军进来。"说着，还打了一个好大的哈欠，"既然牧野将军都不想休息，你又何必强人所难，太不知礼数了。"

清宴绷紧的情绪瞬间放松，又恢复了平日的谦恭，侧立一旁，微微弯腰道："将军请。"他淡淡道，却没为之前的行为道歉。

牧野落梅冷哼一声，回头让两个佩剑的红衣戎装女子站在外面等候，然后带着另一个身着白衣的女子走了进去。那女子容貌姣丽，身披白狐披风，怀抱火红小兽，正是阿玳。

清宴招来侍女为两人接过披风，抖落头发以及身上的雪，再去准备热汤。

慕容璟和显然是刚起身，一身白色里衣，站在床边连连打着哈欠，眉林正在给他披上外袍。等外面收拾得差不多了，他这才趿拉着双软底鞋走出来。

他虽然哈欠连连，但精神气却着实比以往好太多，两女都不由得眼睛一亮。眉林没出来，又歪回了榻边绣自己的东西。她可不想跟牧野落梅正面相撞，不用猜，吃亏的一准是自己。

"坐呀！"慕容璟和指了指屋内铺着厚垫的椅子，笑道，自己则坐进了主位。

见两女仍然站在那里，他也不以为意，问："不是说现在战事吃紧，牧野将军怎会有空来我这偏远寒冷的荆北？"

"你还好意思说！如果不是你，我又怎会被召回京？你难道不知阵前换将乃是兵家大忌吗？"牧野落梅闻言恨恨地道，显然对此事极为不甘。语罢，见他仍是一副漫不经心的神态，心中火气上涌，一把将身边的阿玳推到他的跟前："圣上让我护送你最宠爱的女人过来。"

阿玳猝不及防，一下子倒在慕容璟和身上，俏脸瞬间通红，小小声叫了声"王爷"，然后想要站起身。但因怀中还抱着那火红的小兽，挣扎了两下都没成功。

慕容璟和轻笑出声，便顺势揽着她，目光却看向牧野落梅："这么点小事何须劳动牧野大将，璟和自派人去接也是行的。"

牧野落梅瞪了他一眼，目光落向内间的眉林身上，冷笑道："你派人去接？我看你现在是乐不思蜀，只怕早把其他人都抛在九霄云外了。"

慕容璟和正在把玩阿玳的头发，循着她的目光一看，发现眉林正低着头专心地做手上的活儿，根本没将外面发生的一切放在心上，心里不由得一阵的不自在。他扶正阿玳，让她站稳了，然后冲着站在外面的清宴道："领阿玳姑娘去后院休息。"

阿玳脸上难掩失落，却不敢说什么，只好屈膝盈盈一礼，便跟着清宴走了。

屋内只剩下三人，牧野落梅回身去关了门，这才指着内屋的眉林压低声音质问慕容璟和："她怎会还活着？"朝中上上下下都知道眉林是慕容玄烈安插的细作，甚至害得荆北王重伤在身，因此当今圣上才会下旨全国通缉。

慕容璟和笑了下，淡淡道："她为什么不能活着？"

牧野落梅皱眉："璟和你胡闹什么？若让圣上知道她好好地待在荆北王府，会给你带来多少麻烦？"她语气虽然严厉，但充满了关切，慕容璟和的神色也不由得温和下来。

"眉林，回你自己的屋。"他对里间的女人道，接下来的话心中隐然不想她听到。

眉林握着香囊的手一紧，针便扎进了肉中，疼得她一哆嗦。心里想着这许久都住在这里，只怕之前的屋子冷得很，不若去老郎中那里混混。如此想着，眉林人已经走到外屋，恭谨地对着两人屈了屈腿，便要往外面走去。

"等一下。"牧野落梅突然喝道，而后一步上前，从她手中抢过那快要完成的玫瑰色香包，上面赫然绣着一个璟字。牧野落梅不由得一声冷笑，将它扔到慕容璟和身上："这是给你绣的呢，真是心灵手巧啊。"

慕容璟和拿起香囊看了看，笑道："真丑。"说着，随手丢进了旁边的炭盆里，转眼燃成了一团明火。他看向一脸呆愣盯着炭盆的眉林，淡淡道："这样的东西我带不出去，以后别再做了。"

这屋里因为有烧地龙，原本是没有炭盆的，因为眉林无聊时想用它烤点东西，才特意让清宴弄了一个来。

香囊被扔进去的第一时间，眉林想到的竟是自己真多事，怎么会想要放一个炭盆在这里呢？而后才将注意力转移到抢自己香囊的人身上。她想，如果眼前的女人不抢，就算他不喜欢，也不会烧掉，她还可以自己留着。

也许在牧野落梅出现的那一刻，眉林心里便开始堵了一口郁气。此时那口气因为这样的念头越发强烈起来，搅腾得人心口疼痛如裂，脑子里一片空白，只想狠狠地发泄出来。

耳边只听到"啪啪"两声，眉林被脸上以及额头的剧痛唤回神志，这才发现自己竟然摔跌在地，脸上似乎有冰凉的液体滑落。

慕容璟和不知何时从椅中站起了身，正挡在牧野落梅身前，满脸怒火地看着自己，眼神冷如寒冰。而透过他的肩，可以看到牧野落梅左脸一片红肿，满眼的不可思议。

可能是她怒急攻心打了牧野落梅，而他又打了她。大约是这样……大约是这样而已。

"滚！不要让本王再看见你！"慕容璟和指着门厉声道，语罢转身不再看她，而是心疼地去检视牧野落梅的脸。

眉林不认为自己在这种情况下还笑得出来，但她确实笑了，甚至还因此而扯疼了嘴角和额头。站起身时，眼前黑了黑，她伸手抓住最近的某样东西，强忍住，等稍稍缓过劲，才慢慢地往外走去。耳中传来那对别的女人的温柔抚慰声，奇怪的是，她心里并没有觉得很难过。只是浑身的力气像是一下子被抽光了似的，软绵绵的，每一步都像踏在棉花上一样。

"清宴，还不快去神医那儿拿点药过来！"慕容璟和大喝的声音从身后遥遥传来，带着说不出的心疼和僵硬，直震得她耳中隆隆作响。没注意一脚踏空，就这样一头栽下。

寒风夹着雪花劈头盖脸地刮来，迷得人双眼模糊一片，什么都看不清。眉林的手下意识地在空中抓了两把，直到使劲睁大的眼睛映入一片雪白的时候，才知道自己的挣扎太过无谓，于是闭上眼，由着意识陷入一团黑暗。

头一阵一阵地抽疼，让人在睡梦里也无法安稳。有光映在眼皮上，昏黄昏黄的，时明时暗。耳旁有人在说话，却听不分明。直到有什么冰凉的液体落在脸上，在滑过额角时引起一阵剧烈的刺痛。眉林全身不由得一颤，倏然睁开眼。

出乎意料的是，映入眼帘的竟然是清宴那张木无表情的脸。看到她醒过来，他怔了下，而后有些尴尬地瞟了眼手中拿着的瓷瓶。方才因为失手，多倒了些药液在她脸上。那药对破皮的地方效果有多强烈，他是知道的。

但尴尬也不过一瞬间的事，很快他又恢复了清冷的模样，低声道："你就住在神医这儿，好了也别到处走动。"按理，他叮咛过便该离开，却迟疑了下，又说道，"咱们做人奴才的，无非一个忍字，你今日却是冲动了。若非王爷……"说到这儿，他倏然停下，就这样转身走了。

眉林的目光跟随着他略显清瘦的背影，直到他走出房门，才缓缓地收回，落向高高的旧漆斑驳的房梁。瘌痢头郎中大约还在外面烤火咬烟杆，如同他惯常的那样。

回想清宴的话，她不由得扯了扯唇角。她知道他这是在提醒她，她和他一样只是奴才，就算慕容璟和再看重他们，也还是个奴才。所以，他们可以受，却不可以求。

她也知道，今日若不是慕容璟和那一巴掌，指着她的也许便是牧野落梅的剑了，甚或是更严重的惩治。

只是，他眼中射出的冷寒，却是比剑还利，冻得她再也回不过暖。终究他还是怨她伤了他放在心尖子上的人吧。她是不是还要感谢他在那样的盛怒下还想着护自己一下呢？

抬起手覆住眼睛，她深深地喘息了两口，然后蓦然坐起身。大约是起得太急，体内气血尚亏，令她眼前一黑，差点没再次跌回去。

抓紧盖在身上的被子，她稳了稳身形，然后掀被下榻。

"咱们走。"纤细的指尖蘸着温热的水，在桌面上写下这三个字。

瘌痢头含着烟杆子僵住，作势探身往紧闭的门方向看了眼，才含糊地道："你被打傻了？"她竟然会想在这样的天气，这样的时候离开王府。

眉林摇头，眸色清明而坚定。她若不走，牧野落梅必然不会放过她。而他，在他全身经脉裂断的时候，她可以想想一辈子，但是如今，却是再也不会去想。当看到他连眼睛也不眨一下地便将她用心缝出来的香囊扔进火中，她便清楚地意识到了这一点。她其实不善女红，做香囊是第一次，还是因为无聊，做出来的自然好看不到哪里去，其实也没打算拿给他，不过是自己留着把玩罢了。现在倒好，断了念想。

这样的东西我带不出去……

他是这样说的。其实又何尝只是指那个香囊，自然还有她。

她只是一个暗厂的死士，一个在他王府中没名没分的侍寝，一个被通缉的细作。这样的她，是永远也无法光明正大地站在他身边的。以前她虽然也隐隐有所明白，只是喜欢了也没办法，但当听他亲口说出，痛彻心扉的同时才知道自己心底深处多少还是有着些许不切实际的奢望的。

若到了这个时候，她还傻呆呆地留在这里供他利用，看他与别的女人卿卿我我，她就真是个不折不扣的圣人。

瘌痢头见她这样，不由得脱下皮帽抓了抓头皮，颇为无奈："要走也行，得等明儿白天，俺这把老骨头可不抗寒。"

眉林想想也是，这下着大雪，深更半夜地出去，非得害死人不可。牧野落梅来此，慕容璟和必然会有一段时间顾及不到自己，再想想之前他说的那句别让他再看见她的话，也许小心着点，离开荆北并不是一件多困难的事。

如此一想，失落的同时，心宽了几分。她点头应允，正想回去继续休息，却被痫痢头叫住。

"粥还热着，吃点再睡。"他用烟杆点了点放在炭盆旁边的食盒，道，"你这身板儿，能顶得住风雪吗？"

那食盒是瓷制的，有一个夹层，夹层中放着烧红的炭块。另有两层，一层粥，一层小菜，揭开后还冒着热气。

眉林也不矫情，问过郎中不吃后，便拿起筷子开动起来。心情无论多坏，她都能吃下东西，这是以往的生存环境造就的。对他们来说，哪怕是少了一个干硬的馒头，都有可能付出生命代价。

"唉，俺原本还想在这里多享受享受哩！王府啊，俺们乡下人想都不敢想的地方，这回倒让俺给住了。"痫痢头往后靠向椅背，眯缝着眼睛看着烧得红彤彤的炭火，身体带着椅子前后摇晃着，发出"吱嘎吱嘎"的声音，衬着他饱含不舍和遗憾的话语，分外扰人。

眉林看了他一眼，咽下小菜，用筷子头蘸着水在桌上写道：这里不能晒太阳。

痫痢头不言语了，眼缝中射出精亮的光芒。怎么说，还是自己的家好啊。

第十七章 归人

次日一早，瘌痢头借口自己这里缺了几味药，要亲自去药铺挑选。侍者通禀了清宴，清宴看这大雪一时半会儿是停不住的，也没往其他方面想，还着人安排了马车送他去。

瘌痢头郎中离开后没多久，眉林裹上一袭棉裘、戴着斗笠蓑衣正大光明地从侧门走了出去。这一段日子下来，就算再没眼的也知道慕容璟和待她不一样，也没听说要限制她的行动，自然一路通行，毫无阻碍。

一出王府，眉林直奔车马行。在这样的大雪天车马行没人愿意跑车，她只能直接买下一马一车，自己来赶。离开前，让老板给马膝、马蹄、马腹等部位都裹上了厚棉，以防冻伤。她又带上了草料和炭炉、炭块等物，到附近食店买了一包卤肉馒头，便往城中最大的药铺而去。

眉林花费的这些银钱都是当时卖猎物所得，在王府这一两个月每天吃吃睡睡，要不就昏昏沉沉，竟是没捞到一分好处。如今想想真是后悔，怎么就没想到索要点金银之物呢？

风雪极大，路上偶有行人也是靠着街边檐下行走，一抬眼，满天满目的雪白，唯有灰乎乎的建筑是这天地间唯一的反色。

早在车马行时眉林就问清了路线，一路疾驰，很快便看到一辆低调实用的两驾马车停在路边。驭者笼着双手靠着车辕，不时地跺跺脚。往前几步，便看到仁惠药铺的牌匾。她缓缓地放慢马速，越过药铺门前，在另一边停下。她跳下马车，微低了头，径直掀开厚门帘走了进去。

片刻后，她穿着雪青色棉袄，拎着两包药走了出来，钻进车厢。瘌痢头则穿上她带出来的斗笠蓑衣随后而出，歪坐上车辕，一甩马鞭，当起了驭者。

原来那车夫因为身份的关系，并没见过眉林，所以才有了两人这招偷梁换柱。直等了两个多时辰，车夫才察觉不对，那时两人已经出了荆北城门，疾驰在通往南方的官道上。离开之前，瘌痢头在屋内留了一封信，表示自己想念家乡，此间事已了，所以告辞云云，以表明自己走得正大光明。

眉林将炭炉烧得旺旺的，马车虽然有些漏风，车内还算暖。一出城门，便把瘌痢头换了进来，自己穿着蓑笠在外面赶车。若非是想着答应过他以后都要给他养玉，还想让他给自己去掉体内的毒，她只怕已经独自走了。

因着上次的养玉，她特别注意内力进入脉玉后的流转方式和线路，慢慢地便学会了控制体内那暴涨的内力的方法。目前虽然还不能达到如臂使指的程度，但至少不用再担心被它反噬。因此，目前她最大的心愿就是将那束缚她的毒素清除。

车厢内传来瘌痢头打呼噜的声音，显然是早上起得早，这会儿旅途无聊，眉林又不能和他聊天，索性补起眠来。

眉林原本还有些不安，此时便全部消散了。微微一笑，马鞭在空中一甩，发出响亮的"啪嗒"声，虽然没抽到马身上，但仍让它跑得更快了些。

最开始她还是沿着官道走，行出二十来里后，遇到岔道，便转了进去。

逃离之初的紧张消失后，加上在风雪中一泡，眉林的头脑顿时清醒起来。这几个月以来，在无意中，她知道了慕容璟和太多不为人知的一面。不说其他，前些日子他借口与自己关在屋内恩爱缠绵、足不出门，实际却是暗中离开了荆北，直到牧野落梅准备破门而入的时候才险险赶回来。仅是这件事，已足够她死上十次百次。虽然他说别再让他见到她，但他又怎容她活着离开？

她越想越心寒，下意识地开始防备起来，不敢再走官道，只往山里荒僻处行去。就算绕上几百里远道，也比毫无掩蔽地跑官道好。

正午的时候，两人在一个不算小的村落里歇脚，喂了马儿，又买了些吃食和保暖之物，问清了路途，继续赶路。晚上是在一处小镇歇脚。如此东转西拐地胡乱行了两日，竟是没人追上，两人这才算真正松了口气，行速放缓下来，开始循着路线往中州那边而去。

癞痢头郎中每日坐在车内，还算暖和，只是终究年纪大了，不太吃得消这种奔波。但他并没像以往那样抱怨，只是偶尔会因风夹着雪灌进车厢而唠叨几句，眉林也不以为意。

这一日下午，突然刮起暴风雪，眉林不得不就近找了一个村子落脚。意外的是那个村子虽然小，却有一家客栈。后来她才知道这里竟是北边各城抄捷径去南边叶城的必经之地，没想到被他们误打误撞赶上了。

这大雪的天，路上没有行人，客栈的门敲了好久才有人磨磨叽叽地来开。

那人像个乡下汉子，又像个店小二，但也说不准就是掌柜的。他一边拢着衣襟透风之处，一边眯眼漫不经心地打量门外站着的两人，在看到癞痢头从王府里穿出来的衣服以及身后的马车之后，眼睛立即瞪大，射出精亮的光来。

"哟，两位客官，快进来，快进来……"他一边说着一边冲身后喊，"七子，去给客官们把马车卸了，马拉到后面，好好地照料着。"说这话时他特意放慢了速度，见两人不反对，便知他们是打算歇在这里了，顿时更殷勤了。

"这大雪的天赶路，可辛苦得紧。"他随口寒暄着，目光则落在门边正解下斗笠蓑衣掸身上雪片的眉林身上，看她眉眼秀丽，不由得又多看了两眼。转头去招呼癞痢头时满脸收不住的笑容。

癞痢头还是那副懒洋洋的样子，大马金刀地往炉子边一坐，抽出烟杆："谁让俺们爷儿俩命苦，这紧赶慢赶地不就是想在年前赶回家嘛。"他在车内睡得虽然多，但总是颠簸的，不仅睡不踏实，反而累得慌。此时一边回应那汉子，一边打哈欠打得眼泪都出来了："店家，给两间上房。"

"嗯，好嘞！客官先在这里烤火歇着，想吃什么尽管吩咐。"店家喜滋滋地嘱咐了两句，便转身进了后堂。

眉林坐过来，看着那人兴奋的背影，有些莫名其妙。

晚上吃的是酸菜猪肉炖粉条，就这么一砂锅放在炉子上，煮得汩汩地直翻腾。再加上几两烧刀子、几个馒头，吃得人头脚发汗，浑身暖洋洋的，舒坦至极。吃罢，睡意上卷，两人各自回了房，连脸脚都没来得及洗就倒在了炕上。房中的炕烧得很烫，一睡上去，立时呼呼地打起大鼾。

没过多久，房门响起轻叩的声音。

"客官，客官，给您送热水来了。"店家憋着嗓子的喊声在外面响起。炕上的人仍然不知，翻了个身，好眠正酣。

下一刻，一样东西从门缝中探进来，反射着窗缝中漏进来的雪光，在光芒流转中拨开了门闩。门被推开，门闩掉落前被伸进的一只手飞快地接住。

"当家的，你说过只要财不取命的啊。"一个压低的声音道，语气里充满了不安。

"啰唆啥，谁要取命，老子这是给小七子你弄一房媳妇儿。"店家不悦地骂道，同一时间油灯的光线流泻进来。

店家手拿长刀走进来，他挺直了背，立时魁梧了不少，也凶恶了几分。跟在他身后拿着油灯的是一个十五六岁的小子，瘦小的身形磨蹭着，似乎并不想进来。

店家不去翻摆在桌上的包袱，而是径直往火炕走去，显然上面睡着的人比那包袱对他有吸引力得多。正当他低头去掀棉被时，那棉被却突然先一步翻了过来，一下子将他兜头兜脑地罩住。只觉腰间一麻，他人便再动弹不得。

反倒是那端着油灯的少年反应奇快，一察觉不对，油灯便砸了过去，同时腰身一扭，脚尖蹬在刚刚合好的门上，人如箭矢一样射向床上跃起的人。

油灯划过半空，在落到眉林身上前被她拍飞，但也同时照亮了她的脸。那少年"咦"的一声，身在半空，突然刹住冲势，一个翻跃落在地上。

油灯摔在地上，"噗"的一下熄灭。

眉林已有心理准备，却没料到那人会半途停下，正欲先发制人的时候，耳中突然听到一个不可置信却又满含惊喜的喊声："阿姐？"

她心中打了个突，这声音、这称呼，只有越秦那个傻小子，莫不是……

还没等她确定，"噗"的一声，屋中又亮了起来，却是那少年吹燃了怀里的火折子。火光映照出的，正是越秦那张俊秀的脸。

"阿姐阿姐，是我啊。"少年蹦过去，手舞足蹈的，不知要如何表达出自己的欢喜。那火折子也随着他的举动而在空中划来划去，时明时暗。

眉林失笑，下地捡起油灯。越秦显然也察觉到自己高兴得忘了形，不好意思地挠了挠头，走过去点燃了油灯。

正在这时，门"吱"的一声被推开，老郎中那颗癞痢头探了进来。

在看到那店家的眼神时，两人就察觉到了不对。郎中是什么人，那点蒙汗药怎么可能瞒过他的眼睛？眉林更不惧了。因此一餐饭吃得倒也尽兴，然后该睡的安心地睡，该等着贼人入瓮的也是躺在暖暖的被窝里等。幸好他们来得快，不然眉林不保证自己能一直清醒。只是她怎么也没想到，越秦竟然在这里，还成了贼匪。

现在她才反应过来，那店家喊的不是"七子"，而是"秦子"。

不打不相识，四人围坐在烧得旺旺的炉子边一起唠闲嗑。

癞痢头憋了好几天，此时有人说话，立时精神振奋，也不困了，扯着店家就是一通海侃。大到荆北王府，小到家里养的鸡，没一样漏掉的。

那店家叫郑三。郑三对这两人心生畏惧，心下虽厌烦，但也不敢不听，只能"嗯嗯啊啊"地应和着，目光却总是忍不住往正在听越秦说话的眉林那里瞟。他暗忖这样好看的小娘子却是个哑子，可惜了。不过回神又想起她的手段，那刚才生起的色心顿时蔫了下去。

越秦在发现眉林不能说话之时，着实沮丧难过了很久，反倒是眉林去安抚他。虽然后来脸上又露出了笑，眼睛里却仍然难掩悲伤。

"阿姐，我听你话去离昭京最近的泸城里等你。"他说着，起身拎起在炉子上烧得滚烫的茶壶给几人倒了水，才又坐下，"我在那里的一家酒楼找了个杂役的活儿，天天都在盼着你来找我。"

眉林脸微热，心生愧疚的同时又有些感动。她想，她永远也无法告诉这个单纯的少年，她其实从来没打算过去找他。无论她的理由是什么，都不足以面对这样的诚挚。

越秦确实是在泸城里老老实实地等着眉林，直到那张有着她画像的通缉布告贴满全城大大小小的人群汇聚地。那个时候他慌了，开始四处打探她的消息。在得知她被抓住送往荆北后，他立即离开了泸城，准备去荆北想办法救她。

然而当他到了荆北后，却再探不到她的一丝消息。连她是在荆北大牢里还是在王府都不得而知，更不用说靠一己之力救人了。正当他彷徨无计的时候，正遇上到荆北城里来置办货物的郑三和他的兄弟。郑三遭遇妙手空空，他动作敏捷，帮着追了回来，于是两人就认识了。跟他们回去后才知道原来他们是一群山匪。他们答应帮他救她，所以他便加入了他们。

听完越秦的叙述，眉林不由得敲了下他的头，满眼的不赞同。慕容璟和是什么人，岂是他们几个山贼土匪能对付的？

越秦被敲不仅不恼，反而高兴起来，笑嘻嘻地拉着眉林的手，本想要说幸好她没事，却蓦地想起她哑了的事，脸又垮了下来。

"阿姐……"他红了眼圈，想要宽慰宽慰她，话还没说出，自己反而更难受起来。

郑三在一旁看到他竟然敢拉眉林的手，眼红得不行，正想酸溜溜地调侃几句，门外突然响起马蹄之声。他心中正奇怪，就见眉林俏脸微变，人已经站了起来。

癞痢头长叹一声，往后靠进椅子，含着烟杆不再唠叨。

越秦不解，正欲开口询问，就听"砰"的一声，大门生生被人击成碎片。

风雪毫无遮挡地从门洞里灌进来，刮得人睁不开眼。穿着黑色貂皮大氅、浑身披雪的慕容璟和冷着脸，如同煞神般缓步走了进来。

原来那日慕容璟和接到眉林和癞痢头郎中离开荆北的消息时，牧野落梅正在试图跟他沟通率军抗敌的事："别说圣上对你如此恩宠，你却不思回报，便是身为大炎男儿，在强敌入侵的时候，你竟龟缩于这荆北之地，又有何面目面对天下百姓？"无论她如何好言劝说，分析厉害，慕容璟和都是一副漫不经心的样儿，甚至还去拨弄那烤在火盆边上的白薯，牧野落梅终于怒了，开始厉声指责。

慕容璟和手中的火筷子一不小心捅破了白薯外面的那层皮，惹人垂涎的香味立即弥漫开来。他耸了耸鼻子，突然想起自己到现在都还没尝到过眉林烤的白薯，野薯、山药什么的倒是吃腻味了。

"慕容璟和……"牧野落梅原本站在窗边赏梅，见状怒火翻涌，正要大步走过去掀了火盆，好让他的注意力完全集中在自己身上。

"跟我成亲。"

短短四个字，让她一下子僵在原地。

"跟我成亲。婚礼一完成，我立即前往昭京请旨出征。"慕容璟和缓缓地抬起头，平静地道，黑眸中却隐约流露出一丝紧张。他虽然胜券在握，但对牧野落梅的执着已成了一种习惯，她的答案对他来说仍然很重要。

牧野落梅回过神，娇颜微红，却又有些不可思议："你疯了，现在是什么时候？"

慕容璟和对她的反应并不意外，却又不由得失望，笑了下，目光落向门外纷飞的雪片。

"十年前，你说胡虏不退，何以安家。我便容了你五年。然而到了边境太平、四邻来朝之后，你反倒对我若即若离起来。我慕容璟和虽然不才，但对你的一番心意天地可鉴。今次我便要你一个明确的答复，否则一切休谈。"说到最后，他的声音已经严厉至极。

牧野落梅原本还因为他的一番倾诉衷肠而心生愧疚，态度渐渐软了，眼中甚至流露出温柔的神色，却在听到最后一句带着明显威胁意味的话时，脸色微变，冷笑道："你难道就不想想你封王后这五年是怎么过的？对一个四处拈花惹草、日日沉迷酒色的男人，凭什么要我牧野落梅委身相嫁？你若是个顶天立地的男儿，何不驱了外敌之后再来与我谈这事？"

驱了外敌……慕容璟和自嘲地一笑，真到那时，只怕是狡兔死走狗烹的结局了。他们两人若错过这次机会，以后只怕永远也不可能走到一起了。

"你若不同意，回京或去南疆，都请随意吧。"他将那烤得差不多的白薯夹到一旁冷却，拍了拍手，还想说点什么，眼角余光突然瞟到清宴站在外面闪闪躲躲、欲进不敢进的身影，眉头一皱，"什么事？"

清宴见他终于注意到了自己，不由得大松口气，微微地弯着腰走了进来，将癞痢头留在房中的信双手呈上。

慕容璟和狐疑地瞟了眼他显得有些紧张的神色，从中扯出内页，发现是一张浅黄色用来写药方的纸，上面不过是几个简单的字。

不过是那个郎中走了而已，走了也好，他看那颗癞痢头不爽很久了。慕容璟和暗道，正想说清宴太过小题大做，突然想起一事，脸色不由得一沉："她呢？"那个女人跟癞痢头住在一起，癞痢头挑这个时候走……越想越觉得不妙，他霍地站起身。

"回爷……"清宴悄悄抹了把冷汗，目不斜视地盯着自己的脚尖，显示出一个内侍特有的镇定，"没看见眉林姑娘人。"

"什么叫没看见人？"慕容璟和大怒，一把将信封和信纸揉成一团，砸进炭火中。那炭火便如他现在的脾气一样，倏地燃得又明又旺。

清宴低垂的脸上不见一点表情，心里却想着：姑娘你这是自寻死路呢。

"立即下令，全城封禁，只准入不准出！"慕容璟和咬牙道，"再派人给本王一家一家地搜，我就不信她能逃到天上去。"

清宴应了，正要转身而出，又被慕容璟和喊住："给本王备马，让虎翼十七骑在门口候着。"说罢，就要往外而去。

"慕容璟和，发生什么事了？你要去哪里？"牧野落梅没想到两人正谈得好好的，他竟然因为一封信要离开，不由得快走几步，一把抓住他，关心地问。

清宴见机，忙进内间去取大氅。

似乎此时才想起屋里还有另外一个人，慕容璟和压住自己胸口无法言喻的愤怒和恐慌，努力保持着冷静，扭头生硬地道："我再问你一遍，嫁还是不嫁？"

牧野落梅是傲气之人，并不想因受胁迫而草草了结婚姻大事，但她对慕容璟和还是有情的，否则也不会这么多年都没与旁人有过牵扯，加上感动于他的一番情意，当下也没直接拒绝，只是稍稍放软了语气道："这事等你冷静下来咱们再谈好吗？"

慕容璟和闻言心灰意懒，加上记挂着眉林之事，不再与她相缠，冷笑道："婚礼已筹备得差不多。你若不嫁，自有那心甘情愿嫁本王之人。"

牧野落梅本就是个软硬不吃的女子，闻言色变，倏然收回手，回以冷笑，讥道："那你便去找那愿意嫁你的女人吧。"

"正有此意。"慕容璟和深深地看了她一眼，眸色如被冰冻住般，蓦然掉头迈出门槛，大步走进风雪当中。

那个女人竟然再次丢下他，她竟然敢！她真以为他治不了她？她以为他还能允许这世上出现第二个牧野落梅？气怒攻心的慕容璟和那一刻并没察觉，他竟然已将眉林放到了与牧野落梅相较的位置上。

一直躲在旁边当隐形人的清宴慌忙追上，一边给他披上大氅，一边唤来人安排下去慕容璟和开始吩咐的事。

牧野落梅站在原地，看着他们的背影渐渐被纷飞的雪片湮没，不由得捏紧了手，美眸黯淡下来。她并不相信他会真去娶别的女人，不过是想气她罢了。但用这样的手段，也未免太幼稚了些。他总是这样，行事轻浮得让人无法安心托付。

她足足等了五年，若不是要嫁他，又去嫁谁？只是……只不过是希望他争气点而已，难道这也有错？

慕容璟和冷沉着眼，留下清宴在王府处理一切事务，自己则率虎翼十七骑自南城门而出，顺着官道急追。

一通疾驰后，冷风寒雪让他沸腾的情绪慢慢地平静下来，理智回笼。他一边策马不停，一边在脑子里将这荆北的地形、周边错综复杂的大小道路、通关要塞完完整整地过了一遍。

封王之后他虽被软禁在京城，但是差人每隔一段时间便向他汇报这边的情况。荆北一带的地图已被他的手掌反复摩挲得连字迹都模糊了。

最终，他将目光定在叶城。瘌痢头在信中说回家，他记得自己的手下是在安阳抓到他们的，那么他们一定会南下。

北往南，无论是走官道还是捷径，都必须通过叶城。叶城地形特殊，两边是耸峙入云的山峰，如同一道天然屏障将南北隔开，想要绕开，在这风雪之天是不可能的。与其跟那个精擅反追踪的女人在路上耗时间，不若快一步到叶城守株待兔。只要他们急着在这几天时间内离开荆北，就不愁他们不送上门来。若是想要在乡野多盘桓盘桓……这荆北是他的地盘，还怕她飞上天？

快马加鞭赶了一日半的时间，叶城赫然在望，沿路并没看到两人的影子。由此可知，他们并没走官道。

慕容璟和以荆北王的身份堂而皇之地入主叶城都统府衙，下令全城戒严，严查来往客旅。在离开荆北的第三日正午，正在叶城都统府上暖枕高卧等待鱼儿入网的他收到清宴传来的消息。

那消息不过是一张画了一半的线路图。

他一看之下，不由得露出似笑非笑的表情。当即起身，留下两骑在叶城继续等待，自己则率领剩下的十五骑前往离叶城半日马程的贼窝子。

那贼窝子原本是一个普通的村子，但因为所处位置特殊，被一群山贼惦记上，最后占为了贼窝，专门打劫那些贪图近路的行人。他一直是知道的，却没让替他管理荆北的幕僚剿除。在他连自由都没有的时候，封地表现得过于太平繁荣总不是件好事。

清宴自他走后也没闲着，一边封禁全城，一边派出人手追查眉林两人的踪迹，还要安抚脾气越来越坏的牧野落梅。任他有三头六臂，也不免有些手忙脚乱。何况如今时局不稳，慕容璟和能越快赶回越好。因此他也不敢再留有余力。

将每日收到的追踪线索一点一点绘制成图，第二日傍晚，在看清那路线所指方向后，清宴不由得叹了口气，却不敢耽误，马上派人送往叶城。不得不说，清宴能成为慕容璟和的心腹实非侥幸，至少在对他的心思揣摩和行事作风的了解上是无人可及的。

那条线路图虽然一开始东绕西拐，有的时候甚至还绕了回去，让人看不出真正的目的地所在，但在第二天傍晚时，所有线索指向一处，就是那老窝子村。

因此，眉林不知道在他们还没抵达那村子的时候，已经被人预料到了。而当他们入村之后，正全心应付那家黑店时，慕容璟和也正率领手下顶着暴风雪闯入村子，悄无声息地将全村贼匪控制住。

"住店。"慕容璟和踏入畅通无阻的店门，无视几张神色各异的脸，掸了掸身上的雪，沉声道。

明明所有人都能看出他沸腾的怒火，他却除了一开始击碎门，再没有其他表示。

郑三惊疑不定地打量着他，一时也拿不定主意要怎么应付。不过没等他犹豫太久，慕容璟和已经走了过来，一边解开大氅的系带，一边瞭了他一眼。他不由得一哆嗦，忙站起身让出位置。同时起身的还有越秦，唯有癞痢头仍坐在椅中吧嗒烟杆。

"客……客官，一……一人吗？"

慕容璟和谁也没看，只是环视了下不宽敞但也不算太窄的客店，然后对着门外道："都进来吧。"说话间他已扯下大氅。

心慌意乱的眉林下意识地伸手去接，却被他避开了，然后扔给旁边面露惊喜的越秦。同一时间，大门口陆陆续续走进十多个同样披着黑色貂皮大氅的精壮大汉，他们身上的雪已经在门口掸干净了，进屋之后只是冲着慕容璟和弯身行了礼。虽然人多，却只有衣裳摩擦之声。

郑三被这场景震得有些晕头转向，仍傻傻地站在原地。

慕容璟和已经坐了下来，见他仍没动，不悦地皱眉："给我这些兄弟把炉子烧上，有什么吃的尽管拿出来。"说到这儿，他看了一眼仍在呼呼往大堂里猛灌的风雪，突然有些后悔自己开始的莽撞，于是又道，"去弄块板子把门给封了。"

"哦哦，是，是！"郑三回过神，一扯越秦，"秦子，快来帮忙。"

越秦正为再次看到慕容璟和而惊喜交加呢，虽然因为场合的原因没敢如对眉林那样对慕容璟和亲热，一双清亮的眸子却灼热地盯着慕容璟和，欲言又止。被郑三扯着走了几步，他才回过神，正想答应，却见慕容璟和突然侧过头来："越秦留下。"

他此话一出，那些脱了大氅后显出一身青色锦衣蟠着金线展翼银虎的大汉中立即有两人起身，去给郑三做帮手。郑三胆战心惊之余，又忍不住用好奇羡慕的目光直往两人身上瞟。

不再去管他们，慕容璟和将注意力落在越秦身上，示意他坐。

越秦没想到清醒之后的慕容璟和这么威风，忍不住满腔崇拜，笑嘻嘻地看着他，有很多话想问。想问他是怎么知道自己的名字的，想问他是怎么好的，还想问他怎么会来这里，等等。问题太多，他反而不知要从何开口。

"傻小子。"瘌痢头似乎看不过去他那一副傻样，摇了摇头，将烟杆往腰间一插，然后冲慕容璟和一拱手，"王爷慢坐，俺先去睡了。"说罢，不等对方有所反应，双手背在身后，一步三摇地走了。

慕容璟和沉敛了目光，并没去看他，只是淡淡地扫了眼兀自呆站在原地、垂着眼不知在想什么的女人，突然伸手将她扯进自己怀中。在越秦惊愕的目光中，他一边不着痕迹地压制住她的挣扎，一边温和地笑着解释："她是我未过门的妻子。"

一句话，如愿让怀中的女人僵住，也让天真的少年瞪大了黝黑乌亮的眼睛，虽然觉得有些不可思议，但仍替两人感到欢喜不已。

第十八章 别嫁

眉林当然不会把慕容璟和那句话当真,但看到他当着这么多人说出来时,竟然连眼睛都不眨一下,仿佛说的是真的一样,仍不由得心中一跳。不过不管真假,这句话都隐隐透露出一个信息,那就是他现在还无意取她小命。有了这项认知,她松了口气,也不挣扎了,他爱怎么说怎么说去。

然后,她就看着越秦被拐了。其实说拐也不正确,毕竟按越秦那小家伙的心思,就算离开时不叫上他,他也会可怜巴巴地追上来。因此当慕容璟和说出让越秦以后就跟着他的话之后,那小子立即笑得阳光灿烂,让她忐忑不安的心微微定了定。

砂锅端了上来,空气中立即弥漫开大料炖肉的香味。接二连三的,又带着烧得红火的炉子抬了三大锅上来。当慕容璟和拿起筷子先吃了一块肉后,那些大汉便五人一堆围着炉子开动起来。

现蒸馒头、煮饭什么的已经来不及,于是郑三就和了面,把面片下在肉汤中,也算胡乱凑合了一顿。别看慕容璟和平时锦衣玉食的,在吃住上面却没有王族的矫情。草草吃完,将越秦交给虎翼之首怒标照顾,便拉着眉林回她之前住的房间。

眉林的心顿时悬了起来。

果然,房门一关上,慕容璟和的脸立即沉了下来,双眸森寒而又冷漠,还带着一股若有似无的疏离。眉林正犹豫着是该跪下还是该厚着脸皮凑上去讨好，便听他淡淡地道："怎么，是离开暗厂太久，还是本王太宠你，让你连规矩都忘了？"

眉林心中一震，人已顺应本能地跪下，目光落在眼前黑色硬实的泥巴地上，脑袋里一片木然，什么也不能想。

"背叛组织擅自逃离的，该当何罪？"慕容璟和看着僵硬地跪在地上的女人，踱近两步，到了她面前才停下。

之前几天，慕容璟和全部的注意力都在追拿眉林两人上面，心里充满被人突然扔下的愤怒和说不清楚缘由的恐慌委屈，也没多想。在破门而入的那一刻，他的所有情绪如同那暴风雪般达到了顶峰，却又在看到眉林的瞬间，一下子被全部抽空，他突然意识到自己都做了些什么。

他竟在这非常时期，率领在战场上令敌人闻风丧胆的虎翼十七骑亲自来追一个女人。

他竟丢下了牧野落梅。他甚至为她兴师动众，封锁荆北，控制叶城……

他竟乱了方寸。

当慕容璟和清楚地明白了这一点之后，一股巨大的危机感让他习惯性地筑起了心防。理智告诉他，这个女人不对，那个能与他并肩而立的女人不能是她。他认定，自己能将宠爱给她，自然也能收回，那无意踏错的一步必须立即纠正过来。

眉林看着映入眼帘的那双已被雪浸湿的青缎绣暗花软底鞋，一时心绪纷乱，也说不上心中是悲是苦还是欢喜。他已明明白白地强调了两人之间该有正确的位置，可为何在这大雪之时竟穿着在屋内走动的鞋四处追拿她？

就在她准备伸出手去擦那沾了些污泥的鞋尖时，慕容璟和再次出口的话却将她心中刚刚生起的那点希望给生生掐灭："本王不罚你，本王还要娶你。但是你需知道，你乃窑娼之女，便是入了王府也只不过是个妾室，正妃、侧妃之位都与你无关。"

眉林抬起头，这是她第一次听到有人提及她的身世。她不在乎是妾是妃，那有什么相干？但是他说她是窑娼之女，他确实是这样说的。

慕容璟和正垂着眼留意她的反应，于是便与她渴求的眼睛撞在了一起，他的眸子瞬间变得暗沉，正欲思索其中之意，便见她伸手拽住了自己的袍摆。

"我娘在哪儿？"眉林用另一只手的食指尖运劲，在地上画出这几个字。

没想到她关心的是这个。慕容璟和凤眸微眯，胸中气闷，不由得一脚踢开她的握执，转身走向炕。他撩起袍摆坐在炕沿，这才看向已恢复原来姿势仍眼巴巴地看着自己的女人。

"你以什么身份来问本王？"他冷笑。

眉林呆了一呆，强迫自己一字一字回想他讲过的话，忍住那剜心拧肝般的疼痛，一遍又一遍地告诉自己：妾室、妾室。

然后，她缓缓站起了身，低眉敛目地走至炕边，再抬起头时已是笑靥如花。

她给他脱去鞋袜，将那双冰冷的脚放到烧得滚烫的炕上。她爬上炕，为他按揉疲惫的肩颈。她让他靠在自己柔软的胸前，亲昵怜爱地轻吻他的脸、他的唇。她对他做着一个妾室能做的一切，她……她只是想知道自己其实还有亲人。

看着似乎已经睡了过去、俊容柔和的慕容璟和，眉林轻咬住下唇，微微侧开了脸。没料到一只手突然伸过来，堪堪接住那从她下巴上滴落的水珠。她心中一惊，抬袖在脸上一通乱擦，回过脸低头看怀中人时，又是那副巧笑嫣然的温柔。

慕容璟和的眼中阴云翻滚，如同暴风雨即将来临。他缓缓收紧那只被沾湿的手掌，然后闭上眼，胸口剧烈起伏着，像是在强忍濒临爆发的怒气。好一会儿，他终于收回手，却又突然探进她的怀中，然后一个翻身将她压在身下。

"我会让人去查。"他紧盯着她冷静温顺的眼说道，同时，手挑开她的腰带，探入衣下，覆上那能令男人发狂的丰满。

当那双带着薄茧的粗糙大手碰触到光裸的肌肤时，眉林不由自主地绷紧了身体。初夜的疼痛刻骨铭心，之后的数次也谈不上美好，对于此事，她已有了反射性的恐惧。然而慕容璟和却并没做什么，只是贪恋地爱抚了一会儿，感受到那来自她身体的诚实反应，便满意地搂着她睡了。

她当然不知道，慕容璟和其实恨极了她展现出来的虚伪顺服，但是他更不想在这人来人往的野店中留下两人欢爱的痕迹。

即便，他确实很想要她。

一回到荆北王府，清宴立即开始操办婚礼。因为之前就开始准备的，并没有显得慌乱。

这一段时间慕容璟和异常忙碌，也不知道在做什么，连带着越秦也跟着他出出入入，难得见到几面。

眉林还是住在她原来住的那个院子，由棣棠伺候着。瘌痢头郎中并没跟着回来，而是让慕容璟和派人送回了家乡。慕容璟和把那块曾经让役鬼带给清宴的玉送给了他，说，神医以玉治他，他便以玉相报。

瘌痢头郎中走了，他跟眉林非亲非故，没理由为她继续留下。毕竟他并不喜欢荆北，也知道眉林再不可能给他养脉玉，索性便断了念。临走前看了眼眉林，欲言又止，终究什么也没说。

眉林突然就明白过来了，瘌痢头郎中救不了她，否则按他的脾气，断不会刻意保留或者为难人。

看着瘌痢头郎中所乘的马车渐渐消失在纷飞的雪片中，她仿佛正看着自己的性命也在随之渐渐变淡变无。只是这样看着，仿如一个旁观者一样。她想，也许她早就做好了准备。

她想活着，但是她并不惧怕死亡。

慕容璟和掉转马头迎着风雪慢慢地奔跑起来。她坐在他前面，收回心神，然后侧转身将脸埋进他的怀中，他便用大氅将她整个人都包在了胸前。

如果能活到来年春天，那便是极好的了。感受到他身上传过来的暖热，她眸中再次燃起希望，那一刻她觉得自己是幸福的。她想，也许她还能看到那铭刻在记忆深处的荆北二月春花，一大片一大片，红艳艳的……

红艳艳的好像她现在手中拿着的新娘子喜服，这样的颜色原本不该是妾能穿的——这喜服当是给另一个女人准备的。

虽然心中明白，眉林还是让棣棠帮着穿上了那身衣服。再过几个时辰就要拜堂，她还要梳头上妆。也许迎娶一个妾室不是什么大事，不必过于郑重其事，但于她来说，无论是妻是妾，也只有这么一次了。别人不看重，她却不能不在乎。只是可惜，在这人生中最重要的一刻，终究还是没人能够陪着她。

刚刚穿好衣服，门"砰"地被人推开，牧野落梅站在外面，美眸冰寒地看向她，不，应该是看向她身上的嫁衣。在确定当真不是做戏之后，她的脸上渐渐罩上寒霜，手按上腰间佩剑，"唰"抽出小半截，又"啪"一下插进去，转身便走。

"你休想嫁给他！"那断然冷硬的话语如同诅咒一样飘散在漫天风雪中。

眉林垂下眼，坐进妆台前的椅子里，等着人来给她梳发上妆。

她等来了慕容璟和。

慕容璟和仍穿着常服，浑身上下没有一点即将成亲时应有的喜气。眉林静静地看着他挥退棣棠，将来为她梳喜妆的女子撂在走廊上，心无半点波澜。在牧野落梅出现的那一刻，她就知道，这亲大约是成不了的，所以现在……也没什么好意外的。

"我答应了落梅，永不迎你入门。"慕容璟和对她说。

她微低着头，不知道他说这句话时是什么表情，也许有愧疚吧……也许什么也没有。她抬起手去解身上的嫁衣。这嫁衣本来就不是她的，还没穿暖，脱下来也不会舍不得，如同他于她一样。

"不用脱。她不要这件嫁衣了，我会让人给她另外做。"慕容璟和看着她毫不留恋的反应，心中没来由地又冒起一股燥火，但被强压了下去，继续说出亲自来此的意图，"我和她会另外再择婚期，今日……今日我会为你和清宴主婚。"

眉林手一颤，腰上的系结被拉成死结。她霍然抬起头，不敢置信地看向他，她相信是自己听错了。

她本来就没什么血色的脸在喜服的映衬下显得更加苍白，淡青的血脉在下面若隐若现，长发披散在背后，光泽暗淡。

慕容璟和微微移开了眼，竟然有点不敢再去看她。

"清宴他一定会好好待你……"说这句话时，他突然觉得喉头哽塞难言。然而他无法拒绝落梅，无法拒绝一个素来高傲的女子抛却对其来说与性命等同的矜持在他面前低下头，至少不该是为一个……一个不该成为他生命中重要存在的女人来拒绝。

眉林这一次是真正听清楚了，她的脸色苍白得不能再白了，她的手却无法控制地颤抖，颤抖着想抓住点什么，砸向眼前这自以为可以主宰别人一切的男人。然而当她摸到妆台上的粉盒时，却只是紧紧地握住。

然后，她伸出手，将那只空着的手伸到慕容璟和眼皮底下。

"解药。"在他疑惑地看向她的时候，她用唇语无声地说出这两个字。她知道以他的聪明定是能够看得懂的。

她的意思再明显不过，给她根除体内毒素的解药，她就嫁给清宴。

慕容璟和显然没想到她会讨价还价，而不是哭闹着不嫁，又或者缠着他。他的心情一下子复杂到极点，说不清是失落还是阴郁。他顿了顿，忍住渐渐变得暴躁的情绪，努力让自己显出不是那么在意的神情，淡淡道："没有现成的解药，不过我可以让人给你配制。"事实上，这事他早就在实施了，只是在配成之前不愿说出而已。

眉林知道这人虽然混账，但还算是信守承诺的。微微一笑，她继续提出要求。

"从此，我与你再不相干。"削尖的手指点着胭脂，在白色的绢帕上写下这一行字，如同一朵朵红梅在两人眼前绽开。

慕容璟和脸色骤变，狠狠地盯着那几个字，似乎想用目光将之从上面剜下来似的。半晌，他放缓了面上的表情，伸手拿过那帕子，团了一团，扔进火盆中，状似漫不经心地道："如你所愿！"语罢，甩袖而去。

眉林保持着之前的姿势，没有去看他。

棣棠和化喜妆的妇人走进来。

"姑娘，这妆……还要吗？"棣棠犹豫地问。她会武，慕容璟和又没刻意压低声音，自然听清了屋里的话。

眉林点了点头，重新坐好，目光落在妆台上的铜镜里，看着里面那与她对望的苍白女子，看着那苍白被一点点掩去，换上新人的喜艳。

没有有福气的长辈梳头，于是妆妇就直接帮着给她把头梳了，一边梳一边念着祝福的话：

"一梳梳到尾。

"二梳梳到白发齐眉。

"三梳梳到儿孙满地……"

眉林的眼渐渐迷蒙。

他说她是他的，她整个人都是他的。他说除了他，她谁也不能嫁……

唢呐锣鼓声欢快地响着，一粒粒爆竹在脚边炸开，红色的纸皮在硝烟中翻舞。

眉林在喜娘和棣棠的扶持下，缓缓踏着青毡花席步入喜堂，同心结的另一端系在清宴身上。

盖头被人用秤挑起，眉林眼未抬，耳中已听到抽气之声，大抵是众人在惊讶新娘子的美丽。

她容色本不丑陋，此时再经精心修饰，掩去了惨淡的苍白之后，便只剩下醉人桃颜、楚楚柔姿。她懂得如何收敛自己的存在感，自然也明白如何能让自己光彩照人。

今日她大喜，她自然要是那个最美丽的女子。

眉林缓缓扬起长睫，如同普通的新嫁娘一般，乌黑清亮的眸子带着些许的羞怯，最先看向的是与她并排而立准备行礼的新郎。

来参加婚礼的人，必然是冲着那人的面子，此时心里只怕在暗暗嘲笑自己和清宴。她当然不介意这些目光，但是自今日起，她和清宴便是一家人了，又怎轮到这些人来看他的笑话？

果然，她这一眼，不仅是周遭听过婚礼换新郎传言的人心里开始狐疑起来，便是清宴也有些愣神。

清宴穿着新郎的喜服，清秀俊雅，眉眼柔和，一眼看去倒像个翩翩贵公子，哪里是个厉害的皇家内侍？见到她望来的一眼，清宴先是微怔，而后报以暖笑，那笑中隐隐有些悲凉和歉疚。

眉林唇角微扬，回以浅浅动人的笑。然后在司仪的主导下，开始行拜礼。

一拜天地。她看清宾客百相，却无一相是带着善意。

二拜高堂。两人无高堂，只有主人，拜的是慕容璟和。她看清慕容璟和冷硬紧绷的脸，牧野落梅得意轻鄙的眼神，还有越秦不敢置信的惊愕。

夫妻对拜。眼中只剩下清宴那张自始至终都保持着温暖笑意的容颜，美中不足的还是笑容里难以言说的悲凉。当一个躲在门柱后面偷瞧两人行礼的高大身影发足狂奔而去后，那抹悲凉变得更加深浓。

眉林只觉心里一沉，起身时眼前微黑，就在她以为要当众出丑的时候，一只温暖的手扶在了腰上，阻止了她身体的踉跄，却引来一阵起哄的笑声。

那只手代替了同心结，牵住她一开始便冰凉透骨的手，缓缓走向洞房。她看着走在前面瘦削却挺直的背影，一瞬间便释怀了。她命不久长，自然不会耽误对方。

"阿姐！"身后传来越秦微微喘息的呼喊，显然他是想不通，一路追了过来。

眉林回头，嫣然而笑，那笑并不悲伤，也不凄凉。一地白雪映着艳色红妆，如同怒放的红莲，越秦看呆了眼，直到两人在众人的簇拥下走远，才缓缓回过神。

阿姐是心甘情愿的，她……一定会幸福的吧。

他回过头看向那本应是新郎官却莫名成了主婚人的男人，恰巧看到一个茶杯在他掌中化成碎片，茶水掺着红色的血滴顺着指缝淌出，染红了那华美的袍袖，但是那张俊美的脸仍然僵凝着，似乎感觉不到丝毫的痛楚。

越秦挠了挠头，糊涂了。

深夜，喧嚣渐敛。

慕容璟和如同一只困兽般在房内走来走去，脑中不停浮现眉林娇艳的新娘容妆，浮现她看向清宴的那一眼，浮现她最后对越秦的粲然一笑。她的目光自始至终都没在他身上停留过，便是无意撞上，也只是淡淡的，无喜亦无嗔，如同对待其他人一般。然而当她再望向清宴时，却会多出毫不掩饰的温柔。

他从来不知道，当她的目光不再在他身上停留时，他会这样无法忍受。他不知道，是因为在今日之前，她的目光一直是跟随着他的。哪怕是在知道他有意药哑了她，在他为了牧野落梅将她打伤之后，她也不曾将目光从他身上移开。直到……直到今日早上，她说两人再不相干。

再不相干……

一股无法言说的狂躁因为这句话而蠢动起来，带着心脏被挤压般的窒痛，让慕容璟和不由自主地撑住窗边的案桌，另一只手压上心口的位置，微微弯了腰。

"从此，我与你再不相干。"那句话如同咒语一般在耳边反复响起，伴着眉林看向清宴那娇媚羞涩的一眼，直逼得慕容璟和胸口如同要炸裂开来。他倏然将桌案上的东西一下子扫落在地，再抬眼时蓦然看到窗外开得正盛的梅。梅色如烈焰，映着暗夜白雪，原是高雅绝艳，却让他没来由地一阵厌烦，心中那股狂躁因之更加炽烈，于是一掌击出。"咔嚓"连响，一窗好梅竟是萎落雪泥之中。

"怎么，后悔了？"牧野落梅的声音突然在窗外幽幽响起，清冷中隐含着让人难以察觉的失落。

慕容璟和冷立在那里，目光穿过窗子落向另外一个院子，没有应声。

"璟和，你后悔了，是不是？"牧野落梅却失去了镇定，美丽的身影出现在窗口，死死地盯着里面的男人，再一次重复。她不相信他会变心，至少她不相信他真的喜欢上了那个贪生怕死的女人。这五年来，他身边美人不断，出色者比比皆是，也没见他对谁动过真情。他始终在等着她，又怎会在这短短一两个月内就变了心？何况还是为了一个曾经伤害他的细作。

慕容璟和缓缓收回目光，看着眼前这个曾经让他即便是在最恶劣的处境下仍然不弃不舍追逐的女人，看她素来冷傲的脸上不知何时竟染上了淡淡的幽怨，看着那双动人心魄的美眸中闪烁着不安，心里却出奇地平静。

"本王从来不会为做过的事后悔。"他淡淡道，"夜了，你该去休息了。"

说罢，他蓦然转身离开了窗子，顺手拿起件斗篷往门外走去。

"找清宴来，本王要出门。"在踏上阶下又覆上的积雪时，慕容璟和无视仍站在窗边的牧野落梅，对悄无声息跟随在后的护卫道。

那护卫微僵，神色一瞬间变得微妙无比，却不敢多说，只能快速往新人所在的院落奔去。

如果要论最悲惨的新郎，这天下间怕是再没人能比过清宴的了，洞房花烛夜竟还被迫跟着主子在外面奔波。如果真是为了什么正事、急事倒还罢了，偏偏主子只是想上街巡视巡视荆北城的防守以及治安情况，顺便在外面吃早餐。

回到王府已过了卯时，院子里已经有人在活动。慕容璟和叫住想要回房洗漱换衣的清宴，让他就在自己院里解决。事实上，为了方便伺候他，清宴在中院也有歇宿的地方，但成了亲，有了家眷，自然要另辟住所。

清宴哪里会不明白自家王爷在别扭着什么，但他心中也有怨言，因此便故作不知，仍是平时那副面无表情的样子，道："如果一直不回去，阿眉定然会担心。奴才去打声招呼，便回来伺候主子。"说到后面几个字，他刻意加重了语调。暗忖，你再是王爷，也总不能把下属的新婚期给霸占了吧。

阿眉……慕容璟和只觉眉角一跳，心里无端地生起一股闷气，却又发作不得，脸色便有些难看。

清宴低眉敛目，什么也没看到。

慕容璟和不悦地瞪了他半晌，最终妥协地挥了挥手。独自回到屋内，侍女端来热水洗漱的时候，慕容璟和才发现掌心竟然还扎着碎瓷片。他没有让侍女给他处理，自己一块一块将碎片抠了出来，看着鲜血随着瓷片的离开冒了出来，他的脑子里突然浮起身着鲜红嫁衣、笑得俏丽动人的眉林，手心的疼痛变得再也无法忍受。随意拿布裹了裹，他转身走进内室，拿起大炎与周边邻国的地图，捺着性子开始研究起来。

还有月余便要过年，天寒地冻，人心思归，若战况继续拖延下去，大炎危矣！

当清宴换了身平日穿的衣裳回转时，慕容璟和做了一个决定。

"今日入京？那爷和牧野大将的婚事要什么时候办？"清宴惊讶，他以为他家王爷这一番害人的折腾就是为了将牧野落梅娶到手，哪知马上就要达成愿望，爷竟然又要入京请旨出战了。

慕容璟和突然觉得"婚事"这两字刺耳得很，不由得瞪了清宴一眼，没好气地道："她家中双亲皆在京城，自然是回京再办。"

清宴心中狐疑，脸上却不显，只是哦了一声，便告退下去准备。

慕容璟和叫住他，迟疑了下，就在清宴眉梢忍耐不住开始想要往上挑的时候，才一脸若无其事地道："你刚成亲，与……嗯……那个分开太久不好，把她也带上。"他实在无法说出"妻子"这两个字。

清宴恭敬地应了，转身之后，脸上终于忍不住露出无奈的表情，心道：王爷，你怎么能惦记奴才的"妻子"惦记得这么明显呢！

当眉林听到又要入京的时候，心中确实有些不愿。她想看一眼荆北的二月，这次错过了，以后恐怕便没机会了。但是自己和清宴是已经成过亲的，虽然没喝合卺酒也没结发，但名义上确实已经是一家人了，自然是要跟在他身边才对。这些念头她只是在心中转过，没有说出来。清宴跟她一说，她便爽快地开始收拾起来。

说收拾也没什么好收拾的，不过几身衣服而已。就在她拎着包袱与清宴一同跨出才住过一晚的房间时，看到门外站着一个身形高大的男子。

那男子看上去三十出头的样子，貌极丑，但目光纯净，给人憨厚可靠的感觉。眉林眯眼，看他有些闪躲的眼睛，隐隐有熟悉之感。正思索之际，那男子先是恭恭敬敬地给她行了一礼，喊了声"姑娘"。

眉林脑中灵光一闪，眼睛蓦然瞪得溜圆。

役鬼？役鬼！她一把伸出手抓住他，奈何嘴里无法发出声，但眉眼间溢满笑意。她真没想到能在这里见到役鬼，看来这一段时间他过得还不错，人壮实了，背也不驼了，看上去年轻了不少。

役鬼先是被吓得一瑟缩，见她神情极好，也不由得跟着呵呵笑了两声，这才小心翼翼地拿眼去偷觑一旁神色阴沉的清宴。

"你来干什么？"奇怪的是，对人一向面无表情的清宴此时竟是寒着脸，表现得极为不悦。

眉林察觉到两人间流动的异样气氛，再联想到昨日的一幕，微一沉吟，心中已猜出几分。见役鬼挠着头说不出话，忍不住想要帮他，于是使劲把他拽到清宴面前，然后跟清宴比画说想带着他一起上路。

"不行，爷不会答应。"清宴毫不犹豫地摇头，把问题推到慕容璟和身上。

役鬼的神色黯淡下来。清宴冷着脸转身，不去看他。

眉林才不会相信清宴的推托之辞，她也并不是爱管闲事的人，但是如今清宴于她来说终究与旁人不一样。明明能得到幸福，为什么非要为了不相干的人舍弃？

她伸出手去拉清宴，清宴回过头，对上两张可怜巴巴地看着他的脸，突然觉得有些头痛。

"行了，快点去收拾，赶不上可别怪我。"他郁闷地道。看役鬼欢天喜地地去了，他不由得叹了口气，"阿眉，你……"他明白她的心意，只是很多事不是想的那么简单。

眉林偏头看着他，脸上露出无辜的笑。

清宴被她这一笑笑得心中"咯噔"一下，隐然有被人看穿的狼狈感。也许其实不是很多事不那么简单，只是他……还有王爷活得太复杂了，于是便让那些明明活得很简单的人跟着他们受折磨。

他一直知道眼前这个女子很聪明，知道什么时候该收敛自己的光芒，什么时候又该阿谀谄媚，不会不及，也不会太过。他一直以为她也是如同他们一样，每行一步都会将得失衡量得清清楚楚。直到昨日婚礼上，在她看向他的时候，他才霍然明白，她其实很简单。

她只是比任何人都明确地知道自己能拥有什么，然后加倍珍惜而已。

"走吧。别让爷等。"他微笑，就着她拉住自己的手牵着往外走去。

从此以后，他会尽量不让她再受委屈。

第十九章 离涂滩

赶路并不轻松，早起夜宿，冒雪而行，但谁也没抱怨。一直到过了叶城，再往南行了一日，天气才渐渐和暖，河道畅通。为了节省时间和体力，众人改行水路。在源坊码头包了一艘船，径直驶往昭京。从源坊到京城，行船顺利的话，只需要三日的工夫，比陆路快了数日，只是中间有一段险途常常出事，因此一般没有急事，很少有人愿意坐船。

此次入京，慕容璟和只带了清宴和越秦随行，牧野落梅仍带着她那两个女侍卫，眉林和役鬼跟在其中便显得有些突兀。慕容璟和看到役鬼时还有些意外，问了一句他去能做什么。清宴只是低眉不语，役鬼只能自己抓着脑袋讷讷地说自己能赶尸，也懂解一些巫毒之术，于是慕容璟和便不再多说了。至于眉林，他倒是从头至尾都没看过一眼，仿佛她真与他无关似的。

虎翼十七骑并没跟随，他们已早一步离开了荆北，除了慕容璟和外无人能知其去向。

因急于赶路，骑马途中极少有人交谈，因此倒也相安无事。上船后，眉林便整日待在舱房中，极少出去，因此与慕容璟和及牧野落梅碰头的机会几乎没有。船上房间不少，除了牧野落梅的两个侍女以及越秦、役鬼两人共用一房，其他四人都是一人一间。眉林和清宴自成亲以来，竟是一日也不曾同房，但闲时清宴和越秦也会到她的房间坐坐，跟她说说话。

越秦对于眉林嫁给清宴的事还是有些想不明白，因此一找到机会便问了出来。

眉林喜欢越秦，虽然无意瞒他，但这事也不知要怎么说，他显然是打算一直要跟着慕容璟和的，自然不能让他由此对那人心生不满。她想了想，蘸水写道：清宴很好。

越秦盯那字发了很久的呆，脑子里浮起那日慕容璟和捏碎茶杯的情景，嘴里便不由自主地喃喃了出来："可是……爷他很喜欢你啊！"

眉林僵住，微别开头。

窗外崖壁如削，雾霭浮动，猿啼如伤。

越秦怔怔地看着她的眉角，突然没来由地一阵难过，正想开口说点什么，便见她已回过脸来，唇角噙笑。

"他是主，我是奴。"她写道，然后在越秦不解的目光中又补充了句，"此话以后休要再说。"

越秦直到离开都还是晕晕乎乎的，他生性单纯，哪里能想到这里面有那么多弯弯绕绕。直到看到在甲板上神态亲密赏景的慕容璟和跟牧野落梅两人，便似醍醐灌顶一般，整个人瞬间通透了。

大约是被俘虏过，又被当成猎物戏耍过，他对牧野落梅始终无法生起好感。此时因着眉林的关系，心中更是讨厌得很，当下头脑一热，便磨蹭着走了过去。

慕容璟和倒真是喜欢他，见到他，便招手让他过去："秦子，你也来看看我们大炎的江山，与你那南越相比如何？"

越秦先规规矩矩地向两人行了礼，才漫不经心地扫了眼两岸险峰，恭敬地回道："回爷，小的看这山这水都是一样的，分别不出来。"

"哦？"慕容璟和不由得露出颇有兴味的神色，笑道，"既然是一样的，那又为何要分你南越我大炎，不如合为一家可好？"

闻言，牧野落梅心中一惊，看过去时却见他眼中满是戏谑，一时竟有些分不出他是在逗弄越秦还是真有此意了。若是眉林在此，必然不会有此疑惑。

越秦显然被这个问题问住了，抬手挠起了脑袋，好一会儿才拧着清秀的眉头有些苦恼地道:"合成一家当然好,不用打仗了。可是,谁来当皇帝呢?"

慕容璟和看着他皱成一团的小脸,不由得乐了,伸手揉了揉他的头:"行了,这事还轮不到你这小家伙来操心。你在那里鬼鬼祟祟的是想要干什么坏事?"

牧野落梅极少见到他对其他人如此宠纵,心中诧异,不免多打量了几眼越秦。见其虽然瘦小,但长得清秀俊俏,尤其是一双眼睛乌黑澄澈,极为灵动,一时间又开始胡思乱想起来。显然过去五年慕容璟和私生活之乱已给她心中留下了阴影。

越秦心思单纯,虽然感觉到她看自己的目光怪异,却怎么也想不到那处去。听到慕容璟和问,正中下怀,笑得露出了两颗小虎牙:"回爷,小的刚在阿……眉……眉林姑娘那里说了一会儿话,正想回房,看爷和牧野将军在上面,就想过来看看爷有什么吩咐没有。"

慕容璟和听到"眉林"两字,心口不由得一跳,但很快就注意到越秦改了称呼,正在琢磨其中意图的时候,便听到牧野落梅道:"她已为人妇,就算嫁的只是一个太监,可也当不上'姑娘'二字了。"

听出那话语中的讥嘲,慕容璟和侧眸看过去时,正看到她唇角轻蔑地撇着,心中不由得一阵不舒服,脸色便沉了下来。

越秦更加恼怒,但是也知道得罪不起此人,当下完全不予理会,仍然看着慕容璟和,带着赌气意味地道:"爷,小的还是习惯叫眉……眉林姑娘,眉林姑娘、眉林姑娘……"

慕容璟和被他那孩子气的行为逗得"扑哧"笑出声,一腔郁气化为乌有,在看到牧野落梅气得铁青的脸时才觉得有些失态,忙干咳一声,假装转身去看山色。

"你喜欢叫什么就叫什么吧,她……"在说出这个字时,他原来还有些轻松的情绪一下子沉落下来,淡淡道,"她必然不会介意。"事实上,他倒是很喜欢这个称呼。

得到慕容璟和的允许,越秦不由得得意起来,示威似的瞥了眼牧野落梅,只差没手舞足蹈了。牧野落梅又不能真与他一个小孩子计较,冷哼一声,怒气冲冲地撇下两人回了舱。

慕容璟和没有回头，似乎已沉醉在景色当中，忘了周遭的一切。

越秦看着他的背影，不由得想到眉林之前侧身看着窗外时的神色，隐然觉得两人身上流露出的神情有些相似，让他心中酸酸涩涩的，很不好受。

越往南行，雪倒是不下了，雨却多起来。到了下午，便淅淅沥沥地下起来，直到傍晚也没停。

三餐原本都是各自在房间里解决的，清宴伺候慕容璟和吃罢，回到房间时发现里面已经有人。他推开门，一眼就看到桌上摆着热腾腾的火锅子，还有几盘常见的配菜。

"总管大哥终于回来了！"越秦的欢呼声最先响起，然后是一张小脸凑过来，一把拽住他便往桌边拉，"快，快！肚子都快饿扁了。"说话的同时，头也不回地一脚将门踹上。

眉林正在笑吟吟地为大家分碗筷，役鬼原本是在拿着碗添饭的，见到他，手上不由自主地一哆嗦，停了下来，神色忐忑局促，似乎害怕被他责备不该没经同意便进入他的房间。

清宴从来没想过回房时会有人等自己，以往总是一室冷清，他似乎也习惯了，如今却突然觉得鼻子有些发酸，心中似乎有暖意在发酵。

见到他神情不对，役鬼不由得慌了手脚，放下碗想上前，却又不敢。

"一个人吃饭总觉得可怜得很。"越秦正为能跟大伙儿一起吃饭而兴奋着，也没注意到两人异样的神色，快嘴解释道。原本他是有些怕清宴这个平时喜怒不形于色、还总喜欢拿高高在上的目光看人的总管，但是因为他和眉林的关系，便不由得多了几分亲热："我喜欢热闹，人越多越好。总管大哥你可别生气，这是我出的主意，鬼大哥也是我拉来的。"原来越秦开始只是端着饭去找眉林一起吃，眉林便想到清宴回房时饭菜怕已冷了，不如几个人一起吃火锅，于是越秦连役鬼也拽了来。

清宴将脸上的严肃敛去，露出淡淡的笑，道："如此甚好，我倒是多年不曾与人一起吃饭了。"说着，在挨着眉林那边坐下，从她手中接过筷子，主动往锅里夹了几片豆腐。

役鬼见状也放松下来，添了饭，双手捧着恭恭敬敬地递给了他。

清宴接过，沉吟了一下，才开口："你不是我的下属，不需如此。"

"是啊，鬼大哥，你要这样拘束，这饭吃起来可就不香了。"越秦笑嘻嘻地在一边起哄打趣。

役鬼被说得脸红耳赤，诺诺了几句，倒也真不再像开始那般战战兢兢。倒是眉林眼尖，瞅见清宴的耳根隐隐有些发红，心中不由得微笑。

役鬼送信到王府之后，清宴曾派人到他家去查访，得到的是他父母双亡、老婆早已改嫁的消息。而越秦是个孤儿。算起来，在场四个都算是孤苦伶仃之人，虽然来历身份各有不同，如今聚在一起，也无格格不入的感觉。

眉林无法说话，清宴早已养成食不语的习惯，役鬼木讷沉默，因此就只听到越秦一个人在那里叽叽喳喳地说个不停，倒也算是热闹。

正吃到酣畅之时，门突然被叩响。下一刻，已被推了开来。

"清宴……"慕容璟和的喊声同时响起，却在看清门内情景时戛然而止。

当时眉林正在给清宴夹鱼片，越秦则在往拘谨的役鬼碗里猛堆肉菜，役鬼则忙不迭地想避又不敢避。见到慕容璟和出现，几人都有些僵愣。

清宴最先反应过来，慌忙放下碗筷站起身，不着痕迹地挡住了眉林。

"爷。"他有些疑惑，这是他的吃饭时间，不知道有什么事竟然能让王爷急到亲自来找。但即便如此，他仍然没有丝毫迟疑地准备往外走去。

然而，慕容璟和却步了进来。

"你吃完再说。"他说，自己则走到清宴的床边坐下。屋内已经没有多余的椅子，除了床也无处可坐了。

其他三人这时才缓过神，都赶紧站了起来。

慕容璟和示意他们继续，不必管他。但清宴哪能真不管，当下去给他沏了壶热茶，这才回到桌边。

有这么一尊大神在旁盯着，四人哪里还能像开始那样随意，气氛不由得变得有些僵凝，连喜欢说个不停的越秦都沉默了下来，除了不时给更加局促的役鬼夹菜，便是闷头快吃了。

眉林恰好背对着床，感受更为明显，整个人就仿佛被烈火炙烤着一样，坐不能安，食难下咽。

过了一会儿，清宴绷不住了，放下碗筷，在眉林等疑惑的目光中看向一边慢条斯理饮着茶、一边用目光瞥着他们的男人。

"我吃完了，你们吃完就回去休息，不用收拾。"他对眉林柔声道，眸中尽是安抚之意。语罢，他站起身道，"爷，我们出去说吧。"

"无妨，就在此地说也是一样。"慕容璟和却稳坐如山，没有挪动的打算，眼中隐隐泛起戾色。

清宴明白方才的举动惹这位爷不快了，但他不否认自己确实是故意的。他看了一眼垂着眼、自王爷进来便再没展露过笑容的眉林，心中叹气，却无可奈何。只能走过去，顺便替她挡住慕容璟和若有似无投过去的目光。

慕容璟和唇角浮起一抹淡淡的讽笑，他自然看出了清宴的意图，倒也没说什么，只是淡淡道："自明日起，都到大厅去吃，不许再窝在这小小的舱房中，免得说本王薄待下人。"

清宴规矩地应是，心道：亲自来就是为这个吗？爷您也太小题大做了。

越秦抬头看了眼神情木然的眉林和手足无措的役鬼，忍不住话多的脾气，接了口，笑道："爷的意思是让小的们跟您一起吃饭吗？"他虽然这些天学了规矩，但从小野惯了，无人教导，天性中的尊卑意识并没那么严重，对慕容璟和的仰慕尊敬多于畏惧。

清宴眉微皱，正想呵斥他不懂规矩，却没想到慕容璟和竟然笑了起来："何妨？那就自明日起，都跟本王一同进膳吧。"

越秦哑然，偷觑到眉林抿紧的唇角，心中懊恼，恨不得扇自己一巴掌。只是现在想要后悔，却已是不能。

雨一直没停，到第二日时不仅没有减弱，反而有加大趋势。

越秦是南越的人，据他说南越经常是这种天气，所以他一点也不觉得不习惯，整日在舱内各房间串来串去，也常常冒雨跑到甲板上，像个猴子似的，没有消停的时候。

但是船家脸色却不大好。他说傍晚时会经过离涂滩，那里本来就水势湍急，暗流密布，常时经过也要加二十倍的小心，如今下了这一日一夜的雨，只怕会更加危险。为今之计，只能加快速度，赶在下午抵达那里，趁着天光越滩，危险多少要减小一些。这种事谁都帮不上忙，其他人索性懒得去操心。

眉林从来都很谨慎，听到后便去找船家要了些油纸来，将自己和清宴等四人的衣服都分别包好，又在每个人的包袱里都塞了个火折子以防万一。至于慕容璟和跟牧野落梅的，实在轮不到她去操心。

清宴见状，想了想，还是决定小心些好，便也把慕容璟和重要的东西包好，如眉林之法。慕容璟和见到有些奇怪，随口问了句，听到这过于谨慎的做法源自眉林，便打消了原本想取笑几句的念头，心中一时柔软一时酸痛，还有些无法出口的嫉妒。

"她总是这样仔细的……"他以只有自己听得到的声音低喃着，语罢目光落向雨如珠串的船窗外，忆及往事，双眸不由得一片迷蒙。

清宴抬头看了他一眼，什么也没说，也无法说。

吃午饭的时候众人果然齐聚一堂，自离开荆北后还没这么热闹过。按慕容璟和的意思，所有人都在一个桌子上吃饭，不分尊卑，连牧野落梅的两个女侍卫也都被叫着一道坐了进来。

牧野落梅觉得有些奇怪，她行军打仗时也是跟手下士兵同吃同睡的，倒也不是不能忍受，只是一抬眼便能看到眉林，心里总觉得不是很舒服。连她自己也不明白，为什么就是看这个女人不顺眼，难道这是天性犯冲？

眉林哪里理会得她的想法，因着清宴要伺候慕容璟和，她又要坐在清宴身边，便与慕容璟和只隔了一人。这原本没什么，她想着自己与他没什么关系了，那也不必刻意避着。只是每当她看到清宴因为伺候他而吃不了什么，忍不住给清宴碗中夹些菜时，便会觉得夹菜的手像是被凶兽盯着般，危险感油然而生。

为此，她恼怒得很，心道：你现在也不是我主人了，我爱怎么就怎么。于是她扛着那种浑身战栗的感觉，夹得更加起劲起来，片刻之后，清宴的碗中就堆得跟小山似的。

"够了，阿眉。"其他人倒没说什么，清宴先不好意思起来。

眉林抬头正好看到役鬼有些黯然的眼神，莫名地愧疚起来，又见到他夹在碗中许久却没动过的鸡腿，突然站起来探过身夹了过来，就往清宴碗里搁。只是清宴的碗里已经堆满了，放不了，她一下子有些傻住，想将那些菜夹一些到自己碗里来，可是筷子上还有东西。

桌上众人早被她的举动弄得目瞪口呆，连越秦都被惊得掉了筷子，弯腰下去捡后半晌也没起身来，只是看到他坐的椅子在那里咯咯咯地一个劲颤抖不止。坐在他旁边的役鬼却浑然不觉，目光自始至终紧张地看着那只鸡腿。

这场面实在太诡异了，慕容璟和忍不住轻笑出声，伸出筷子将清宴碗中的菜尽数夹到自己碗中。眉林夹着的鸡腿终于有地方落了，不过同时掉落的还有众人的下巴。刚爬起来的越秦又哎哟一声，溜了下去。

清宴有些尴尬，他不敢拿慕容璟和怎么样，只能狠瞪一眼对面的役鬼，但仍然低下头夹起鸡腿啃了起来。他暗忖：爷碗里那么多菜，多半是用不着自己伺候了。

役鬼见状，绷紧的神经放松下来，傻傻地笑了。

因为清宴放低了身子，于是慕容璟和正襟危坐、目不斜视优雅进食的样子和牧野落梅铁青的脸以及凌厉的目光便毫无遮挡地落进了眉林眼中。她怔然，而后默默地低下头，闷头吃起来，再不给任何人夹菜了。

"啪"！筷子砸在桌上的响声震得人心中一跳。

"我竟是从来不知道你还有与奴才分食的习惯，你这王爷当得还真是平易近人啊。"牧野落梅冷笑道，打破一桌寂静。

这话中明显地夹枪带棒，别说慕容璟和，便是清宴也变了脸色。眉林不由得捏紧了手中筷子，压住心中的悲怒，她知道自己不能给清宴惹麻烦。以前她是慕容璟和的奴才，必须忍着，如今她是清宴名义上的妻子，仍然要忍着。终究，这一生都要这样忍耐……

"清宴从小跟着本王，与本王的感情比兄弟还亲厚，别说同进一碗食，当初本王遭困，重伤无法进食的时候，还是靠着他将坚硬如石的干粮用唾液化软，方救得本王一命。"慕容璟和放下碗，从容不迫地道，语气中有威凛不悦之意。"如今只是吃点他碗中的菜，何须大惊小怪？"说罢，他顿了下，笑了："落梅，这'奴才'二字可不是什么人都能随便叫的。"这一句话已大有警告之意。

除了又低下头继续沉默啃鸡腿没有任何表情的清宴，其他人都被慕容璟和这一番话给震慑住了。役鬼和越秦是第一次看到他展露王爷威严，明明是和颜悦色的，偏偏让人心中不由自主地发寒。眉林算是见过最多面的他，对此倒是没啥感觉，只是她想不到慕容璟和原来是这样重视清宴。

最惊讶的反倒要数牧野落梅。她既为慕容璟和竟然为了一个奴才这样当众驳自己颜面而恼怒，却又为他那罕有显露的威凌霸气心折，一时心中乱成一团，发作不是，不发作也不是。

正在此时，船身猛地震动了下，桌子上杯盘一阵清脆的撞击声，坐着的人都不由得伸手扶住桌子，才免去摔跌的狼狈。

船家匆匆走了进来："进离涂滩了。"

离涂滩，九滩十八弯，十里不同天。这话说的是离涂滩是由九个滩组成的，在短短的十里内会转十八个弯，而且气候会发生急剧的变化。

连日下雨，滩窄水急，暗流肆行，在转过第二个弯的时候，船尾就被带着扫到旁边峥嵘的山石，破了一大块。尽管掌舵和操桨的都是老手，此时也不由得手心里都捏了一把汗。

眉林坐在自己房中的床上，手中抓着包袱，冷静地谛听着船身传来的动静。大抵是习惯使然，在有可能面临危险的时候，她喜欢尽量做好应对的准备，绝不抱侥幸的心理。

反倒是其他人，该做什么做什么，没人像她这样如临大敌。越秦甚至跑到了甲板上，去看大船与激流险滩搏击的惊心动魄场面。

此时是下午，清宴如同以往那样留在慕容璟和身边。而慕容璟和又跟牧野落梅在一起研讨边关战事。牧野落梅的女卫自然也在，随时准备回答两人不时提出的看似普通实则刁钻的问题。

役鬼不方便进去，便蹲在他们的门外。

船出事极其突然，让所有人都措手不及。水底交织的暗流将被砸在山壁龙骨多处断裂的大船撕成几段，然后缠卷着往下拉。

眉林在感觉到不对的那一刻想要往舱门冲去，然而还没动身便感到一阵天旋地转，整个人都往门边滚去。她顾不得多想，一把抓住床柱，将包袱挂到肩上，纵身破窗而出。狂暴的风雨迎面而来，将她身形刮得一歪，落下却发现脚下除了混浊的湍流，已不见了船的影子。前面不远处还能看到半段船身载浮载沉，但她已无力跃过去，只能"扑通"一声落进冰冷的水中。与此同时，四周也先后响起了惊呼和落水之声，显然船上之人都无法幸免。

激流扑卷而上，水下仿佛有无数的手在拉着她往下扯。眉林虽然水性不差，猝不及防下仍然差点中了招，等她好不容易从暗流中挣扎出来抓到旁边的山壁时，已筋疲力尽。

眉林回头去寻其他人，其时仍然是下午，雨虽大，光线却还充足。以她的目力，尚可从那些无数正在跟激流搏斗的人中认出自己熟识的那几个。

最先看到的是慕容璟和，他正一手抱着面色紧张的牧野落梅，一手攀住身边尚未完全沉落的部分船身，往对面荒滩游去。清宴的头在河心冒出，不一会儿又沉了下去，半晌都没浮起来。眉林心惊，正想重新入水时，他又突然破水而出，背上驮着魁梧的役鬼。越秦正被两个水手夹着往岸边扑腾。那两个女侍则双双抓住一块漂浮在水面的碎船板，脸色苍白地随着水流打着转儿，有几个水手正往她们游去。

一个包袱从眼前漂过，眉林顺手捞起。她知道此次虽然惊险，但人大抵都不会有事，暗暗松口气之余，一抹淡淡的孤寂悄然笼上心头。

无人牵挂，也无人可牵挂。兜兜转转，她终究还是孑然一身。

垂眼苦涩一笑，她将身上的两个包袱挂在旁边斜长的树枝上，一个纵身跃进了水中。耳边有人惊呼的声音，她却并不理会，拼力游向河心，开始打捞漂在水面上的包袱。

等上了荒滩的众人慢慢缓过神来时，便发现似乎少了一人。

"阿姐呢？"越秦失声道。

随着他这一声喊出，其他人也立时发现眉林不在了。因为她向来都是安静沉默的，很容易让人遗忘她的存在，所以便是不见了也没几个人能立即察觉。

大家都不由得望向已无一人的湍急水面，不约而同地想到一处去。越秦急得眼睛都红了，他水性不好，本来就是靠着别人才得一命，此时竟然又要往水里扑去。

"别乱来！"清宴呵斥道，同时纵身而上，一把抓住越秦的手臂，将他拽了回来。

越秦"哇"一声哭了起来，拼命扭扯着身子，想要摆脱清宴铁箍般的手。其他人都被这场面惊呆了，尤其是船家，想到出了人命，这事儿可就麻烦了。

清宴被越秦这孩子气的反应闹得又是酸涩又是好笑，一把拍在他的脑壳上，冷冷道："阿眉没事，还用不着你给她哭丧。"

哭声戛然而止，收放的速度让人叹为观止。越秦抬手用湿透的衣袖胡乱擦了下眼，正想问清宴为什么这样肯定，就看到慕容璟和走向滩旁临水的一块白石。白石上面赫然摆放着几个包袱，其中两个被一个杏红色的香囊紧紧系在一块，香囊下面穗子上坠的是个打得有些歪歪扭扭的结。

别人或许不知道，清宴却能一眼认出那两个包袱正是他和役鬼的。

慕容璟和将那些包裹一一打开，确认了归属，里面独独缺了眉林的那一个。他脸色阴沉，目光穿过雨幕往对面险峻的崖壁看去。脚尖倏然踢出，将漂在水边的一块烂木踢向河心，身形随之一动，就要纵身借力渡河。

清宴一直注意着他的反应，在他看向对崖的时候便已将越秦推给刚刚从溺水中缓过神的役鬼，身子飙前，堪堪挡住了他渡河的动作。

"爷，让她去吧。"清宴硬着头皮迎上慕容璟和阴冷暴戾的双眸，虽然因为寒冷而脸唇有些发白，但表情一如既往地冷静，不透露丝毫情绪。

慕容璟和唇角抽紧，冷然道："怎么说她都刚刚与你成过亲，你真能够容许她就这样不声不响地弃你而去？"说这话时，他脚下踏着的卵石已无声无息地化为了齑粉。

清宴闻言脸上露出罕有的微笑，看了眼白石上那被香囊紧束在一起的包袱，缓缓点了下头。无须多言，虽然他没料到眉林会这样突兀地离去，但如果这是她想要的，他为什么要拦阻？事实上他心中明白，在利害攸关的时候，如果必须在王爷和她之间做出选择，自己定然会选择王爷；而在役鬼和她之间，很明显他选择的是役鬼。既然如此，他如何忍心把她拘在充满危险的王府？

　　慕容璟和定定地看着这个从来不会违抗自己的手下，许久，直到身后有人耐不住寒冷连打了两个喷嚏，他才蓦然转过身："随你。"

第二十章 巫

是夜，众人就在荒滩山度过，次日顺流翻岭涉河，穿过极险的离涂滩，滩外已有一艘大船等在那里，竟是慕容璟和的人。

原来那次慕容璟和以与眉林缱绻难舍为借口闭于房内十数日，实则暗中离开荆北。一是重新去探了回钟山石林，再就是做一些应对局势的安排。其中有一项就是让人驾船日夜在离涂滩下游等待，以防万一。显然，他的未雨绸缪是正确的。

坐在航速一日千里的船舶上，牧野落梅首次感觉到自己似乎应该重新评估慕容璟和，这个她一度以为已经废了的男人。

自前一日答应放眉林走后，慕容璟和的情绪便显得有些不稳，似乎在竭力压抑着什么，让周围的人连呼吸都不由得小心起来，生怕动作大了会引爆什么可怕的东西似的。

站在船窗处，看着自出了离涂滩之后就变得风和日丽的苍山碧水，慕容璟和不停地想着清宴那句"让她去吧"，想着这短短几月的遭遇，想着即将面临的风云变幻，最终不甘而隐忍地望了一眼天际浮云，然后毅然背转过身。

那就……放了她吧！

走在陌生的小镇上，眉林不由得茫然起来。她有记忆以来的十五年都是被人掌控着，为了活着离开暗厂的目标而努力着。出钟山的时候，她一心照料全身瘫痪的慕容璟和，还要对抗毒性发作，每天都觉得不够用。第一次逃离荆北，有痢痴头郎中一起，她认定要给他养玉……如此种种，每一件事都是不得不去做，从来没有给她足够的选择余地。如今她孑然一身，无牵无挂，也无人再强迫她去做任何事，面对这突然摆在面前的自由，她竟如一个乞丐面对万贯家财般，一时竟不知要如何去处置。

荆北不能去。在这寒冬之际，便是最温暖的南方也没有灿烂如霞的春花。

最想去的地方不能去，最想看到的东西无处可寻。于是她只能茫然地流浪着，攀过一座座山，渡过一条条河，穿过一个个城镇，如同一缕游魂般，无处着落。

直到某一天，她突然发现周围的景物有些熟悉，循路走了一段之后，霍然发现自己竟然又回到了老窝子村。一时之间也不知是什么滋味，只是脚仿佛有自己的意识似的，慢慢地走向那几间曾经住过数日的土坯房。

路上偶尔遇到村子里的人，面对他们惊讶关切的目光和询问，眉林无法回答，只能以微笑相应。

眉林推开虚掩的柴扉，进入，关上。

一切如旧，连窗子都还是如她离开时那样开着。炕上的被子有些凌乱地半掀开，仿佛睡在上面的人只不过离开片刻，很快又会回来似的。靠近窗沿的那大半炕面被褥已经被水浸黄，显然是离开的这一段时间下过不止一场雨。

恍惚间，眉林像是又看见那人半靠在炕头，目光安静地看着外面，隐约还带着些许温柔和笑意。

那一瞬间，她身体无法控制地颤抖起来，缓缓地扶着炕沿坐下，泪水如珠串般落下，耳中清晰地响起他说过的每一句话：

"你是我的女人，除了我，你谁也不准嫁。"

"本王不罚你，本王还要娶你。"

"你乃窑娼之女……"

"今日我会为你和清宴主婚。"

眉林从来不知号啕大哭是怎么样的一种畅快，她始终隐忍，如今却是连流泪也只能无声。

眉林在老窝子村里住下了。她不知道离开此地，自己还能去何处。

她将被雨泡过的被褥重新洗过，在天晴的时候挂在院子里晾干。她把炕烧得热乎乎的，然后钻到被子里，睁眼到天亮。她从还装着两人衣服的箱子里拿出自己的放在炕头，然后把箱子连着里面他穿过的衣服锁上，再也不去打开。她扯了青棉布来，开始学着做冬衣……

村子里有人会来串串门，顺便闲聊两句，问起她家的男人。

眉林笑着说："找到一个能治他瘫病的大夫，他在大夫那里，等好了就回来。"也许是因为很久都没再吃曼陀罗和地根索，她的嗓子又勉强能发出一点声音，虽然沙哑，说出的话却是能让人听明白的。

村子里的人以为她是病了才这样，并没放在心上。他们看她说那话时是一脸的欢喜和期待，也替她开心起来。

他会回来的，不知是不是相同的话说得太多，多到连她自己几乎都要以为是真的，于是总会不由自主地望向院子外的山路。她想，那个人如果从那里走来，必然会披着漫山晚霞，野花染襟袖吧。

等开了春，如果自己还能动的话，就再去一次荆北。

那一日清晨，抹去井沿上的白霜，她看着井水中倒映出的自己越来越消瘦的脸，暗自下了决定。但是她其实心中清楚，她最想见的早已不再是那满山遍野的春花。

也许同样一个梦做得多了，就真能成为现实，虽然这之间可能会有些差距。

腊月二十九。这一日没出太阳，当暮色降临的时候，荒野山村就像被笼上了一层薄薄的雾霭。

眉林正坐在灶房里烧火做饭，野猪肉炸出的油放进炒菜锅里化开烧热时，浓浓的香味便从厨房飘散了出去。

就在这个时候，急促的蹄声突然刺破凝止不动的暮霭，由远而近，每一声都仿佛踏在人的心上，带着让人战栗的沉重。

眉林本来不想理会，洗好的青菜倒下锅，翻炒了两下，终究没忍耐住，一把将锅端离烧得正旺的火，擦了擦手，走出去。

一人一骑出现在青暮笼罩着的山径上，披风被寒风吹得在身后翻飞，如同翻涌的暗云。

眉林站在檐下，看着来人在院子外面停下，心里出奇地平静。她想，她其实知道他会来的。只是这一次，又为了什么？

柴门被推开，那人大步走了进来，从容得就像是在自己家中那般。鹰隼般的双眸紧盯住她，英俊的脸上布满风尘之色。

不过分别月余，慕容璟和身上竟已多出了一层杀伐之气。

眉林手微颤，突然弯了眉眼，往前急迎两步，然后被他一把搂进怀中。当两片滚烫的唇热切地印上来的时候，那一瞬间，她恍惚觉得自己好似那等到良人归来的征妇。

带着风尘与寒草气息的披风将她紧紧裹卷住，"砰"一声，门砸在门框上。两人翻滚在已烧热的炕上。

天完全黑了下来，屋内漆黑无光，粗重的喘息渐渐平息下来。

许久，敲打火石的声音响起，一抹昏黄的光亮起，很快填满整个房间。那点火的修长身影转身"哧溜"一下又钻进被褥中，将坐了起来想下炕的女人整个儿抱进怀中又倒了回去，然后留恋不已地亲吻她的眉角。

"瘦得过了，硌得很，你都不吃饭的吗？"他眉峰不自觉地紧拧了起来，虽然是这样说，却仍抱着怀中人，手指缓缓在那清晰的肋骨上来回摸着。

眉林抓住他的手，目光盯着那被窗隙中漏进的风吹得轻轻跳动的灯焰，唇含浅笑，却没有回应。她觉得此时此景实在像极了做梦，梦中的他似乎真是喜爱她的。

男人显然无法忍受被忽略，不由得摇了摇她。她回过神，脸上的笑容加大，然后翻转身主动吻住他。

夜深沉，她睁开眼看着男人疲惫不堪的睡脸，伸手想去碰触，却又怕惊醒难得入眠的人。她在他身上闻到了战场的肃杀与血腥味，是什么事，需要让他这样紧迫地来找她？

自然不可能是……挂念着她，她的眸子渐渐黯淡下来。

慕容璟和是被腊肉的香味勾醒的，他慵懒地睁开眼，发现已是一室天光。真是很久没睡得这么舒坦过了。他打了个哈欠，躺着不想动弹。

窗子外面传来人细语交谈的声音，他半抬起身推开窗，看到几个有过数面之缘的乡邻站在院子里拉着眉林说话。眉林脸上带着愉悦的笑容，耐心地应答着。

应答……他一惊，不由得坐直了身体，被褥滑下，露出赤裸结实的胸膛。

外面的人听到开窗的声音，不约而同地望过来，正巧将这一幕尽收眼底。那几个皆是妇人，除了一个五六十岁的婆子，皆晕红了脸。

眉林脸微黑，走过去"砰"的一下又将窗子从外面关上，回身时看到几个妇人眼中的惋惜，一时也不知该笑还是该恼。

这几人是昨日听到马蹄之声，今日特地来打听情况的。见到她家男人果真回来了，还能动弹，心中都不由得暗暗纳罕。

又闲聊了两句，慕容璟和已经穿好衣服从房内走出来，对自己之前的失态丝毫不以为意，面色从容地对着几人颔首为礼。他长发尚未梳理，披散在肩背上，然而身长玉立，挺拔遒劲，实在招人得很。

几个人见他与以前判若两人，不免局促起来，当下道了喜，就匆匆离开了。

眉林送走她们，关上院门，回身看到慕容璟和正定定地盯着自己，心中莫名，但并没问出来，只是去到灶房拿了盆，舀了热水，给他洗脸。

"你能说话了？"洗完脸，在眉林给他梳头的时候，慕容璟和突然开口。

眉林手上一顿，因为没有镜子，他无法看到她的反应，心下不由得有些烦躁起来。正想转头时，她的手又动了起来，只是终究没有回答他的问题。

慕容璟和强忍住满腔暴躁，等到头发梳好束起后，才一把抓住那不知何时已经变得皮包骨的手腕，将她拉进自己怀中，黝黑的眸子紧紧盯着她沉静的双眼："为什么不回答我？我明明听到你之前在跟那些人说话……"他厉声质问，原本为她能说话而生起的喜悦因着她不愿意对着自己开口而慢慢变淡变无。

眉林静静地看着他眸子里透露出来的急切和焦躁，有片刻的疑惑，但并不觉得害怕，试探地抬起手，覆住他的眼，在看到他错愕的反应时，不由得笑开。

她现在已经不是他的奴才，再也不用对他唯唯诺诺！这种感觉真好。

眉林始终没有开口跟慕容璟和说话，也没让慕容璟和有机会说出来找她的目的。慕容璟和起来时已经接近正午，她做了一桌丰盛的饭菜，同他面对面坐在一起吃了。慕容璟和也沉默了下来，不再逼迫她开口。她给他夹菜，无论夹什么、夹多少，他都会吃光。然后，她脸上的笑容就越来越大，连眼里都带上了笑，驱散了其中郁积的悲凉。

这是她有生以来过的第一个年，大概也是最后一个，能有他陪着，也算无憾了。

吃过饭，眉林收拾了碗筷，开始叠被子。

"解药已经制了出来。"慕容璟和站在她身后，沉声道。

眉林点了下头，看到被褥上留下的昨夜欢爱痕迹，脸微微红了，犹豫了下，又继续将其折起来。如果有机会……再洗吧。

她转过身，从箱子里拿出包袱皮，摊开，将衣服折了几件放上去。

慕容璟和看着她的举动，垂在身侧的手不由得缓缓握紧，心口仿佛压着一块大石般，有些透不过气。直到带着她骑上马，将那院子、那村子抛在云雾之中，他这口气也没缓过来。

抵达昭京荆北王府，已是两日之后。

眉林没有看到清宴和役鬼，但越秦在。越秦第一眼看到她时，先是惊讶不信，而后蓦然红了眼，冲上来就要把她往外推："你回来做什么？既然要走，为什么不走得远远的？你走，赶紧走，我讨厌看到你……"他看上去很愤怒，像头被烧着了尾巴的小狮子。

眉林被推得一个趔趄，差点跌倒，幸好被慕容璟和扶住了。慕容璟和一把抓住越秦的衣襟，将其扔到一旁，然后有人上前像拎鸡崽一样将他拎了下去。

对于越秦的无礼，慕容璟和并没有生气，只是眸色深沉地看着她，低缓地道："他是担心你。只是，牧野落梅在人蛊阵中以身挡蛊救了我，我不能眼睁睁地看着她去死。"

他终究还是说出来了。眉林在心中无奈地叹了口气，脸上神色不变，静静地等着他后面的话。

然而慕容璟和没有继续，他抬手，想要去碰她的脸。

眉林侧头避开，退后一步，脸上浮起微笑。这里是荆北王府，不是她的家，她不想在此地接受他丝毫的温情。

慕容璟和手落空，神色有一瞬间的僵凝，而后倏地收回手，甩袖而去。

眉林唇角的笑淡去，慢吞吞地走到厅中的椅子边，伸出止不住颤抖的手扶住扶手，缓缓坐下。

她不再是他的奴才。她弃清宴而去，也不再是他奴才的家眷。她知道自己命不久矣，但凡豁出去，他就算再有权势，又能拿一个无牵无挂的无命之人如何呢？她只是不想到了生命的最后还要被他以势相欺，不想让自己落进被逼迫的难堪地步。至少这一次，是她自己选择的。

眉林被安排在贵宾住的院落，有两个侍女伺候她，没看到棣棠，她想起棣棠留在了荆北。她不跟任何人说话，只是沉静地坐在屋子里，偶尔打开窗，看一院萧瑟。院子里没有梅花，也没有雪，她觉得挺好。

越秦来了，来送解药。小家伙红肿着眼，满脸的不高兴。他将解药扔到眉林身上，一句话也不说就要转身离开。

"越秦，你又哭了？"眉林开口，声音沙哑低弱。

越秦身体一震，僵硬着转过身，看到她微笑的脸，眼泪哗一下夺眶而出，他蓦地冲进她怀里，"哇"的一声哭了出来。

眉林眼泪险些也掉落下来，她仰起头，将满眸酸涩逼了回去，这才低头婉然而笑，摸着越秦黑乎乎的脑袋："哭成这样，不欢喜看到阿姐吗？"

越秦点头，又赶紧摇头，好一会儿才抬起头，抽抽噎噎地道："阿姐你怎么瘦成这样？"明明才一个月不见，却已险些让他认不出来了。

眉林拉起他坐在自己身边，掏出手绢擦干净那张小花脸上的泪，微笑道："越秦，王爷对你可好？"瘌痢头郎中说君子蛊可生发脉息，却是以人的生气为食。就算她是有史以来首例带蛊的活人，却也扛不住君子蛊对生气的强烈需求。他无能取出蛊，所以才会在首次见到她时，便为她定下了死亡的预言。她想这话还是不要让越秦知道的好，以免他又哭个不停。

越秦心思单纯，很容易便被引开了注意力，闻言点头，眼中浮起崇敬的光芒，但随即又黯淡下去。

"阿姐……"他喊了一句，却什么也没说。

眉林嗯了声，注意到他袖子上破了一块，大约是之前挣扎时撕裂的。她侧转身从榻边的包袱里拿出针线，就这样给他缝起来。

越秦看着她比以前更枯涩的发以及平静宁和的脸，还有唇角那抹淡淡的笑意，只觉眼睛又酸疼起来，忙背过身，用另一只袖子使劲抹了两下，这才慢慢地将事情始末说了出来。

原来慕容璟和刚一抵京，立即接到圣旨，接收西南军指挥权，扛起了驱除外虏的重任，与牧野落梅的婚期再次往后延迟。让天下人惊异的是，慕容璟和抵达青城之后，不仅控制了西南军军权，竟然连杨则兴统领的藏道军也一并接手了。藏道素来排外，此次被重新启用，情况也并没改善，与西南原驻军泾渭分明，造成战事拖延无功。然而，慕容璟和不仅掌控了藏道军，还成功使两军融合，指挥起来如臂使指，加上事先早已做足的准备，对敌之后当真是所向披靡，连连创下振奋人心的战绩。南越人被打得心惊胆战，连连败退。

一月不到，南越军仓皇退渡黑马河，边防失守，大有被气势如虹的炎军直捣黄龙之危。南越王破釜沉舟，派出护国大巫设置与敌同归于尽的人蛊阵困住大军。慕容璟和率领虎翼十七骑亲身闯阵，牧野落梅偷偷跟了去。谁也不知道在里面究竟发生了什么事，只知牧野落梅为慕容璟和以身挡蛊，让他顺利地破去了人蛊阵。

役鬼虽然也懂巫蛊之术，但对着那蛊也无可奈何。只知那蛊以食人血肉为生，如不控制，一旦活化，瞬息之间便能将人食成一具空壳。慕容璟和无奈之下只能以内力凝水为冰，将牧野落梅全身冰封住，同时也封住她体内的蛊虫。

盛怒之下，慕容璟和一边积极寻求解蛊之人，一边挥师攻下南越王都。他对南越地形了如指掌，加上之前就安插了接应之人，此番攻入竟是不费吹灰之力。然而就算他俘虏了南越王和大巫，也无法救牧野落梅。因为于南越人来说，这人蛊阵以及血蛊乃上古传下的遗术，无解除之法，这也是他们从不轻易动用此阵的原因。

就在所有人都绝望的时候，来了一个异人，说能解此蛊，但需要以君子蛊的寄身体为引。于是慕容璟和亲自带着牧野落梅回京，留下清宴在南越给他收拾烂摊子。

在越秦说这一段经历的时候，眉林已经给他缝好了破掉的袖子，摸了摸不算匀细的针脚，她笑道："所以慕容王爷就巴巴地去找我了？"

越秦嗯了声，看着自己的衣袖，傻乎乎地跟着笑了起来。他脸上还有泪痕，此时带笑，看上去分外惹人怜惜。

眉林伸手揉了揉他的头，柔声道："越秦，你好好地跟着慕容王爷，别惹他生气，知道吗？"她看得出来，慕容璟和对越秦分外纵容，虽然不知道原因，但无依无靠的越秦跟着他总是没有坏处的。

越秦点了下头，眼圈突然又红了："阿姐，你……你……"他原本想说你怎么就让他找到了？转念想到慕容璟和手下那么多厉害的人物，连历来让外人头痛的南越腹地都能如入无人之境，何况是找一个人。于是又闭上了嘴。

眉林微笑："是要人命的事吗，你这样不想见到我？"越秦之前的反应让她不得不做此想，原本就冰冷的心仿佛也渐渐封上了一层寒冰。

越秦怔了下，摇头，眼中却浮起害怕的神情："大……大人说不会。可是……可是……牧野将军的样子太吓人了……"说到这，他不由自主地打了个哆嗦。

眉林唇瓣微颤，没有说话，目光落向窗外。

她现在所住的院子临湖而建，透过窗子，能看到慕容璟和那栋可以看戏的澹月阁。此时，在那三楼之上站着一个人影，似乎在欣赏湖光山色。

眉林沉下眼，微探身，将窗子关上。

慕容璟和是真正想放了眉林的。他知道自己和她不可能，所以就算千般不愿，却还是放了手，但是他没想到还会牵出君子蛊。

当那个人提出需要君子蛊的时候，他第一时间想到的竟是如果牧野落梅与眉林必须死一个，他当如何选择。答案本当是显而易见的，但是那一刻他心中却生起了杀意。那股杀意把他惊出了一身冷汗，他认为自己魔怔了。幸好那人说只是引子，不伤人命。

他派手下去找眉林，同时带着牧野落梅和那异人回京。刚刚抵达昭京，便收到了眉林的确切行踪，于是又马不停蹄地赶往老窝子村。他甚至不敢去深究那种紧迫前往的心情究竟是想见到眉林，还是担忧落梅的身体。然而当他进入那个熟悉的小院，看到那笑着向他迎过来的女人时，什么理智、什么顾虑刹那间全都消失无踪，那一刻，他只想将那消瘦得几乎要认不出来的女人狠狠揉进怀里，再也不放开。

说起来可笑，他忍气吞声暗中筹划多年，如今军权重掌，还因为意外获得藏中王的兵符，从而将藏道军以及原兵道一脉隐在各军中的后嗣纳入麾下，又攻破南越，也算春风得意。然而这样的他还是只能在这偏僻的山村中，在她的身旁方能得到一夜好眠，当真是讽刺至极。

只是如今大事将成，他无论如何也不可能就此停下。他早已没了退路。

慕容璟和看着那个半大孩子蹭在她身边撒娇，看着她低头为那孩子缝补衣服，看着她察觉到自己的目光，起身关上窗子，按在窗子上的手不由得微微收紧，却终究什么也没做。

眉林并没吃那个解药。癞痢头郎中曾经警告过她，对身带君子蛊的她来说，那解药无异于催命符。当初之所以会开口向那人讨要，一是尚抱着一线侥幸心理，再就是表明自己不再是他的死士。她想，也许某一天，她会吃下这药。

在到达王府的次日，她看到了越秦口中的异人。看到那异人时，她呆住了。她觉得这事很荒谬，无比的荒谬，那异人竟与当初他们在地底玉棺中所见到的活尸长得一模一样。

"我是巫。"那人自我介绍，用着发音晦涩的语言。可是他真是好看，即便穿着粗陋的麻衣布鞋，说着让人听不太明白的话，他还是眉林见过的最好看的人。

巫说他的子民都称他为大巫。不过他的子民并不是南越人，也不是现今所知的任何族民。他话本就不多，眉林听不懂，于是他的话就更少了。只在必要的时候耐心地重复一两句简单的话，务必让她听懂。

见到眉林，他看上去很高兴，一点也不在意她的失态，灵动的眸子笑起来，仿佛带着一股青竹的灵气，让人心神宁静。他听眉林说话时神情很专注，然后突然伸手摸向她的脖子，在下颌与喉结之间来回摸索。

眉林先是惊了一下，然后便感觉到好像有什么暖洋洋的气流慢慢透肤而入，包裹住喉咙，片刻之后，那道气流又如水一样慢慢地渗了回去。

巫松开手，将手掌摊在她的面前，只见那本该是白玉一般的掌心竟蒙上了一层乌黑如墨的东西。

眉林摸着一瞬间舒服得难以言喻的喉咙，傻愣地看着他的手，直到他笑着收回去，才反应过来："你……"久违的清润嗓音把她自己都震住了，半晌无法回神，总觉得这一切就像在做梦一样。

巫微笑，拿了一张粗麻的帕子将手掌擦拭干净，示意眉林跟着他，然后负手而出。

眉林不觉又摸了摸自己的喉咙，心倏地突突跳起来，原本已暗黑一片的前路仿佛又透进了一抹光亮。

跟在巫的身后，她在王府的冰窖中看到了牧野落梅。进冰窖时，寒气袭体她并没感觉，然而在看到被冰封住的牧野落梅时却忍不住打了个寒战，慌忙侧转脸，将目光落在巫的身上，那种不寒而栗的感觉才稍稍缓和。

牧野落梅身上虽然覆着一层薄纱，却仍然能让人看见纱下曼妙的身体以及那冰肌玉肤上密密麻麻的细孔，连脸上都不能幸免。

眉林不敢继续回想，只能将目光盯在巫清绝出尘的脸上，直到心口因为之前那一幕而形成的紧绷完全放松下来，才注意到慕容璟和不知何时站在了身后。她原本想跟巫说的话立时咽了下去，垂下眼，只当什么都没看见。

巫似乎没注意到慕容璟和的到来，又或者早就知道他跟在两人身后，所以并没什么反应，只是语速缓慢地道："血蛊惧君子蛊，因此只有在君子蛊存在的情况下化开封冰，才不会致这位姑娘被噬。但要完全引出她身上的蛊，却需要时间，非一朝一夕能完成。"

听到引出蛊，眉林就不由自主地想到自己也像牧野落梅那样，脸色不由得有些发白。

一只手突然伸过来,贴在她的腰上,然后将她带入怀中。眉林皱眉,正想挣脱,巫又开始说话了,于是不得不停下来全神贯注地聆听。虽然她不想,但仍不能不承认,身后的温度以及腰上的握持感分了她的心神,让她不再一味地去想那恐怖的画面。

"你身上有君子蛊的气息,化冰时对压制血蛊极有好处。"

眉林开始还以为巫是在跟她说话,直到发现他的目光是看向自己身后,才霍然反应过来他是指慕容璟和。慕容璟和身上怎么会有君子蛊的气息?她的眉微微皱了起来,眼中流露出自己都没察觉到的担忧。

第二十一章 化冰

化冰的地点选在王府的凝碧池，凝碧池是一个天然的温泉池，位于抚山半山腰的拢翠苑中。池上白雾氤氲，池周花团锦簇，仿如仙境一般。

当眉林看到那些不应在这个季节开的花时，不由得有片刻的愣怔，而后缓缓笑开。慕容璟和将牧野落梅放在池旁休息用的躺椅上，起身时正好看到，心口突然变得又酸又软，懊恼自己怎么没想到早点带她来这里。

这也算是看到了荆北的春花吧。眉林心情舒畅地想。心情一舒畅，脑子就活泛起来，她迎上慕容璟和的目光，笑道："这地方倒是极妙。"

这是自两人在老窝子村分道扬镳之后，她首次对他开口说话。慕容璟和有些惊讶，心脏急跳的同时又觉得隐隐有些不安，但黑眸不由自主地变得温柔起来。他想起曾经她在耳边细细的叮念，还有那欢悦低哑的歌声，那仿佛是很久远的事，久远得让他几乎要记不起的声音，在那与外界完全断绝的困境里，也曾经安抚过他的惶恐与迷茫，给予他希望。

"你若喜欢，便……"他下意识地接道，然而话没说完，就被打断了。

"慕容王爷，虽然说能为救未来的王妃出微薄之力实乃民女荣幸，然民女心中尚有些许顾虑，如不解决，怕不能全心全意地为王爷及准王妃效力。"眉林垂下眼，神色恭敬地道。虽然已经决定斩断一切，但在说到"准王妃"三字之时，她嘴里仍不由得充满苦涩。

慕容璟和面色微变，只觉那"王爷""王妃"的称呼由她口中吐出，说不出地刺耳。可笑的是，她神色语气并无丝毫讥讽之意，反而恭谨得很，让他连发作也找不到由头。

"想要什么，直接说吧，何必去学那一套拐弯抹角的调子。"他压住心中的不快，冷淡地道，目光转为冷硬。

眉林笑了下，双眼注视着地面，只作没听出他的不高兴："那民女就不客气了。"每当说到"民女"二字时，她都不由得加重语气，仿佛想要告诉他也告诉自己，她已是自由之身，与任何人都不再相干。

"民女福薄，不敢拖累清宴相公，因此想请王爷代民女向清宴相公讨要一份休书。"她也曾想过好好地跟着清宴过日子，然而当发现清宴已心有所属之后，便打消了这个念头。何苦连累旁人呢？

慕容璟和微怔，而后唇角忍不住地往上翘了起来，当即果断应下。他让清宴娶她，原本是为了将她留在身边，既借清宴之手护住她不受落梅欺负，又可解除落梅的顾虑。然而谁承想真看到她成为别人之妻后，最先受不了的竟会是他自己。同时事实证明，那层关系并不能真正束缚住她。既是如此，她主动提出与清宴解除夫妻关系，他自然乐得顺水推舟。

然而他的心情还没完全飞扬起来，便又被她接下来的话给狠狠地拍落尘埃："此次之后，王爷不能再以任何理由、手段驱使民女。最好是……永不相见。"后面一句，眉林是以极小声嘀咕出来的，终究还是怕引发他的别扭脾气。她的原意是，如果活不了多久倒也罢了，但假如因巫而有幸保得小命，那自然也不能再与他有任何瓜葛，谁知下次他又遇到什么稀奇古怪的事，她就是有百条命也不够这样折腾的。

慕容璟和耳朵何等灵敏，自然将她的话一字不漏地听了进去。他本是心高气傲之人，之前因为想要保住她而对救过自己的牧野落梅动了杀机，这本已让他心中烦乱不已，此时再听到她竟不似自己那般眷恋不舍，想彻底切断两人之间的牵绊，胸中不由得生起一股说不出的愤懑和憋屈。

他冷笑一声，将一直停留在她身上的目光转开，语气嘲弄："姑娘无须多虑，此次若非为了牧野大将,以姑娘的身份还不值得本王召见。"

这算是答应还是没答应?眉林心口微缩,却又有些迷惑,抬起头看到他仰高的下巴,心里有一股冲动,想让他立字据为证,但想想这人的脾气,最终作罢。

巫一直在旁边等他们,也不知是听不懂两人的对话,还是不理闲事,只是微笑着欣赏周遭风景,眼中有着赞赏之意。

眉林走过去的时候,巫弯腰在脚旁摘了两根开着白花的蓍草,去掉花叶,将光茎分成数段排于掌中。然后,他抬头看向慕容璟和:"须入水。"

眉林心里正奇怪为什么要慕容璟和入水,慕容璟和已僵了脸,眼中露出矛盾的神色。

入水,意味着要脱衣服。脱衣服……他恼怒地瞥了眼一头雾水的眉林,不是很情愿地问:"可否穿一件薄衣?"就算再怎么置气,也不愿她的身体被别的人看了去。

巫点头。

于是慕容璟和一把抓住眉林,拖进更衣的地方,从自己备用的衣中选了一件不透明的青色天蝉羽长衫。

"脱衣服。"他拿着那长衫走到眉林跟前,见她还有犹疑之意,也不耐烦多言,伸手两三下就扯掉她的腰带,扒下外面的小袄。

"喂,喂!你……你先出去……我自己来。"眉林反应过来巫说的入水之人是指自己,只是不明白他为什么要对着慕容璟和说。但这时由不得她多想,她还要一边躲闪着那只灵活异常的手,一边着恼地赶人。这人真是,明明才撕破脸,这会儿竟然还不知避讳。

慕容璟和嗤笑:"就你那一摸一把骨头的身子,谁耐烦多看?"话是这样说,在手不小心碰触到她的胸脯时,他还是僵了下,不过很快便像什么事也没发生那样将衣服摔到她身上,丢下一句"快点",便走了出去。

眉林在那件衣服滑落到地上之前及时捞住,下意识地拿到鼻尖嗅了下,虽然衣服干净而清新,但她还是闻到了淡淡的属于那人特有的味道。

无奈地叹了口气,她隐隐觉得自己仿佛被困在了一张网中,无论怎么下定决心，似乎都逃不出去。

那天蝉羽衣虽然柔软丝滑，贴身穿很舒服，但是那是按慕容璟和身材所制的，眉林穿着未免显得过大过长了，直觉得到处都空荡荡的，很不自在。

走出去时，巫倒是没什么异样，慕容璟和却变了脸色。他走过去一把拽住她，用自己的身体挡住巫的视线，扯开她衣上的系带，将襟口处拢得严实了，才重新扎紧。

他动作太快，眉林还没反应过来，衣带已经被解开，便只能僵在那里由他去动。总不能在这个时候跟他别扭，到时吃亏的还是她。只是看着男人冷沉严肃的脸，怎么想怎么不对劲，这人还真不把自己当外人啊！

慕容璟和上下打量了一下，确定没有遗漏之后，便转身走开了，仿佛他刚才不过是给她掸了掸灰尘一样。

眉林镇定地站在原地，片刻后才面无表情地迈步继续往巫走去。她知道自己要是跟这个男人计较，那绝对是计较不过来的。

巫微笑，抬手，也不见怎么动作，几道绿光划空，之前排于手中的蓍草茎便直直射进了眉林的身体几处要穴，消隐不见。眉林身体一晃，就要往地上软倒，幸亏被时刻留意着她的慕容璟和及时接住。

一股若有似无的松竹清香自她身上散发出来，慕容璟和抽了抽鼻子，忍不住就要低头往她身上闻去。

"不可！"巫开口阻止了他，"我已用蓍草清气唤醒了君子蛊，你鼻唇若过于接近，易致蛊移主。"

慕容璟和呆了一下，看向怀中女人瘦得只剩下巴掌大的脸蛋，心中一动，问："若将那蛊移至我身，当比在这女人身上好用吧？"怎么说他都比这个蠢女人有用，就算真有什么危险，当也能应付过去。

眉林心中一震，忍不住骂了出来："你傻了！"奈何动弹不得，只能恨恨地瞪着他的下巴。

慕容璟和居高临下地睥睨了她一眼，一副不耐烦搭理她的样子，然后跃跃欲试地看着巫，只待他点个头什么的，便要低头啃咬上两口。

巫失笑，摇头："你内力浑厚，蛊一入身，牵动气机膨胀，必当场毙命。"语罢，不再拖延，示意慕容璟和将眉林放入水中。

慕容璟和这才想起癞痢头郎中的话，情绪瞬间低落下来，他不得不承认女人刚才骂的那句话从没有过地正确，他不仅傻了，还疯了。西燕未平，南越不稳，政局待定，别说他的身体承受不了君子蛊，就是能承受得了，也容不得他留在此地耗时过久。

将女人放入池中，稳稳地靠坐在边上石阶上，看着微烫的水直没到她胸口。在放手那一刻，他很想低头亲亲她，却只能用手指摸了摸她眉尖的红痣。

热气一蒸，眉林身上那股松竹清气越发浓郁起来，弥散在空气中，令人闻之欲醉。

慕容璟和不放心地看了她一眼，见她神色如常，只是脸上因为水热染上了淡淡的嫣红，这才向牧野落梅走去。按巫的吩咐先催动内力，化去冰封，待其身体稍暖之后才放入池中，与眉林隔着一肩的距离。

距离如此近，眉林自然将牧野落梅的情状看得一清二楚，她强忍着头皮炸开的感觉，缓慢地将目光挪到水池对面，透过氤氲的雾气看那色彩绚丽的鲜花。她心里却想，这个女人竟然甘为他变成这个样子，必是喜欢极了他吧！看来他并不是一厢情愿的。想透这一点，她也说不出心里是什么感受，是为他欢喜，还是觉得失落，总之也不能算特别难受。

身旁传来一声低吟，牧野落梅醒了过来。眉林身体不由得变得僵硬起来，生怕其接受不了身体的异状做出什么事来，要知此时她可是动弹不得。

"璟和。"牧野落梅并没有特别激烈的反应，只是轻轻喊了一声慕容璟和的名字，声音中透露出轻微的茫然和脆弱。

大抵是一个人平时过于刚强，柔弱起来时便会显得分外惹人怜惜。别说慕容璟和，便是眉林听到牧野落梅这样的语气都不由得生起不忍的情绪来。

"我在这里。"慕容璟和应了声，带着眉林从未听过的温柔。然后是下水的声音，他穿着里衣涉水来到牧野落梅面前，神色坦然地看着她的脸，一如从前。

"战事如何？"出乎意料地，牧野落梅关心的竟不是自己的身体，而是炎越之战。

这一回，眉林真心有些佩服起这个女将军来。她突然觉得，同情对其来说无异于一种污辱。

"我军大获全胜。"慕容璟和摸了摸她的头发，笑道，"你且安心疗伤，待你痊愈，那南越必已划入我大炎领土。"

牧野落梅放下心来，两人又聊了两句，对于出现在此地的眉林，她却是一句也没问。

巫走了过来，要开始除蛊了。

"璟和，别走。"牧野落梅看到巫手中拿着的绿色牛毫细针，终于感到了一丝恐惧，一把扯住慕容璟和的手，轻声哀求道。

慕容璟和由她拉着自己，露出安抚的微笑，柔声道："别怕，我在这里陪你。"

别怕，我在这里陪你。别怕……

这一句话，从来没人对她说过。看着池岸开得灿烂的花朵，眉林想着，双眸仿佛被水雾熏染上了一层朦胧。

巫手中的绿针是他用自身的异力提炼艾蒿精气而成，是蛊物天生的克星。他跪坐于牧野落梅身后铺着的锦毯上，旁边摆着一个火盆。

他一手托住牧野落梅的下颌，让她闭眼仰头，同时手中蒿针如电般射出，扎进她脸上黑色的细孔中。

牧野落梅并不觉得痛，但是仍然皱了秀眉，那是一种很难言说的不舒服感。

巫将那几根小针抽出，针尖赫然插着一只米粒大小的黑色蠕虫，拿出来时，仍在蜷曲翻腾挣扎着。巫将那针尖在火上一烤，那黑色的虫子立即像雾气般化为乌有，不留半丝痕迹，仿佛水做的般。而牧野落梅脸上那几个虫洞也以肉眼可见的速度收拢，转瞬消失不见，愈合后的肌肤莹白如玉，竟是比中蛊之前还要细腻。

巫说若以眉林之血本可一次彻底逼出蛊虫，但会因为虫洞太多，身体修复不过来而留下永久的坑洞，所以只能像现在这样一只一只地除掉，需要多费些时间。

对于他的话和决定，众人不会质疑。

慕容璟和在这个时候倒显得极有耐心，为了分散牧野落梅的心神，不断地找着话题闲聊。他们一度并肩作战过，又缠了十数年，能聊的实在不少。但那些跟眉林没什么相关，她听了一会儿就闭上眼睛开始睡觉。她不想承认，却不得不承认，自己还是吃醋了。但她也知这醋吃得实在没道理，他又不是她家的，他对自己的准王妃好，怎么说都轮不到她来在意。

正当她昏昏欲睡的时候，就觉得脸上火辣辣地发烫，仿佛被烈日炙烤着一样。她茫然睁开眼循着那热度传来的方向看去，不想竟对上慕容璟和恼怒的目光。

又在牧野将军那里吃瘪了吗？她暗忖，不由得生起幸灾乐祸的心理，但也不敢表现出来，于是木然转开眼，打了个哈欠，抓紧仍未完全消散的睡意，继续打瞌睡。

面对她这样彻底忽视自己的行径，慕容璟和需要很强的自制力才能忍住不靠过去折腾她一把。不过他并没能恼怒太久，一道南越传来的紧急军情让他不得不中途离开。再回来时，他神色冷峻，再不复之前的闲散王爷形象。

"南越王逃走的两个兄弟勾结西燕，带领大军包围了南越王都，清宴被困势孤，我必须立即赶去。"他对询问地看着他的牧野落梅道。不待回应，他转身走进更衣室。

这就要走了吗？

眉林垂下眼，然后想起一件始终压在心中的事，于是转头看向巫："巫，你说他身上有君子蛊……气息？"她本想问他是不是也中了君子蛊，但又觉得大概不是，否则巫之前也不会提到蛊易主。

巫正专心给牧野落梅除蛊，闻言只是点了点头，没有言语。

"那可有危险？"眉林追问。

"无妨，那气息只是你们交合时染上的，会使他的内力增长些许，但不致命。"巫温和地应，语气中有安抚之意。

眉林没想到他会这样直白，耳根一下子红透。她刻意忽略掉身旁那突然变得锐利的目光，抿紧唇不再言语。

片刻后慕容璟和换好衣服出来，眉林垂着眼，听他跟牧野落梅道别，牧野落梅在这种要紧事上所显露出的明理大度。即便感到有灼热的视线落在自己身上，她也没抬起头来看上一眼，直到那人脚步匆匆远去。早晚都是要像这样决然相背而行的，又何必再去贪恋那一眼。

慕容璟和走后，巫仍然按着自己的步调给牧野落梅清除身上的蛊虫。牧野落梅与眉林这两个从来就没对过盘的女子，竟被迫不得不白日同池，夜晚同室。但因为清蛊之术使人疲惫不堪，牧野落梅没什么精神和心思找眉林麻烦，眉林自然不会主动挑衅，所以二十多天下来倒也相安无事。只是眉林体内的君子蛊一直处于活跃阶段，消耗生气的量也大幅度增加，若不是巫每日都要给她熬制催发生气的药物，只怕早已支撑不住。即便如此，眉林仍然能感觉到自己的身体在慢慢枯竭。但因为牧野落梅在，所以她从没开口询问过巫。

有的时候半夜醒转，她总会不由自主地想，说什么没生命危险，其实都是骗她的吧。然而她更清楚，即便明知会要以命换命，她也没另一种选择，只不过是心里会更难受些而已。

越秦并没跟着慕容璟和去南越，所以每天都会来看看她，陪她说说话。

那一天，牧野落梅身上的蛊虫基本上已经清除干净，全身上下再找不出一个虫洞来，整个人看上去像是换了层肌肤似的，美得让人不敢直视。

巫取出了插在眉林穴位上的蓍草，划开她的手腕，接了一碗血，然后让牧野落梅喝下。巫对牧野落梅说，只有这个办法才能彻底清除她体内的蛊毒。

牧野落梅喝罢，片刻之后便开始哇哇呕吐起来。

眉林躺在自己的床上，听着那几乎要把肠子翻转过来的声音，眼前一阵一阵地发黑。直到一个小小的头颅凑到她面前，小声地跟她说话，才稍稍找回些意识来。

"阿姐，阿姐，你还好吧？"越秦看着眉林苍白得毫无血色的脸以及没有丝毫光泽的肌肤，满心担忧地问。

眉林勉力振作，示意越秦将耳朵凑到她的唇边："听我说，不准哭。"她以只有两人能听到的声音道。

她不说还好，一说之下，越秦反而一下子红了眼圈，心中不安起来。他抬头看到她眼里透露出从未有过的严厉，倒真不敢哭出来，闷闷地"嗯"了声又将耳朵凑了过去。

"如果……我是说假如我死了……敢哭就滚出去，别再来见我！"眉林刚刚把那个"死"字说出来，就见越秦嘴角一扁，她不得不厉声喝住。见他当真收住，这才继续："我死了的话，你若不怕麻烦，就送我去荆北吧……在那里找一个春天会开花的地方，就这样埋了。"

越秦没有出声，泪水顺着他的脸滑下，落在眉林脸唇上，她只作不知，仍然平静缓慢地往下说："别弄什么棺材……就这样埋了。与其囿于棺材草席那一方之地，倒不如与泥土相融，滋养出一地春花，我也好跟着沾些光……"最后一句，她是以玩笑的语气说出来的。但越是这样，越秦越受不了，没等她说完，他突然站起身冲她吼了句："我讨厌你说这种话！"就那样冲了出去。

知道他定然是去找一个地方埋头大哭，眉林无奈地叹了口气，并不理会牧野落梅投过来的奇怪眼神。缓缓闭上眼，藏在被子下的手握紧一把刚刚从少年身上摸来的匕首。

按理，牧野落梅已经完全好了，依她对眉林讨厌的程度当立刻搬离，但她并没有。

这一夜，两人仍然同室而寝。

夜深，当所有人都睡下的时候，眉林吃力地从床上坐了起来，下地，握着匕首走向牧野落梅的床。

"我知道你想要什么……我成全你。"她低声对躺在床上的人道。说完，蓦然抬起匕首，向那人刺去。

一声闷哼，那人似乎被刺中，蓦然纵身从床上跃起，一掌反击在眉林的胸口。

当王府中的人被惨叫声惊醒，冲进房中时，看到牧野落梅浑身是血地昏迷在床上，眉林瘫在床前地上，手中还握着带血的匕首，已经没了呼吸。

接到牧野落梅遭刺和眉林死亡的消息时，慕容璟和已解决了南越残孽，正跃马西燕战场，战意昂扬，纵横无阻。

拿着写着"眉林因妒生恨刺杀牧野落梅不成，反遭击毙"的字条，慕容璟和在牛油灯下翻来覆去看了很久，仿佛不明白上面说的意思似的，而后平静地叫来侍卫，让人把传情报的人拖下去砍了。

"这种不着调的东西也敢送来，留着有什么用。"他如此说。

幸好清宴一直在旁边伺候，想办法拦了下来，然而等他看清楚慕容璟和扔给他的纸条内容时，也不由得呆了呆，一向灵活的脑子倏忽空白一片，无法思考。他想，这事是有点荒谬，荒谬得……可笑。

"越秦呢？怎么不见他来？"努力甩开那种茫然不真实的感觉，清宴看向跪在地上那个脸色苍白的信使。

"牧野将军感念眉林姑娘救命之恩，容越秦按其遗愿将尸身带去荆北埋葬了。"信使冷汗津津，生怕一个回答不好又要被拖出去砍了。

清宴看了眼面无表情的慕容璟和，一时脑子也转不动，便挥了挥手让那信使退了下去。

帐中两人一坐一立，相对无语。好一会儿，清宴才迟疑地道："爷，可要返京？"

慕容璟和揉了下额角，目光落在面前案上的敌方军事布防图上，淡淡道："这种鬼话你也信？你何时见那女人主动招惹过麻烦？"语罢，便将注意力全放在了图上，同时也意味着这个话题到此为止。

清宴看着他映在灯影中的侧脸似乎变得越发冷峻严厉，心中不由得生起一股不祥的预感。

清宴的预感被证实了。

就在次日，慕容璟和竟硬是在西燕那座守得如铁桶般的边关大城上敲开了道缺口，然后下达了屠城的命令。

男人神色冷酷地站在城中最高处，漠然注视着修罗场一样的内城。清宴看着他，知道必须尽快将人弄回昭京，否则西燕必成一片焦土。

清宴反复思量，最终他不得不求助仍在京城养伤的牧野落梅。牧野落梅遂以伤势沉重为由，终于成功让慕容璟和暂离战场。

然而，出乎所有人意料的是，慕容璟和返程途中突然改道，带着护卫折向了荆北。

他终究还是相信了那个消息。

二月来，桃花红了杏花白，油菜花儿遍地开，柳叶似刀裁……

荆北的二月，野花遍地。

一骑两人踏着酝酿了整整一季之后绚烂绽放的春花，漫无目的地游荡于山峦荒地间，有时两人共骑，有时男人牵马女人趴伏马背，有时又是男人背负着女人，马儿悠然地跟在后面……

她说她喜欢春花，他便带她看遍这天下的春花。

遇到溪水清澈可爱的时候，男人会让女人在旁边坐着，然后掏出身上的手帕，蘸了水给她细细擦拭脸上、手上的污渍，再给她披好外面银白的袍子。

"你怎么连一身好衣也没有？待到了城里，我给你置几身衣服。"他给她顺了顺发，又摘了枝串着两朵黄色小花的迎春插在上面，柔声道。

他背上她，缓步在满山的野山梨林中，头顶是飘飘洒洒的莹白，如同刨落的玉屑撒在天地间。

"记不记得，你以前也这样背过我，现在换我背你了……"他顿了顿，满目怀念地看向远方，微笑道，"你个子小，又拽又驮的，其实真是难受得不得了，哪像我这样稳当舒适。"说着，他托了托身后的人，尽量将姿势放得更舒服一些，生怕硌着了她。

翻过山，下面一片长着茸茸绿芽的田地，再远些，便是隐在绿树间炊烟袅袅的几户人家。

他在山巅上站了一会儿，没有靠近，而是横着山岭而行。

"其实我也会唱歌。"走着走着，他突然道，"比你那个什么桃啊杏的有意思多了。你听着，我唱给你听。"

他站在原地酝酿了一会儿，然后抬头冲着空旷的山野、飘荡的浮云放开喉咙吼了起来："力拔山兮气盖世，时不利兮骓不逝。骓不逝兮可奈何，虞兮……啊呸，什么破歌！"没有唱完，他自己先唾弃起来。

他反手摸了摸背上女人的头，笑道："放心，我不是那莽夫霸王，你也不是娇滴滴的虞姬。每次都是你丢下我，我是再也不会丢下你的。"这话是对他自己说的。

然后，他沉默了下来。

他专找野花盛开的地方走，没日没夜地走，骑着马，走着路，一刻也不停下来。某天，他们循着灿若云霞的桃花走到了一个小镇上。他便背她进了一个饭馆。上前阻拦的人通通被揍得鼻青脸肿，鲜血横流。

他要了一桌的饭菜，他夹菜喂她，却喂不进去，于是只好又要了粥来。

"你吃点……"他舀粥喂食的动作生疏而别扭，但是很温柔，温柔得让躲在饭店后面和外面偷看的人都怀疑自己刚才是否真的被这人打了。

那粥喂进女人的嘴里，又顺着已经有些溃烂的嘴角流了下来，滴在胸前衣上。他慌忙掏出帕子给她擦干，神色很有些惆怅。

"不吃便不吃吧，我陪你就是。这小地方也没什么好东西，等回了京，我再让人给你弄好吃的。"他摸了摸女人的发梢，眼中露出宠溺的神色，然后蹲身又将她背了起来，"我带你去买衣服……"说话时，他从身上掏出一锭银子扔在桌上。

走在街上的时候，看到路上小摊子有好玩的东西，他便掏钱买下来递给背上的女人。虽然女人从来没有接过，他却仍然乐此不疲。

"我好像没送过你什么。"他侧头说，有些耿耿于怀。他在记忆深处翻找，却终究没找出送过她的东西，连温柔也没有。

以后，这天下的东西，但凡是世间能寻的，她想要什么，他就给她什么。

路上的行人都远远地避开，连摊贩也都跑了，没人找银子，他也无所谓。一边跟女人喁喁细语着，一边满含兴致地浏览着两旁的货摊和店面，寻找着她可能会喜欢的东西。

然而就在快要到达成衣店的时候，原本空旷的大街突然涌出一群人，拿着锄头镰刀，气势汹汹地向他们冲来，间中还夹杂哭号大骂的声音。

"快快，就是他，快抓住……"

"打死他……大伙儿打死这个偷死人尸体的疯子……"

"哎哟！天老爷啊……我可怜的儿啊……我苦命的闺女……"

将那些人踢飞几个后，他才听清他们所说的话，不由得怔了怔，突然一个翻转将背上的女人放下，伸手撩开遮住她左额角的发丝，定定看了一会儿，又不放心地挑开右边的刘海。

他如石般僵凝在原地，而后，蓦然仰天哈哈大笑起来，状极欢愉，却在转瞬间又变成号啕大哭，哀恸欲绝。直看得那些人面面相觑，惊疑不定，无人再敢上前，连叫骂哭闹的声音也消敛了下去。

一直跟在他身后的青衣侍卫悄无声息地排开人群走上前，将一件长袍披在他身上。

第二十二章 春花

昭明三十三初夏，藏道军老将杨则兴与监军清宴率领西南军压得西燕喘不过气来的时候，荆北王以靖国难的名义起兵，亲率五万荆北军浩浩荡荡地向昭京逼近，却又在安阳突然销声匿迹，避过阻截，悄无声息地出现在昭京城外，如有神助。

昭京出现了有史以来最奇特的一幕：京城戍卫司指挥使以及九门提督称病闭门不出，禁军统领指挥不动禁卫军。百姓欢天喜地，文官惶惶不安，武将冷眼观望，荆北王得神将相助的传言沸沸扬扬，甚嚣尘上……

荆北王稳坐中军帐，既不兵犯京师，也不接受任何来访和邀请，连重伤未愈的牧野落梅也被拒之营外，直到传位的圣旨下达。

昭明三十三年夏，六月初九，新皇即位，以铁血手腕整饬朝纲，改年号靖平，大赦天下，史称炎武帝。

靖平元年秋，武帝拒西燕求和，御驾亲征。翌年春，武帝平定西燕，西燕与南越一同被纳入大炎版图。自此，炎国西南两方再无战事。

一息春朝，一息秋霜。

眉林觉得自己睡了很长的一觉，睁开眼时，只见暖日昏黄，春花盈窗。她深吸口气，感觉幽香扑鼻，全身上下懒洋洋的，说不出地舒服。

就在她眷恋床榻的柔软时，巫含笑的俊脸出现在视线中，让她霍然忆起前事。

慕容璟和赶赴南越的那日，巫当着牧野落梅的面说起眉林与慕容璟和亲密之事，但自始至终牧野落梅都没质问过慕容璟和，甚至没显露出丝毫不悦。那个时候，眉林就知道牧野落梅定然对她动了杀机，否则以其刚毅的脾气怎会如此容忍。加上后来眉林体内生机枯竭，令她首次清晰无比地感知到死亡的气息，那是以往瘌痢头无数次告诉她她活不久长时也没有产生过的感觉。何况，慕容璟和不在，清宴不在，谁能阻止牧野落梅杀已没什么力气反抗的她呢？所以，她真正认定自己就要死了。

既然都要死了，何不做点好事？她自认这一辈子没做过什么好事，也不太清楚所谓的好事有什么定义。但大约是回光返照，让她心思洞明，她突然明白了他对她的心思，那些被世俗纷扰遮盖住的心思，那些他明明舍弃了她却又总放不开手的心思。她想，若她就这样死了，他必然还是会伤心的，也许还会跟未来要相助相伴他的人产生隔阂。

人都要死了，还有什么好计较的，难道还要让活着的人继续受折磨？所以，她做了一件自认为还算好事的事。她刺伤他未来的王妃，他定然会恨她吧。恨她，也好……总胜过成日别别扭扭地难过。

直到意识丧失的那一刻，眉林其实都没明白，自己怎么会心心念念地为慕容璟和那个浑蛋着想？怕他疼、怕他伤、怕他寂寞、怕他难过……

如今重新醒来的她仍然没明白。当然，她更不明白的是，自己怎么又醒了过来？

"巫？"她撑起身，发现有些吃力，全身骨骼僵硬得像是生了锈，仿佛很久都没用过似的。

巫倾身拿了软枕放在床头，然后扶她起身坐起。

"你睡了一年。"巫说。一年，他的大炎话已经很熟练。寥寥数句，便将前因后果告诉了眉林。

当初他那样催发她身体的生气，是因为想要彻底除去君子蛊，并给她遭受毒物侵毁的身体以重生之机。否则就算真除了君子蛊，又解了毒，以她破败不堪的身体也熬不了多久。置之死地而后生，换一种说法，就是破而后立。总之，她要干干净净地"死"一次，然后才能借着君子蛊为她收在心脉中的一线生气，重新生发新的生机。所以他就算看出她心中的打算也没阻止，只是让越秦赶紧把她的尸体带离王府。

越秦当然不知道这些，他只知道眉林刺杀了牧野落梅，害怕慕容璟和追究，所以偷了具附近新死的少女尸体换上眉林的衣服，然后造了个假坟。谁知手脚做得不干净，让那家人察觉了，于是到处寻找。结果慕容璟和背着尸体正好经过那家所在的镇子，被其家人一眼认出，这才使事情真相大白。

慕容璟和发现眉林有可能没死，经历了大悲大喜的他很快便恢复了理智。他不动声色地回到荆北的王府，并没有立即找越秦逼问眉林的下落，而是有条不紊地部署换天之计，同时让人暗中监视越秦的行踪。

越秦还傻乎乎的，不知道事情已经露了馅，等他觉得慕容璟和已经忘记这事后，便偷偷地去看眉林，于是便暴露了她的所在。

慕容璟和也没打草惊蛇，直到夺得了天下，才将眉林和巫安置到这处春花遍地的庭院中。眉林一直睡着，他则一直在战场上驰骋。如今天下平定，眉林也恰恰好因为体内生机充盈醒了过来。

当然，关于慕容璟和的事巫都没跟眉林说，他想那些事是不必他来说的。不过，他告诉眉林，这个庭院，一年四季都会开着春天的花朵。

眉林没想到自己竟然死而复生，虽然还不能走动，但感觉确实比以前舒服多了。不，不是舒服多了，而是全身无一处不舒坦。

"那君子蛊可还在？"眉林问。对这个害自己吃了不少苦头的东西，她实在说不出是什么感觉。

巫笑："当然不在了，在你醒来的那一刻，它便化成你经脉中的一缕生机了。"

眉林松了口气，只觉从来没有这样轻松过。她转头看向雕花的窗子，煦风吹了进来，带着春天特有的温暖和柔软，她唇角缓缓扬起。

他成皇帝了……原来他是想当皇帝啊。她想，难怪他一定要娶牧野落梅，难怪他不能娶自己为妻。大概没有哪个皇帝会娶一个像她这样身世和地位都卑贱的女子吧。只是，他为什么还要把她留在这里呢？

眉林突然觉得有些烦恼，如今这天下都是他的，那他岂不是可以更加蛮不讲理了？

慕容璟和绝对不承认自己有些胆怯，绝对不是。

一下早朝就看到眉林所在眠春苑的护卫等在泰和殿外，他先自一惊，只怕眉林有什么好歹，直到发现那护卫脸上笑意盈盈，方才放下心来。听到她已醒过来，他连朝服都来不及换，便要往眠春苑奔去。

眠春苑不在宫中，要是让他穿着这身行头一路狂奔，只怕要生出不少事端来。清宴见拦阻不下，只能赶紧让人备车。

然而当慕容璟和到达眠春苑之后，在眉林房前徘徊半晌，竟然又转身走了。

跟在旁边的清宴傻眼了，稍后才发现他是去换衣服。

慕容璟和平定西燕返京后，除了早朝，其他时间大都是待在这眠春苑，所以日常穿的衣服还是有几件的。

等慕容璟和换上一身锦蓝色长袍再次走到眉林房外时，知道再不能拖延下去，不由得仰天吐出一口气，终于迈步走了进去。

屋里只有眉林一人，她还是像往常一样，闭着眼睡得深沉。慕容璟和微愕，一瞬间，之前澎湃的激动、紧张、欣喜等等心情都落了个空，被巨大的悲伤代替。他走过去，轻轻坐在床沿，伸手摸着眉林的脸，然后俯下身细细地亲吻着她。

眉林被细微的骚扰和脸上的湿意弄醒，迷茫地睁开眼，没想到竟让她看到了终生难忘的一幕。

"你哭什么？"她只觉得古怪得不行，这个人就算在全身瘫痪、疼痛难当，甚至性命攸关的时候，都能若无其事地对她说着刻薄的话，她甚至不记得在他身上看到过一丝悲伤无助。那眼前这张悲恸欲绝的脸……她这是还没清醒吧？

她这一出声，正在她脸畔眷恋不舍的男人蓦然僵住，而后像是遇到什么极可怕之事一样倏地弹跳开，匆匆转身。

眉林揉了揉眼，缓缓坐起身。她才醒不久，之前稍稍下地活动便觉得极累，所以又睡了一会儿，没想到再次醒过来会看到他，嗯……还是从来都没见过的他。在她的记忆中，他们分开不过是慕容璟和赶赴南越后至她假死前那二十来日，并没有特别生疏久远之感。

"你眼花了。"再转回身，慕容璟和脸上又是一片从容，泪迹早消，只是眼睛还有些微红，声音有些沙哑，透露出他极力否认的事实。

眉林看出他平静的表象下有着无法遏制的窘迫和紧张，想了想，不再继续纠缠在此事上，却又想起另一个事实，慌忙要从床上下地。

虽然她自觉是慌忙而急促的，但那动作看在旁人眼中却是极迟钝僵硬。慕容璟和眉微皱，一步上前，将她抱了起来："你要做什么？"

眉林被吓了一跳，她本意是下地行礼，毕竟他现在已是皇帝了。可是没想到地还没下，反被人抱住。在这样出乎意料的情况下，她果断决定装傻："睡得太久了，我想出去走走。"

慕容璟和狐疑地看了她一眼，虽然不是很相信，但还是从旁边衣柜中拿出件披风来给她裹严实了，然后抱着她往外走去。

"唉……我自己能走。"眉林有些无奈，她又不是手脚不能动的废人。但是在开口前，她也不知要唤什么好，名字？王爷？陛下？圣上？前面两个是不能喊了，后面两个却让她感到说不出地别扭，怎么也喊不出口。

慕容璟和"嗯"了声，但并没放下她，反而揽得更紧了些，紧得让她几乎能感觉到他强烈的心跳。她哪里知道他心中想：朕扛一个陌生女人腐烂的尸体都扛了数天，还不能多抱抱你。当然，那样丢脸的事，他是绝对不允许她知道的。

一直到走进院子里，在蔷薇花架下，他将她放进侍仆刚刚摆好的贵妃椅中，这才松开手。

眉林哪儿还躺得住，又撑着坐了起来，而后突然发现没鞋，不由得呆了下，然后默默地将赤足踩上了架下铺着的毛皮毯子上。

片刻后，有人将鞋送了过来。慕容璟和接过，想要亲自给眉林穿上，把她吓了一跳，倏地又将脚缩回了椅上。她抬头看去，拿鞋过来的竟然是清宴，他还是跟以前一样，没什么变化。于是，她冲他笑了下。

清宴微微点头回应，眼中含着喜悦的笑意。

"清宴，你回宫把奏折给朕送过来。"慕容璟和沉声道，语气中隐含着不悦之意。

眉林回过眸，看到他面色沉郁不乐。不得不承认，在他自称为朕的时候，自然而然便流露出了浩然龙威。他和她之间的差距似乎越来越远了，虽然从来都没接近过，但这个事实仍然让她有些颓丧。

"你……你当皇帝了？"等到清宴离开，她才看着仍蹲在自己面前的男人，有些迟疑地开口询问早已知道的事实。

"嗯。"慕容璟和淡淡地应了声，伸手抓过她的脚，开始给她穿鞋。

这一回眉林僵着身子，想拒绝又不敢拒绝。但看他表情如常，似乎并不觉得当皇帝是什么大不了的事，更不觉得一个皇帝亲自给女人穿鞋是什么大不了的事。她想了想，觉得暂时还是能将他当成以前那个别扭孩子气的荆北王爷看待，于是又问："那你当了皇帝，以前说过的话还算数不？"

慕容璟和手上的动作顿住，似乎在想自己说过什么话，片刻后道："休书在你房里，从此你和清宴没什么关系了。"所以，不要一见到清宴就笑得那么刺眼。

眉林眨了下眼，等着他继续，但是他再也没说话，直到给她穿好鞋，站起身。

"那……还有呢？我是不是随时能离开这里？"她终于忍不住问道。她从没想过他会娶她，就如没想过自己会永远留在不再瘫痪的他身边一样。

慕容璟和闻言，脸色微变，却并没发作。好一会儿，他转身仰头看天，若无其事地道："我不记得承诺过允许你离开。"

"但……但是你答应……答应过……"眉林急了，霍地站起身，却因起得太急，身体又不能完全控制自如，不由得身子一歪，就要栽倒。

原本背对着她的慕容璟和仿佛背后长了眼睛一般，倏然转身，稳稳地把她带入怀中。

"站不稳就站不稳，逞什么强。"明明是斥责的话，语气里却带着一股说不出的温柔，让眉林有一瞬间的恍惚，然后便听到他继续道，"我答应什么了，嗯？"

眉林回过神，细思往事，突然无语。

他确实是……什么也没答应过。

慕容璟和垂眼看着几乎傻掉的女人，黑眸中浮起浓浓的笑意。他揽紧她的腰，低下头将脸埋在她颈项间，轻声控诉："你睡得太久了。"久得让他开始怀疑是不是要终生这样看着她沉睡的脸。他真怕，等她有一天醒来，他已白发苍苍，再也照顾不了她。

"嗯？"眉林不自在地动了动身子。这样温柔悲伤的他，实在让她有些不习惯。

"牧野将军不欢喜我当皇帝，所以辞了官职，游历江湖去了。"慕容璟和箍紧手，不让她乱动，继续道。此话一出，怀中人果然静了下来。

事实上，当初在驱逐外敌使动藏道军的时候，牧野落梅就看出了他的野心。牧野落梅对朝廷极为忠心，又不想让他背负篡位谋逆的千古骂名，所以在那次破南越的人蛊阵时，她悄然跟随在后，其实是想利用那蛊阵让他在沙场阵亡，以保全他的名声。只是真正击破那蛊人之后，她突然后悔了，才有以身救他之举。这些事只有他和十七骑知道，对外，他只是说她是舍身救他。

大抵是自那个时候起，又或者更早，在他回京后并没按之前所说的先娶她过门再上战场的时候，她只怕就已预感到两人再无可能。

她是杀伐决断的性子，如何甘愿输给一个地位低下的女子，所以才会孤注一掷想杀了眉林，先绝了后患，再来慢慢焐热他的心。毕竟两人纠缠十余年，旧情复燃也不是不可能。

这里面的纠葛，在听到眉林因妒刺杀牧野落梅却反被击毙那一刻，他其实就能想个明白。只是一个人太明白了，就必然得承受比常人更沉重的苦痛。

事情皆由他而起，加上眉林也还活着，他与牧野落梅虽然情分早已不再，夺得皇位之后也并没继续追究。成亲是不可能了，让她继续在朝为官也是不能。幸好她脾气素来刚烈高傲，并不愿意在他面前低头，竟是主动辞官离去。倒是她的父兄仍在朝为官，尽心尽力。

"是你又欺负人了吧。"眉林慢慢道。她想，牧野落梅的离去，也许跟自己的死有关。这个人……这个男人，怎么就不能对喜欢的女人好点呢？

慕容璟和笑出声，在她耳上轻啮了一下，道："除了你，别人让我欺负我还懒得呢。"

酥痒的感觉传来，眉林不由得颤抖了下，觉得自己实在不能把这么恶劣的人当皇帝对待，于是吸气，抬手，使劲将他推开了。

"腿酸，我要走走。"她恼道。

慕容璟和知道她确实应当活动活动，也不拦阻，但仍小心翼翼地扶在她腰上，生怕她有个闪失。

眉林无奈，觉得自己真不是一个受得了这种呵护的人，正想刺他两句，却在蓦然低头间看到他腰上挂着的杏红色香囊。

"这个好眼熟啊。"她伸手去摸，看到那编得歪歪扭扭的同心结，疑惑道。他身上怎会挂着这样做工拙劣的东西？

慕容璟和微僵，别开脸去看园子里的花，耳根却掩饰不住地红了。尽管如此，他却没拍开她的手，也没取下香囊。当然，他也不会告诉她，那是他让清宴写休书时一道要回来的。

眉林抬头，原本想问他是从哪里拿来的，却在看到他越来越红的侧脸，突然抿唇笑了，不再拒绝他的温柔。

没过几天，眉林已能行动自如。她发现眠春苑就在原来的荆北王府所在的抚山上，大约是有着地热的关系，所以一年四季鲜花常开不败。

慕容璟和每天都来，看他半夜就得起床赶往宫里，她其实有些不忍，但又没什么立场去劝他，便只能闭口不言。他并没禁止她离开眠春苑，只是出门时，她身边必然会有人保护，想要离开那是不可能的。她不知道他究竟在想些什么，好在她素来随遇而安，加上此地景致不错，又有很多认识的人，所以倒也没太介意。

闲来无事，她就喜欢找点事做。这日她正坐在屋内纳鞋底，慕容璟和兴冲冲地踢开门，将怀里抱着的一只雪白长毛小狗，讨好似的递到她面前："看我给你带什么来了？"

眉林撩起眼皮看了眼，没啥兴趣，淡淡道："狗，我要狗做什么？"

仿佛被人兜头泼了盆冷水，慕容璟和先是僵了一下，而后沉下脸来："你不要？"当初阿玳抱着那红色的小狐狸可是舍不得撒手，他以为女人都喜欢这些小动物，所以才巴巴地强迫别国献上这据说拥有与皇室一样高贵血统的小东西，只是想让她欢喜，没想到她竟然不要。

眉林摇了摇头，低头继续做鞋子。

期待落空，慕容璟和有些恼，一把将小狗塞进眉林的怀里："我送给你，你就得好好养。"小狗正犯困，蜷成一团就睡了，丝毫不在意有没有人要它。

眉林吓了一跳，慌忙收住针线，以免扎到狗。她抬头看向脾气任性的男人，无奈道："我现在都还在靠人养呢，哪能养它？"

"那我和你一起养。"慕容璟和抬起下巴睥睨着她，一副施舍的样子。

眉林忍不住笑了起来："你喜欢养自己拿去养好了，拖着我做什么？我又不喜欢这些软乎乎的金贵小东西。"她没说的是，每天对着一个金贵别扭的他就够了，再来一个，她可受不起。

慕容璟和脸黑下来，觉得这个女人真不识好歹，但是如今对着她脾气实在发作不出来，只能将郁气闷在肚子里。转眼看到她手中的东西，他一把抢过来，问："你在做什么？"

眉林叹了口气，实在不明白一个当了皇帝的人怎么会成日成日地闲在这里扰她，让她安静坐会儿也不能。

"我看巫的鞋子破得都快不能穿了，所以打算给他做双鞋。"眉林对于自己的针线活其实没啥信心，但知道巫是个不挑剔的，所以才敢去做。

慕容璟和一听，血轰的一下全涌上了脑袋，冲口道："你怎么没给我做过？"唯一的香囊还是他从别人那里抢来的。

眉林静默，她想起当初第一次给他做香囊时，他说过的话，也许他已经忘记了，但是她无论如何也无法忘记。

"问你呢，怎么不给我做？"慕容璟和一边不着痕迹地用劲将鞋底的线头扯断，一边不甘心地问。怎么说自己都是她的男人，没道理她给别人做不给他做。

眉林叹气，指着他脚上做工精细、质料上等的鞋，道："我女红粗劣，你的鞋子我可做不来。何况你的鞋子多得怕穿也穿不完吧，哪里还能轮到我来做？"她做的，他也穿不出去，何必浪费精力。

"那怎么一样？"慕容璟和不高兴地道，"反正你只准给我做，巫那里我会让别人准备。"看了看手中口子越张越大的鞋，他这才有些满意，索性打消扔回给她的念头，拿着那鞋走了。

眉林抱着他塞在怀里的白色小狗，傻愣愣地看着他趾高气扬离去的背影，半晌回不过神。

这件事所造成的直接后果是，那日之后，从来不在意穿着的巫立即拥有了一辈子也穿不完的上等鞋袜衣衫。

眉林当然不会给慕容璟和做鞋。以他的身份，要是穿上自己做的鞋去上朝或者干什么，不惹人笑话才怪。为免他见到眼馋，她也不再轻易做针线活儿，于是每天就在苑中走走、山上逛逛，想想以后要怎么办。

自始至终，她从来没想过自己和他会有什么结果。以前都不能，如今自然更是不可能，虽然他的心思表现得越来越明显。

他似乎已经不打算放开她，名分什么的，她自然是不计较的。只是以后真甘心就这样陪在他身边，看他娶别的女人吗？

眉林有些迷茫，前半生她都是忍耐过来的，难道以后还要继续忍耐？看着山下的苍茫云雾，平生首次，她觉得难以抉择，只因为他的温柔和悲伤！

"姑娘，有故人想要见你。"身后传来棣棠的声音，自她醒来后，棣棠便一直在旁边伺候，大约是以前在荆北曾伺候过她的缘故。

眉林微愕，她想不出自己有什么故人。骗过慕容璟和而被发配到南越之地历练的越秦是大家都见过的，以那小子的性子，哪里会等在下面。那么，又会是谁？

等在花厅里的是一个中年妇人，她是精心打扮过的，细细描绘过的眉眼，头发梳得整整齐齐，衣衫虽然半新不旧，但看得出其实没穿过几次。

她一会儿坐，一会儿站，还不时扯扯衣裙、理理头发，显得有些紧张不安。

眉林站在厅外透过窗格看着她，开始还能强作镇静，但没多久心跳便越来越快，到得后来已如同雷鸣一般，手心里冒出了冷汗。

似乎察觉到人的注视，那妇人往窗子这边看来。眉林心口突地跳了一下，慌忙往门走去，在进门前，脸上已经挂上了淡而平静的微笑，然而她这种平静并没能持续多久。

"儿啊……我苦命的儿啊……"那妇人一见她进去，便把手一抹眼睛，哭着扑了上来。

眉林僵住，看着哭得眼泪鼻涕都往自己身上蹭的女人，鼻中嗅到廉价的脂粉味，额角不由得一阵一阵地抽疼起来，所有努力维持的平静顿时溃败不堪。她扭头，想要询问棣棠或者其他什么人，却发现身后一人也无。

这是什么状况？

大抵是觉得她没什么反应，那妇人觉得自己一个人哭实在没有意思，慢慢地就收住了泪水，但还是不时拿着手帕擦上两下眼睛，抽噎两声。

"请问你是？"忽略掉胸前湿漉漉的一片，眉林扶着妇人在椅子上坐下，才客气地问。虽然开始她有些预感，但现在不确定起来。

"奴家春燕子，是你……"妇人拿绢子装模作样地擦了擦眼，撩起眼皮看了她一眼，正要说什么，突然愣住，怔怔放下手绢，仔仔细细地打量起她来。然后，妇人站了起来，小心翼翼地撩起她的左侧额角，轻轻摸上那粒红色小痣。

"花花儿……我的孩子……"她颤手摸上眉林的眉眼鼻唇，然后一把将她抱进自己怀里，娇小的身体无法控制地抖动着。

春花……春花……

眉林恍惚忆起，在很久很久以前，有个声音这样叫着。原来，她喜欢春花，会特别喜欢荆北的春花，是这个原因。

迟疑地抬起手，她抱住春燕子的腰，眼睛湿润了。

"想当年，你娘我也曾经是春满园的花魁。那些达官贵人，没有一个不拜在你娘的石榴裙下。"春燕子一边嗑瓜子，一边跟女儿显摆曾有的光鲜日子。

眉林笑吟吟地看着、听着，并没有不耐烦和厌恶。

"只是有了你后，就一日难挨一日了。"春燕子叹了口气，脸上首次浮现沧桑之色，"我不是养不活你，只是在那种地方，你长大也不过是跟我一样。所以那时听说有贵人要收孩子去培养成手下，我想左右是活，不如让你去试试，再怎么坏也坏不过窑子。"

眉林"嗯"了声，还是笑着。

"你别怪我。"春燕子说。

"嗯。"眉林点头。

"你真不怪我？"春燕子挺直腰，疑惑地看着眼前这个让人不是很看得懂的女儿。

"不怪。"眉林摇头，还是笑，看着春燕子的眼中有着眷恋和孺慕之意。

春燕子松了口气，这才又兴奋起来，笑道："你看，要是你一直跟着我，怎么能遇上这么好的姑爷？"

眉林正要点头，突然觉得不对，"啊"的一声，皱眉道："什么姑爷？"

春燕子笑睨了她一眼，伸指点了点她的额头："跟娘有什么不好意思的。这次要不是姑爷找到为娘，这一辈子咱们娘儿俩只怕都见不上一面。"她顿了顿，眼中浮起满意得不得了的神色，赞道，"姑爷长得一表人才，对你又好。儿啊，这是你八辈子修来的福分呀！"

"你见过他了？"眉林讶然，有些意外慕容璟和会见自己的母亲，但随即又黯然下来，"我和他只怕不成。"

春燕子呆住，一头雾水："为啥？"

"他……他不是一般人。"眉林轻轻道。母亲必然不知道他是当今皇上，所以眉林也没透露。

"不是一般人……"春燕子不解地重复了句，而后突然从椅子里跳了起来，一手叉腰，一手戳着眉林的额头。"你傻啊？我怎么会生出你这么傻的闺女！什么叫不是一般人？他喜欢你、对你好不就行了，你看到过谁有事没事去给一个不相干的人费那么大的劲找娘的？管他什么不是一般人，你以为普通的男人就好了，就能让你自在舒服了？那些男人什么都不懂，要见识没见识，要眼光没眼光，你以为他们就不会三妻四妾，不会嫌弃你的出身，不会对你始乱终弃了？你个蠢丫头，气……气死老娘了……"

眉林被戳得连连后仰，却并没恼怒，反而"扑哧"一声笑了出来，突然伸手抱住妇人的腰，将脸埋进她的怀里，眼角湿润起来。

"娘。"大概这就是母亲的感觉吧，虽被骂着，却被疼爱着，是全心全意为你着想。

春燕子倏然止声，颤抖着将手放在女儿的头上。

这是自见面以来，她第一次喊娘。

自那日被母亲骂过后，眉林豁然开朗，心里再无丝毫不安迟疑。只是当慕容璟和出现时，她也没表现出感激或者欢喜之色，神色一如平时。看他眼中期待的光芒渐渐变暗，最后变成失落，她突然觉得心跳得厉害，恨不得紧紧抱住他，再也不放开。

她假装跌倒，不出意外地被他接住，然后顺手偷偷摘下他腰上那个丑丑的香囊藏了起来。那不是为他做的，看他这样珍惜，她觉得心疼，所以重新用心做了一个，想等找到机会再给他。

慕容璟和早已养成没事的时候摸摸香囊的习惯，因此很快便发现香囊不见了，一时间人仰马翻，差点将整个苑子都翻转过来。

眉林没想到他会闹出这么大的动静，先是被震住了，而后才反应过来，匆匆将他拉进房里，将做好的香囊塞进他手中。

那是一个石青色的香囊，也打着同心结，里面放着安神宁气的香草，无论是绣功还是编结都比上一个好上太多。

慕容璟和拿着那个香囊，先是不解，正想说自己找的不是这个，幸好反应得快，将差点脱口招祸的话给咽了下去。他将那香囊拿在手里翻来覆去地看，一边看一边止不住地乐，而后突然发现在那香囊的内面，竟然绣着一个"春"字、一个"璟"字。

拇指轻轻摩挲过那两个字，他感到心脏怦怦跳着，喉结滚动了下，抬眼，正对上眉林有些忐忑、有些紧张的笑脸，不由得回了个像哭一样的大大笑脸，然后一把将她搂进怀里。

"我绝不负你。"他微微抬高头,声音沙哑地道。

眉林"嗯"了声,然后从他手中拿过香囊,给他系在腰上。

"你那个香囊是我拿了。"她有些不好意思地解释,其实这事明说就好,她偏偏做得跟个贼似的,"那本是我自己做着玩儿的东西,又泡过水,还是不要了。"

看他似乎有些不舍,她又道:"你若喜欢,我以后常常给你做。"

慕容璟和于是眉开眼笑,连连点头。

眉林探头看了眼外面仍在急急慌慌寻找香囊的侍仆们,推了他一把。慕容璟和会意,喊了清宴来,告诉他不用找了。

清宴眼尖,看到他腰间新的香囊,又见两人神色与常时不太一样,心中了然,笑着应后,便退了下去。

打发走清宴,院子里很快也安静下来,下人也都各司其职去了。

慕容璟和回头看向眉林,因为巫已经完全修复了她的身体。所以自从她醒来后,一日比一日看着精神,也一日比一日好看,再也不像一年前那样瘦得吓人。

眉林被他看得不好意思起来,背过身去整理被翻乱的针线盒,却被他伸手从后面抱住。灼热的气息喷在耳根,让她不由自主地战栗了下。

"我已经让人在准备了,等秋天的时候,我就娶你过门。"慕容璟和在她耳边低声道,如同一个普通的男人那样,而不是以帝王的口吻。

眉林微惊,不由得侧头想要开口询问,却被他牢牢封住了唇。过了一会儿,他才稍稍挪开,说:"我只会娶你一个妻子,朕的后宫里也只会有你一个女人。"

眉林不由自主地抓紧他揽在腰上的手臂,低垂着眼,胸口急剧起伏,半晌说不出话来。在决定放开一切跟在他身边的时候,她并没想过他会娶她,更不敢奢望他会只有她一个女人。如今听他亲口说出,不由得像做梦一样,很不真实。

"但是……"慕容璟和又开口,将她从那种恍惚的状态中唤醒,正要自嘲地一笑,却听他继续道,"但是我等了你一年了,再也不想等下去。"说话间,将自己的意图赤裸裸地表示出来。

眉林唰地红了脸,因他的话而生起的那些酸酸甜甜、患得患失的感觉一下子全飞到了天外，恨恨地扒下他的狼爪，正想将人赶出门去，却不想对上一双满是渴望眷恋的眼，心突然就软了下来。

"那……那总得晚上吧。"她莫名地扭捏起来，眼睛东看西看，就是不去看那双灼热得仿佛要将人吞下去的眼。

慕容璟和抿紧唇，似乎有些不情愿，但仍然点了点头："你答允了，不许反悔。"事实上，他心里很乐，都乐得快开花了，他原本以为还要跟她磨叽一段时间才能如愿呢。

眉林"嗯"了声，暗忖就算她反悔，只怕他也不答应吧。她回过神，想起另一事，道："越秦……越秦也是想帮我，你别再跟他计较了。"

一听到越秦，慕容璟和就想起自己犯傻的那件事，不由得有些头痛。

"我没跟他计较，我其实想让他在外面历练一下，有人照看着，你别担心。等过几年，他有点作为了，我就把他调回京来。"他随口安慰眉林，见她露出释怀的笑，也松了口气。

眉林却不知道，等过几年，越秦大了，那个时候慕容璟和会更加不乐意越秦接近她。

尾声

大炎皇皇八百五十年，武帝中兴，史家评撰，称其为有史以来最具传奇色彩的一代帝王。当然这传奇不仅仅是指他在有生之年统一了整个玄黄大陆，终结了长久以来群雄割据、战火纷乱的分裂状况；还因为他铁血的手腕以及独断专行的行事作风。政事上种种独树一帜的做法就不提了，仅是他为自己最宠信的司礼监总管大太监赐婚以及终身只有一妻，这两件事便足以使他的名字永久流传。

当然，慕容璟和是不知道的，就算知道了，也不会在意。既然做了，就会有人评说，尤其还是坐在他这个位置。强者行之，弱者言之，世事素来如此。他想要拥有足够的自由，所以必须强大，很强大。

若听到"传奇"二字，他必然会嗤之以鼻。他想若有哪个帝王也像他那样傻傻地背着一个素不相识的尸体闲逛几天，只怕也会成为传奇。传奇，换一个角度来看，何尝不是拥有着比常人更惨烈悲哀的人生。像他，像战神藏中王。少年时，他只眷恋驰骋沙场的快意，从未去欣羡仰望过那个孤寡高寒的位置。至于藏中王，那个大炎的开国元勋藏中王……

那一日几人正在眠春苑的迎春花架下喝着茶、下着棋、说着话，巫突然道："我要走了。"

四周瞬间安静下来。

看着众人茫然的样子，巫笑了："有人来找我了。"顿了顿，他看向慕容璟和,"说起来,那个人你也认识。"

那是一个体形高大魁伟的男人,他穿着一身粗布衣服,背上背着一把用布缠裹起来的长条形物体。他站在眠春苑的外面,面容朴拙冷峻,气度雄浑。

"我本是河源大地的巫。"巫说,清眸流光,带着追忆的幽远,"当时异族洮唆恶魔,制造出毁灭我子民的灾难,我以神力炼化灾难为蛊,蛊附竹竹枯,倚松松焦,我噬之入腹,使其与我同陷深眠。"

史书上并无河源大地的记载,因此他所说的过往,对在场诸人来说,无异于神话传说。但他的能力确实与世人大不相同,所以即便听不太懂,也皆未起轻慢疑虑之心。

"后某日,他的闯入唤醒了我的意识。我看他死于地穴中,怨气难消,便以己身之力将其魂魄束住,在那幽暗之地陪伴于我。直到你们到来,将蛊虫带走,我方得以复生。他眷恋枯骨遗物,不舍离开,却没想到被你带了出来。"巫说"你"的时候,是看向慕容璟和的。

慕容璟和神色不动,他已经猜到男人是谁。那次他重返钟山石林,一是为了摸清从安阳到钟山的捷径;再便是为了藏中王。他在藏中王身上找到了可号令兵道军的令符,这也是藏中王后嗣历代认定的东西,凡兵道令符在手者,藏道军皆可供其驱使。这也是为什么他能使唤得了藏道军,但别人支使不动的原因。只是他没想到,藏中王的魂魄竟然附在上面,而后寄身于一个刚死之人的躯壳内,花了几年时间,直到魂魄与那躯壳完全融合之后,才来寻找巫。

这些东西听起来当真是天方夜谭,然而这世上神秘不可解的事又何尝少过?

看着两人并肩而去,渐渐消失在山樱蔓荆当中,慕容璟和突然伸手将眉林拉入怀,紧紧抱住。

自始至终,那个男人都没说一句话。没说曾经让他怨恨不甘的过往,也没追究慕容璟和动用他身上之物。他跟在巫的身边,如同一个沉默寡言的随从,而不是曾经叱咤风云的人物。

"花花儿,你知道圣祖他老人家的名讳吗?"慕容璟和咬着眉林的耳朵,悄声道。

眉林额角抽紧，伸手去推他的脸："不知道，别叫我花花儿！"

慕容璟和"嗯嗯"两声，偏头躲过她的手，又凑了上去，继续道："花花儿，我悄悄告诉你哦，圣祖他老人家单名是一个乾字。"

眉林手落空，被他握住，人有些蒙。

乾？慕容乾？

她想起那具尸骨前以刻骨之恨写的四个字："乾贼害我"，难道……莫不是……她侧脸看向黏在她身上的男人，目光惊疑不定。

慕容璟和亲了亲她的额角，然后微微点头，算是默认了她的猜测。

慕容璟和推测，当年开国圣祖因藏中王功高盖主而心生忌惮，却又无法剥夺其兵权，所以设了毒计，密诏令其带人潜入石林剿灭胡族余孽，待其与内中人拼得你死我活之时，使人在石林外围纵毒火毒烟焚林，最终将两方人马一网打尽，也将石林变成无人敢入的毒地。此可谓一石数鸟之计。

当然，以上都只是他的猜测，真正的事实只怕要深埋在那沉默男人的记忆中了。

"所以你才让我给他叩头？"眉林不觉打了个寒战，只觉帝王之心实在可怕。

慕容璟和抱紧她，"嗯"了声。那几个头，虽然有尊崇敬仰的成分在内，但最主要的还是为祖宗赎罪之意。也许藏中王都是知道的，加上看到他后来又亲手埋了那三具尸骨，所以才会容许自己动用那令牌收纳藏道军。

"那他方才……他会不会对你不利？"眉林想到男人深沉如海、让人难测的表情，不由得有些担忧。

"谁知道。花花儿，你在担心我？"慕容璟和不仅不烦恼，反而显得很开心。

眉林沉默，片刻后突然道："你还欠我一个情。"如非他提及往事，她都忘记了。

慕容璟和一怔，脑子急转，怕她提什么要远游扔下自己之类的话，然后笑吟吟地道："说什么一个情、两个情，我所有的情都是你的，你想不要都不行。"

无赖！眉林仰头看天，由得那人撒娇似的亲吻她的额角，脸上表情麻木。她早知道他有无数种方法、理由来拒绝他不想做的事，就算真有凭据在手也是不行的。

鼻中充盈着他的气息，额上是他的温度，她的目光越来越温柔。

天上浮云浅浅，苑中花繁木茂，四野山峦婉秀，偶见人家。其实，这处也是极好的。

而有他在的地方，都是极好的。

图书在版编目（CIP）数据

春花厌 / 黑颜著 . — 武汉 : 长江出版社, 2022.4
ISBN 978-7-5492-8209-8
Ⅰ . ①春… Ⅱ . ①黑… Ⅲ . ①言情小说—中国—当代 Ⅳ . ① I247.5
中国版本图书馆 CIP 数据核字 (2022) 第 037393 号

春花厌

黑颜　著

出　　版	长江出版社
	（武汉市解放大道 1863 号）
市场发行	长江出版社发行部
网　　址	http://www.cjpress.com.cn
责任编辑	江　南
特约编辑	杨影单
印　　刷	北京盛通印刷股份有限公司
版　　次	2022 年 4 月第 1 版
印　　次	2023 年 7 月第 2 次印刷
开　　本	710mm×1000mm　1/16
印　　张	17
字　　数	275 千字
书　　号	ISBN 978-7-5492-8209-8
定　　价	45.00 元

版权所有　盗版必究（举报电话：027-82926804）
（如发现印装质量问题，请寄本社调换，电话 027-82926804）